【全新修订典藏本】

雅舍遗珠

梁实秋 ○

著

武汉出版社
WUHAN PUBLISHING HOUSE

（鄂）新登字08号

图书在版编目（CIP）数据

雅舍遗珠 / 梁实秋著. —— 武汉：武汉出版社, 2013.8（2017.1重印）
（含章文库. 梁实秋文集）
ISBN 978-7-5430-6682-3

Ⅰ.①雅… Ⅱ.①梁… Ⅲ.①中国文学 – 现代文学 – 作品综合集
Ⅳ.①I216.2

中国版本图书馆CIP数据核字(2013)第122507号

雅舍遗珠

著　　者：梁实秋
责任编辑：解家麟
装帧设计：Edge_Design
出　　版：武汉出版社
社　　址：武汉市江汉区新华路490号　　　　邮　　编：430015
电　　话：(027) 85606403　85600625
http://www.whcbs.com　　　　　　　E-mail:zbs@whcbs.com
印　　刷：北京文昌阁彩色印刷有限责任公司　经　　销：新华书店
开　　本：710mm×1000mm　1/16
印　　张：16.5　　　　　　　　　字　　数：270千字
版　　次：2013年8月第1版　　　印　　次：2017年1月第2次印刷
定　　价：29.80元

第一辑

亦知柴米贵

钱 的 教 育

《乌托邦》的作者告诉我们说，在理想国里，小孩子拿金钱当作玩具，孩子们可以由性地大把地抓钱，顺手丢来丢去地玩。其用意在使孩子把金钱看成司空见惯的东西，久之便会觉得金钱这东西稀松平常，长大了之后自然也就不会过分地重视金钱，贪吝的毛病也就可以不至于犯了。这理想恐怕终归是个理想吧？小孩子没有不喜欢耍枪弄棒的，长大之后更容易培养出尚武的精神。小孩子没有不喜欢飞机模型的，长大之后很可能对航空产生很大的兴趣。所以幼习俎豆，长大便成圣贤，这种故事不能不说有几分道理。小时候在钱堆里打滚，大了便不爱钱，这道理我却不敢深信。

事实上一般小孩子所受的关于钱的教育，都是培养他对于钱的爱好。我们小时候，玩的不是钱，而常常是装钱的扑满。门口过来了一个小贩，吆喝着："小盆儿啊小罐儿啊！"往往不经我们的请求，大人就给买一个瓦制的小扑满。大人告诉我们把钱一个个地放进那个小孔里面，积着，积着，积满了之后扑的一声摔碎，便可以有笔大钱。那一笔钱做什么用？从来没有人告诉我们。以我个人而论，我拿到一个扑满之后，我却是被这个古怪的玩意儿所诱惑了，觉得怪有趣的，恨不得能立刻把它填满，我憧憬着将来有一天摔碎它时的那种快乐。我手里难得有钱，钱是在父亲屋里的大木柜里锁着的，我手里的钱只有三种来源：一是过年时的压岁钱，或是客人来时给的红纸包的钱；二是自己生辰家里长辈给的钱；三是从每日点心费里积攒下来的节余。有一点儿富余的钱，便急忙投进扑满，当的一声，怪好玩儿的。起初我对于这小小的储蓄银行很感兴趣，不时地取出来摇摇，从那个小孔往里面窥看。但是不久我就恍然，我是被骗了，因为我在想买冰糖葫芦或是糯米藕的时候，才明白那扑满里的钱是无法取出来用的，那窟窿太小，倒是倒不出来，用刀子拨也拨不出来，要摔又不敢，我开始明白这不是一个玩具，这是一个强迫储蓄的陷阱。金钱这东西为什么是那样宝贵，必须如此周密地储藏起来呢？扑满并没有给我养成储蓄的美德，它反倒帮助我对于钱产生一种神秘的感觉。

　　有人主张绝对不给孩子们任何零钱，一切糖果玩具都已准备齐全，当然无从令孩子们去学习挥霍的本领。铜臭是越晚沾染人的双手越好。可是这种办法也有时效的限制，一离开家之后任何孩子都会立刻感觉到钱的重要。我小的时候，每天上学口袋里放两个铜板，到学校可以买两套烧饼油条做早点吃，我本来也没有别的欲望，但是过了两天，学校门口来了一个卖糯米藕的小贩，围了一圈的小顾客，我挤进去一看，那小贩正在一片一片地切着一橛赭中带紫的东西，像是藕，可是孔里又塞着东西，切好之后浇一小勺红糖汁和一小勺桂花汁，令人馋涎欲滴！我咽了一口唾沫之后退出来了。第二天仗着胆子去买一碟尝尝，却料不到起码要四个铜板才肯卖。我忍了两天没吃早点换到了一碟这个无名的美味。这是我有生以来第一次感觉到钱的用处，第一次感觉到没有钱的苦处。我相当了解了钱的神秘。

　　钱的用处比较容易明白，钱从什么地方来，便比较难以了解。父母的柜子里、皮包里，不断地有钱来补充。但是从哪里来的呢？有人主张用实验的方法教导孩子：不工作便没有钱。于是他们鼓励孩子们服务，按服务的多寡优劣而付给报酬。芟除庭草，一角钱；汲水浇花，一角钱；看家费，一角钱；投邮费，一角钱……这种办法有好处，可以让孩子知道钱不是白给的，是劳动换来的。但是也有流弊，"没有钱便不工作"。我看见过很多人家的孩子，不给钱便不肯写每天一页的大字，不给钱便死抱着桌腿不肯上学，不给钱便撒泼打滚不给你一刻安静的工夫去睡午觉。这样，钱的报酬的功用已经变成为贿赂的功用了！"没有钱便不工作"，这原则并不错，不过在家庭里应用起来，便抹杀了人与人之间的情分。似乎是太早地戕贼了人的性灵了。

　　如果把钱的教育写成一本大书，我想也不过是上下二卷，上卷是钱怎样来，下卷是钱怎样去。

　　钱怎样来，只能由上一辈的人做一个榜样给下一辈的人看。示范的作用很大，孩子们无须很早地就实习。如果一个人的人生观和宇宙观都是从钱的方孔里望出去的，我相信他的孩子们一定会有一套拜金主义的心理。如果一个人用各种欺骗舞弊的方法把钱弄到家里而并不脸红，而且扬扬得意地自诩为能，甚而给孩子们也分润一点儿油水，我想这也就是很有效的一种教育，孩子长大必定也会有从政经商的全副的本领。所谓家学渊源，在这一方面也应用得上。讲到钱的去处，孩子们的意见永远不会和上一辈的相同，年轻人总觉得父母把钱系在肋骨上，每个大钱拿下来都是血淋淋的。钱永远没有足够的时候。正当用钱的方法，是可以从小就加以训练的。有人主张，一个家庭的经济应该对孩子们公开，月底召开一次家庭会议，懂事的孩子们全都列席，家长报告账目和预算，让大家公开讨论。在这民主的形式之下，孩子们会养成一种自尊。大姐姐本来吵着买大衣，结果会自动放弃，移做弟弟妹妹买皮鞋用；大哥哥本来争着要置自行车，结果也会自动放弃，移做冬天买煤之用。这是良好习惯的养成。钱用在比较起来最需要的地方去。钱不但满足自己的物质的需要，钱还要顾及自己的内心的平安。这样的用钱的方法，值得一试。孩子们不一定永远是接受命令，他们也可以理解。

钱

钱这个东西，不可说，不可说。一说起阿堵物，就显着俗。其实钱本身是有用的东西，无所谓俗。或形如契刀，或外圆而孔方，样子都不难看。若是带有斑斑绿锈，就更古朴可爱。稍晚的"交子"、"钞引"以至于近代的纸币，也无不力求精美雅观，何俗之有？钱财的进出取舍之间诚然大有道理，不过贪者自贪，廉者自廉，关键在于人，与钱本身无涉。像和峤那样的爱钱如命，只可说是钱癖，不能斥之曰俗；像石崇那样的挥金似土，只可说是奢汰，不能算得上雅。俗也好，雅也好，事在人为，钱无雅俗可辨。

有人喜集邮，也有人喜集火柴盒，也有人喜集戏报子，也有人喜集鼻烟壶，也有人喜集砚、集墨、集字画古董，甚至集眼镜、集围裙、集三角裤。各有所好，没有什么道理可讲。但是古今中外几乎人人都喜欢收集的却是通货。钱不嫌多，愈多愈好。庄子曰："钱财不积，则贪者忧。"岂止贪者忧？不贪的人也一样想积财。

人在小的时候都玩过扑满，这玩意儿历史悠久，《西京杂记》："扑满者，以土为器，以蓄钱，有入窍而无出窍，满则扑之。"北平叫卖小贩，有喊"小盆儿小罐儿"的，担子上就有大大小小的扑满，全是陶土烧成的，"形状不雅，一碰就碎"。虽然里面容不下多少钱，可是让孩子们从小就知道储蓄的道理了。外国也有近似扑满的东西，不过通常不是颠扑得碎的，是用钥匙可以打开的，多半做猪形，名之为"猪银行"。不晓得为什么选择猪形，也许是取其大肚能容吧？

我们的平民大部分是穷苦的，靠天吃饭，就怕干旱水涝，所以养成一种饥荒心理，"常将有日思无日，莫待无时思有时"。储蓄的美德普遍存在于各阶层。我从前认识一位小学教员，别看她月薪只有区区三十余元，她省吃俭用，省俭到午餐常是一碗清汤挂面洒上几滴香油，二十年下来，她拥有两栋小房（谁忍心说她是不劳而获的资产阶级）。我也知道一位人力车夫，劳其筋骨，为人做马牛，苦熬了半辈子，携带一笔小小的资财，回籍买田娶妻生子做了一个自耕的小地主。这些可敬的人，他们的钱是一文一文积攒起来的。而且他们常是量入为储，每有收入，不拘多寡，先扣一成两成作为储蓄，然后再安排支出。就这样，他们爬上了社会的阶梯。

"人无横财不富，马无夜草不肥。"话虽如此，横财逼人而来，不是人人唾手可得，也不是全然可能泰然接受的。"腰缠十万贯，骑鹤上扬州"，只是一厢情愿的想法，暴发之后，势难持久，君不见：显宦的孙子做了乞丐，巨商的儿子做了龟奴？及身而验的现世报，更是所在多有。钱财这个东西，真是难以捉摸，聚散无常。所以谚云："积财千万，不如薄技在身。"

钱多了就有麻烦，不知放在哪里好。枕头底下没有多少空间，破鞋窠里面也塞不进多少。眼看着财源滚滚，求田问舍怕招物议，多财善贾又怕风波，无可奈何只好送进银行。我在杂志上看到过一段趣谈：印第安人酋长某，平素聚敛不少，有一天带了一大口袋钞票存入银行，定期一年，期满之日他要求全部提出，行员把钞票一叠一叠地堆在柜台上，有如山积。酋长看了一下，徐曰："请再续存一年。"行员惊异，既要续存，何必提出？酋长说："不先提出，我怎么知道我的钱是否安然无恙地保存在这里？"这当然是笑话，不过我们从前也有金山银山之说，却是千真万确的。我们从前金融界执牛耳的大部分是山西人，票庄掌柜的几乎一律是老西儿。据说他们家里就有金山银山。赚了金银运回老家，溶为液体，泼在内室地上，积年累月一勺一勺地泼上去，就成了一座座亮晶晶的金山银山。要用钱的时候凿下一块就行，不虞盗贼光顾。没亲眼见过金山银山的人，至少总见过冥衣铺用纸糊成的金童玉女、金山银山吧？从前好像还没有近代恶性通货膨胀的怪事，然而如何维护既得的资财，也已经是颇费心机了。如今有些大户把钱弄到某些外国去，因为那里的银行有政府担保，没有倒闭之虞，而且还为存户保密，真是服务周到极了。

善居积的陶朱公，人人羡慕，但是看他变姓名游江湖，其心理恐怕有几分像是挟巨资逃往国外做寓公，离乡背井的，多少有一点不自在。所以一个人尽管贪财，不可无厌。无冻馁之忧，有安全之感，能罢手时且罢手，大可不必"人为财死"而后已，陶朱公还算是聪明的。

钱，要花出去，才发生作用。穷人手头不裕，为了住顾不得衣，为了衣顾不得食，为了食谈不到娱乐，有时候几个孩子同时需要买新鞋，会把父母急得冒冷汗！贫窭到这个地步，一个钱也不能妄用，只有牛衣对泣的份儿。小康之家用钱大有伸缩余地，最高明的是不求生活水准之全面提高，而在几点上稍稍突破，自得其乐。有人爱买书，有人爱买衣裳，有人爱度周末，各随所好。把钱集中用在一点上，便可比较容易适度满足自己的欲望。至于豪富之家，挥金如土，未必是福，穷奢极欲，乐极生悲，如果我们举例说明，则近似幸灾乐祸，不提也罢。公元前五世纪雅典的泰蒙，享尽了人间的荣华富贵，也吃尽了世态炎凉的苦头，他最了解金钱的性质，他认识了金钱的本来面目，钱是人类的公娼！与其像泰蒙那样疯狂而死，不如早些疏散资财，做些有益之事，清清白白，赤裸裸来去无牵挂。

信　用　卡

二十年前，一位从来足未出国门一步的朋友，移民到了美国，数年后回国游玩，见了亲友就从怀中取出一叠信用卡，不下七八张之多，向大家炫示。或问此物做何用途，答曰："就凭这个东西，我身上不带一文钱，即可游遍天下。"话虽夸张，却也有几分近于实情。

信用卡就是商业机构发行的一种证明卡片，授权持有人凭卡到各特约商店用记账方式购买物品或服务。通常是按月结账，当然要加上一点儿服务费用。这样，买东西就很方便。一个主妇在超级市场买日用品，堆满一小车，到出口算账，出示信用卡即可不必开支票，更无须付现，而且通常还可取得十元现钞做零用，一起算在账内。我的这位朋友买飞机票回国，也是使用信用卡。

用信用卡买东西等于是赊账，先享用后付钱。但是要负担服务费，等于付利息。而且有了信用卡，有些顾头不顾尾的人不免忘其所以地大事采购。等到月底结算，账单如雪片飞来，就发急得干瞪眼。"借钱如白捡，还钱认丧气。"把信用卡欠下的账还清，可能一个月的收入所余无几。下个月手头空空，依然可以用信用卡度日。欠欠还还，还还欠欠，一年到头过着"虱多不痒，债多不愁"的日子。这就是一般美国人的生活方式。如今这个制度也传到我们国内，不过推行尚不甚广。

在美国几乎人人有信用卡，而且不止一张。如果一个人没有信用卡，有时候就要遭遇困难。因为美国没有身份证，信用卡就可以证明身份。当初申请信用卡是经过一番相当严密的查证手续的，有无职业、固定薪给若干，以及种种相关事项都要查得一清二楚。所以信用卡表示一个人的信用，也表示他有偿债的能力。一个人在美国非欠债不可，不欠债即无从表示其有偿债的能力。信用卡比身份证还有用。

这和我们的国情不大相合。我们传统的想法是在交易之际一手交钱一手交货，银货两讫，清清楚楚。许多饮食店都贴着一张字条："小本经营，概不赊欠。"遇到白吃客硬要挂账，可能引起一场殴斗。可是稍大一点儿的餐馆，也有所谓签账之说，单凭签个字，就可抹抹嘴扬长而去。这些豪客大半都是有来历的人，不签字记账不足以显出威风。餐馆老板强作笑颜，心里不是滋味。

从前我们旧社会不是没有欠账的制度。例如在北平，从前户口没有大的流动，老的商店都拥有一批老主顾。到饭馆去吃饭，柜上打电话到酒庄："某某胡同的×二爷在我们这里，送两斤花雕来。"酒庄就知道×二爷平素爱喝的是多少钱一斤的酒，立刻就送了过去，钱记在×二爷的账上。欠账不是什么好事，唯独喝酒欠账，自古以来，就可以大言不惭地行之若素，杜工部不是说"酒债寻常行处有"，陆放翁不是也说"村酒可赊常痛饮"吗？

不要以为人穷志短才觍着脸去欠债。事实上越是长袖善舞的人越常欠债，而且债额大得惊人。俗语说"债台高筑"，形容人的负债之多。其实所谓"债台"并不是债务累积得像一座高台。"债台"乃是逃债之台。战国时，周赧王欠债甚多而无法清债，而债主追索甚急，王乃逃往谶台以避债。谶台，亦作谂台，古代宫中之别馆。汉书有云"逃责之台"，责即是债。古时就有逃债之说，不过只是躲在宫中别馆里而已，远不及我们现代人的逃债之高明，挟巨资远走高飞到海外做寓公！

由信用卡说到欠债，好像扯得太远了。其实是一桩事。不习惯举债的人，大概也不愿意使用信用卡。信用卡一旦遗失被窃或被仿造，还可能引起麻烦。

小　账

　　小账是我们中国的一种坏习惯，在外国许多地方也有小账，但不像我们的小账制度那样周密、认真、麻烦，常常令人不快。我们在饭馆里除了小账加一之外还要小账，理发洗澡要小账，坐轮船火车要小账，雇汽车要小账，甚至于坐人力车、坐轿子，车夫、轿夫也还会要饶一句："道谢两白钱！"

　　小账制度的讨厌在于小账没有固定的数目，给少了固然要遭白眼，给多了也是不妙，最好是在普通的数目上稍微多加那么一点点，庶几可收给小账之功而不被谥为猪头三。然而这就不容易，这需要有经验，老门槛。

　　在有些地方，饭馆的小账是省不得的，尤其是在北方，堂倌客气得很，你的小账便也要相当慷慨。小账加一，甚至加二加三加四加五，堂倌便笑容可掬，鞠躬如也，你才迈出门槛，就听见堂倌直着脖子大叫："送座，小账×元×角！"声音来得雄壮，调门来得高亢，气势来得威武，并且一呼百诺，一阵欢声把你直送出大门口，门口旁边还站着个把肥头胖耳的大块头，满面春风地弯腰打躬。小账之功效，有如此者。假如你的小账给得太少，譬如吃了九角八分面你给大洋一元还说"不用找啦"，那你就准备着看一张丧气的脸吧！堂倌绝不隐恶扬善，他是很公道的，你的"恶"他也要"扬"一下，他会怪声怪气地大吼一声："小账二分……"门外还有人应声："啊！二分！谢谢！"你只好臊不搭地溜之乎也。听说有一个人吃完饭放了二分钱在桌上，堂倌性急了一点儿，大叫"小账二分"。那个人恼羞成怒，把那两分钱拿起来放进衣袋去，堂倌接着又叫"又收回去了"。

　　一个外国传教士曾记载着：

　　　　中国的客栈饭馆和澡堂一类场所有一种规矩，就是在客人付账之后，接受银钱的堂倌一定要高声报告小账的数目，这种规矩表面上好像是替客人拉面子，表示他如何阔绰（或其反面），也确有初次出门的客人这样想的；但实际上是让其他的堂倌知道，他并没有搯什么油，小账是大家平均分配的，经收的他是"涓滴归公"了的（见潘光旦先生著：《民族特性与民族卫生》一四五页，商务版）。这观察固然是很对的，但是多付小账能有意想不到之效力，也是事实。在饭馆多付几成小账，以后你去了便受特别优待，你要一盘烩虾仁，堂倌便会附耳过来说"二爷，不用吃虾仁了，不新鲜"。虾仁究竟新鲜与否是另一问题，单是这一句话显得多么亲切有味！在澡堂里于六角之外另给小账六角，给过几次之后，你再去，堂倌老远地就望见你，心里说"六角的来了"！

记得老舍先生有一篇小说，提起火车里的查票人的几副面孔，在三等车里两个查票人都板着面孔，在二等车里一个板面孔一个露笑脸，在头等车里两个人都带笑容。我们不能不佩服老舍先生形容尽致。不过你们注意过火车上的小账没有？坐二三等车的人不能省小账，你给了之后茶房还会嘟嘟囔囔地说："请你老再回回手！"你回了手之后，他还要咂嘴摇头，勉强算是饶了你这一遭，并不满意。可是在头等车里很少有此等事，小账随便给，并无闲话听。原因很简单，他不知你是何许人，不敢啰唆。轮船里的大餐间，也有类似情形。陇海线、浙赣线均不许茶房收小账，规矩很好，有些花钱的老爷们偏要破坏这规矩，其实是不该的。

据考证，小账制度之所以这样发达，原因不外乎两个：一个是劳苦的工役薪俸太低，一个是有钱的人要凭借金钱的势力去买得格外的舒服。

劳力者的待遇，就一般论，实在太低。出卖劳力的人，一个月的薪俸只有十块八块，这是很普通的事，每月挣五六块的薪金而每月分小账可以分到三五十元，这也是很普通的事。为了贪求小账，劳动者便不能不低声下气地去伺候顾主，这固然也有好处，然而这种制度对于劳动者是不公道的，因为小账近于"恩惠"，而不是应得的报酬。广东有许多地方不要小账，那精神是可取的。要取消小账制度，劳力者的人格才得更受尊敬。在业主方面着想，小账是最好不过，这负担是出自顾客方面，而且因此还可以把业主的负担（薪金）减轻。

富有的人并不嫌小账为多事。常言道："有钱能使鬼推磨。"有钱的人往往就想：我有钱，什么事都办得到，多费几个钱算什么！在北平听过戏的人应该知道所谓"飞票"。好戏上场，总是很晚的，富有阶级的人无须早临而得佳座，因为卖"飞票"的人在门口守候着，拿着预先包销的佳座的票子向你兜售，你只消比戏价多出百分之五十做小账，第二排第三排便随你挑选，假如再多付一点儿小账，等一会儿还会有一小壶特别体己的好茶送到你的跟前。有钱的人不必守规矩，钱就是规矩。火车站买票也是苦事，然而老于此道者亦无须着急，尽管到候车室里吸烟品茶，茶房会从票房的后门进去替你办得妥妥帖帖，省你一身大汗，费你几角小账。只要有钱，就有办法。假如没有小账制度，有钱也是不成，大家都得守规矩，有钱的人和没钱的人不是平等了吗？

　　我提议：一、把劳苦的人的工资提高；二、把小账的制度取缔一下，例如饭馆既有堂彩加一的办法，就不必另收小账（改作加二也好）；三、公用机关和大企业要首先倡导打破小账制度，这事说起来容易，一时自然办不到。可是我还要说！

吸　烟

烟，也就是菸，译音曰淡巴菰。这种毒草，原产于中南美洲，遍传世界各地。到明朝，才传进中土，利马窦在明万历年间以鼻烟入贡，后来鼻烟就风靡了朝野。在欧洲，鼻烟是放在精美的小盒里，随身携带。吸时，以指端蘸鼻烟少许，向鼻孔一抹，猛吸之，怡然自得。我幼时常见我祖父辈的朋友不时地在鼻孔处抹鼻烟，抹得鼻孔和上唇都染上焦黄的颜色。据说能明目祛疾，谁知道？我祖父不吸鼻烟，可是备有"十三太保"，十二个小瓶环绕一个大瓶，瓶口紧包着一块黄褐色的布。各瓶品味不同，放在一个圆盘里，捧献在客人面前。我们中国人比欧洲人考究，随身携带鼻烟壶，玉的、翠的、玛瑙的、水晶的，精雕细镂，形状百出。有的山水图画是从透明的壶里面画的，真是鬼斧神工，不知是如何下笔的。壶有盖，盖下有小勺匙，以勺匙取鼻烟置一小玉垫上，然后用指端蘸而吸之。我家藏鼻烟壶数十，丧乱中只带出了一个翡翠盖的白玉壶，里面还存了小半壶鼻烟，百余年后，烈味未除，试嗅一小勺，立刻连打喷嚏不能止。

我祖父抽旱烟，一尺多长的烟管，翡翠的烟嘴，白铜的烟袋锅（烟袋锅子是塾师敲打学生脑壳的利器，有过经验的人不会忘记），著名的关东烟的烟叶子贮在一个绣花的红缎子葫芦形的荷包里。有些旱烟管四五尺长，若要点燃烟袋锅子里的烟草，则人非长臂猿，相当吃力，一时无人伺候则只好自己划一根火柴插在烟袋锅里，然后急速掉过头来抽吸。普通的旱烟管不那么长，那样长的不容易清洗。烟袋锅子里积的烟油，常用以塞进壁虎的嘴巴置之于死地。

我祖母抽水烟。水烟袋仿自阿拉伯人的水烟筒（hookah），不过我们中国制造的白铜水烟袋，形状乖巧得多。每天需要上下抖动地冲洗，呱啦呱啦地响。有一种特制的烟丝，兰州产，比较柔软。用表心纸揉纸煤儿，常是动员大人孩子一齐动手，成为一种乐事。经常保持一两只水烟袋做敬客之用。我记得每逢家里有病人，延请名医周立桐来看病，这位飘着胡须的老者总是昂首登堂直就后炕的上座，这时候送上盖碗茶和水烟袋，老人拿起水烟袋，装上烟草，"突"的一声吹燃了纸煤儿，呼噜呼噜抽上三两口，然后抽出烟袋管，把里面烧过的烟烬吹落在他的手心里，再投入面前的痰盂，而且投得准。这一套手法干净利落。抽过三五袋之后，呷一口茶，才开始说话："怎么？又是哪一位不舒服啦？"每次如此，活龙活现。

我父亲是饭后照例一支雪茄，随时补充纸烟，纸烟的铁罐打开来，"咝"的一声响，先在里面的纸签上写启用的日期，借以察考每日消耗数量不使过高，雪茄形似飞艇，尖端上打个洞，叼在嘴里真不雅观，可是气味芬芳。纸烟中高级者都是舶来品，中下级者如强盗牌在民初左右风行一时，稍后如白锡包、粉包，国产的联珠、前门等，皆为一般人所乐用。就中以粉包为特受欢迎的一种，因其烟支之粗细松紧正合吸海洛因者打"高射炮"之用。儿童最喜欢收集纸烟包中附置的彩色画片。好像是前门牌吧，附置的画片是《水浒传》一百零八条好汉的画像，如有人能收集全套，可得什么什么的奖品，一时儿童们趋之若鹜。可怜那些热心的收集者，枉费心机，等了多久多久，那位及时雨宋公明就是不肯亮相！是否有人集得全套，只有天知道了。

常言道，"烟酒不分家"，抽烟的人总是桌上放一罐烟，客来则敬烟，这是最起码的礼貌。可是到了抗战时期，这情形稍有改变。在后方，物资艰难，只有特殊人物才能从怀里掏出"幸运""骆驼""三五""毛利斯"在侪辈面前炫耀一番，只有豪门仕女才能双指夹着一支细长的红嘴的"法蒂玛"忸怩作态。一般人吸的是"双喜"，等而下之的便要数"狗屁牌"（Cupid）香烟了。这亵渎爱神名义的纸烟，气味如何自不待言，奇的是卷烟纸上有涂抹不匀的硝，吸的时候会像儿童玩的烟火"滴滴金"噼噼啪啪地作响、冒火星，令人吓一跳。饶是烟质不美，瘾君子还是不可一日无此君，而且通常是人各一包深藏在衣袋里面，不愿人知是何牌，要吸时便伸手入袋，暗中摸索，然后突地抽出一支，点燃之后自得其乐。一听烟放在桌上任人取吸，那种场面不可复见。直到如今，大家元气稍复，敬烟之事已很寻常，但是开放式的一罐香烟经常放在桌上，仍不多见。

我吸纸烟始自留学时期，独身在外，无人禁制，而天涯羁旅，心绪如麻，看见别人吞云吐雾，自己也就效颦起来。此后若干年，由一日一包，而一日两包，进而一日一听。约在二十年前，有一天心血来潮，我想试一试自己有多少克己的力量，不妨先从戒烟做起。马克·吐温说过："戒烟是很容易的事，我一生戒过好几十次了。"我没有选择黄道吉日，也没有诹访室人，闷声不响地把剩余的纸烟，一股脑儿丢在垃圾堆里，留下烟嘴、烟斗、烟包、打火机，以后分别赠给别人，只是烟灰缸没有抛弃。"冷火鸡"的戒烟法不大好受，一时间手足失措，六神无主，但是工作实在太忙，要发烟瘾没有工夫，实在熬不过就吃一块巧克力。巧克力尚未吃完一盒，又实在腻歪，于是把巧克力也戒掉了。说来惭愧，我戒烟只此一遭，以后一直没有再戒过。

吸烟无益，可是很多人都说"不为无益之事，何以遣有涯之生"？而且无益之事有很多是有甚于吸烟者，所以吸烟或不吸烟，应由各人自行权衡决定。有一个人吸烟，不知是为特技表演，还是为节省买烟钱，经常猛吸一口咽烟下肚，绝不污染体外的空气，过了几年此人染了肺癌。我吸了几十年的烟，最后才改吸不花钱的新鲜空气。如果在公共场所遇到有人口里冒烟，甚或直向我的面前喷射毒雾，我便退避三舍，心里暗自诅咒："我过去就是这副讨人嫌恶的样子！"

沙　发

　　沙发是洋玩意儿，就字源讲，应该是从阿拉伯兴起来的，原来的意义，是指那种带靠垫与扶手的长椅而言。没见过沙发的人，可以到任何家具店玻璃窗前去看看，里面大概总蹲着几套胖墩墩的矮矮的挺威武的沙发。

　　沙发是很令人舒适的，坐上去就好像是掉进一堆棉花里，又好像是偎在一个胖子的怀抱里，他把你搂得紧紧的，柔若无骨。你坐上去之后，不由得把身体往后一仰，肚子一挺，两腿一跷，两只胳臂在两旁一搭，如果旁边再配上一个矮矮的小茶几，上面摆着烟、烟灰碟、报章杂志、盖碗茶，我想任何人都不会再想站起来。因此，沙发几乎成了一个中上阶层家庭里所不可少的一种设备。如果少了它，主人和客人就好像没有地方可以安置似的。一套沙发，三大件，怎么摆都成，一字长蛇也可以，像个衙门似的八字开着也可以，孤零零地矗立在屋子中央也可以，无往不利。有这么三大件就把一间屋子给撑起来了。主人的身份也予以确定。

　　但是这种洋玩意儿，究竟与我们的国情有些不甚相合。我们中国人讲究站有站相，坐有坐相，睡有睡相。所谓"立如松，坐如钟，卧如弓"，坐在那里需要像一口钟，上小下大，四平八稳，没个晃、没个倒。这种姿势才显得官样而且正派。这种坐相就与椅子的构造颇有关系。一把紫檀太师椅，满镶螺钿，大理石心，方正高大，无论谁坐上去也只好挺着腰板，正襟危坐，他不能像坐沙发似的那么半靠半醒的一副懒散相。沙发没有不矮的，再加上半靠半睡的姿势，全然不合我们的固有道德。

　　我们是讲礼貌的民族。向人拱手作揖，或是鞠躬握手，都必须站立着才成。假如你本来半靠半睡在一张沙发上，忽然有人过来要和你握手，你怎么办？赶快站起来便是。但是你站得起来吗？你深深地窝在沙发里，两只胳膊如果没练过双杠，腰杆儿上如果没有一点硬功夫，你休想能一跃而起。必须两手力按扶手，脊椎一挺，脖梗子一使劲，然后才能"哼哧"一声立起身来。如果这样地连续动作几回，谁也受不了。倒不如硬木太师椅，坐着和站着本来就差不多，一伸腿就立起来了。

　　一个穷亲戚或是一个属员来见你，他坐沙发的姿势特别。他不坐进去，他只跨一个沿。他的全身重量只由沙发里面的靠边上的半个弹簧来支持着，弹簧压得咔吱咔吱地直响，他也不管，他的臀部只有很小的一块和沙发发生接触。你当然不好意思对他说："请你坐进去。"你只能做一个榜样给他看，大模大样地向后一靠。但是更糟，你越大模大样，他越局局缩缩，他越发坐得溜边溜沿。你心里好难过，一方面怕沙发被他坐坏，一方面还怕他跌下去！

　　但是这种坐沙发的姿势也未可厚非。有时候颇有其必要，我曾见过一群官在一间大客厅单围坐一圈，每人占据一个沙发，静悄悄地在等候一位大官的来临。我细心观察，他们每个人都没有坐稳当，全是用右半边臀部斜压着一点点沙发的边缘，好像随时都可以挺身而起的样子。果然，房门咔啦一声响，大家以为一定是那官儿来了，于是轰地的一下子全体肃立，身段好灵活，手脚好麻利，没有一个是四脚朝天地在沙发上挣扎。可惜这回进来的不是那官儿，是茶房托着漆盘送茶。大家各返原样，一次两次地演习，终于在觐见的仪式中没有一个落后的。假如用正规的姿态去坐沙发，我相信一定有人在沙发上扑腾不起来，会急死！

　　和高于自己的人对坐，需要全身筋肉紧张，然后才显得自己像是一块有用的材料，才能讨人欢喜。如果想全身弛懈地瘫在沙发上，你只好回家当老爷子去！

　　坐沙发的姿势固然人各不同，但与沙发本身无关，沙发本身原是为给人舒适的。所以最善于使用沙发者莫过于孩子。孩子天真无邪，看见沙发软乎乎的，便在上面跳蹦起来，使那弹簧尽最大的功效，他可以横躺、竖躺、倒躺，甚至翻个筋斗，挡上两把木椅还可权充一只小床，假如沙发不想传代，是应该这么使用。

　　我到人家去，十九都遇见有沙发可坐。但是很难得能享受沙发的舒适。我最怕的是那种上了年纪的沙发，年久失修，坑洼不平，弹簧的圈儿清清楚楚地在布底下露着，老气横秋地摆在那里，主人一巡儿地请你上座，你只好就座，坐上去就好像上刀山一般，稍一转动，铿然作响。有时候简直坐不住，要溜下来，或是溜在一边。只好退一步想，比坐针毡总好一些。也许是我的运气不佳，时常在冬天遇见皮沙发，冰凉的；在夏天又遇见绒沙发，发汗。有时候沙发上带白布套，又往往稀松，好像是没有系带的袜子似的，随时往下松。我还欣赏过一种不修边幅的沙发，挨着脑壳的那一部分蹭光大亮的，起码有半分厚的油泥，扶手的地方也是光可鉴人，可以磨剃刀。像这种种的沙发，放在屋里，只能留着做一种刑具用，实在谈不上舒适。

电　话

　　清末民初的时候，北平开始有了电话，但是还不普遍。我家里在民国元年装了电话，我还记得号码是东局六八六号。那一天，我们小孩子都很兴奋，看电话局的工人们蹿房越脊牵着电线走如履平地，像是特技表演。那时候，一般人都称电话为德律风，当然是译音。但是清末某一些上海人的笔记，自作聪明，说德律风乃西洋某发明家之姓氏，因纪念他的发明，遂以他的姓氏名之。那时的电话不似现在的样式，是钉挂在墙上的庞然大物，顶端两个大铃像是瞪着的大眼睛，下面是一块斜木板，预备放纸笔什么的样子，再下面便像是隆起的大腹，里边是机器了。右手有个摇尺，打电话的时候要咕噜咕噜地猛摇一二十下，然后摘下左方的耳机，嘴对着当中的小喇叭说话、叫号。这样笨重的电话机，现在恐怕只有博物馆里才得一见了。外边打电话进来，铃声一响，举家惊慌奔走相告，有的人还不敢去接听，不知怕的是什么。

　　从前的人脑筋简单，觉得和老远老远的人说话一定要提高嗓门，生怕对方听不到，于是彼此对吼，声嘶力竭。他们不知道充分利用电话，没有想到电话里可以喁喁情语，可以娓娓闲聊，可以聊个把钟头，可以霸占线路旁若无人。我最近看见过一位用功的学生，一面伏案执笔，一面歪着脑袋把电话耳机夹在肩头上，口里不时念念有词，原来是在和他的一位同学长期交谈，借收切磋之效。老一辈的人，常以为电话多少是属于奇淫技巧一类，并不过分欣赏，顶多打个电话到长发号叫几斤黄酒，或是打个电话到宝华春叫一只烧鸭子的时候，不能不承认那份方便。至若闲来没事找个人聊天，则串门子也好，上茶馆也好，对面晤谈，有说有笑，何必性急，玩弄那个洋玩意儿？

　　后来电话渐渐普遍，许多人家由"天棚鱼缸石榴树"一变而为"电灯电话自来水"的局面。虽说最近有一处擦皮鞋的摊子都有了电话，究竟这还是一项值得一提的设备，房屋招租广告就常常标明带有电话。广告下不必说明"门窗户壁俱全"，因为那是题中应有之义，而电话则不然了。

　　尽管电话还不够普遍，但是在使用上已有泛滥成灾之势。我有一位朋友颇有科学头脑，他在临睡之前在电话上做了手脚，外面打电话进来而铃不响，他可以安然地高枕而眠。我总觉得这有一点儿自私，自己随时打出去，而不许别人随时打进来。可是如果你好梦正酣，突被电话惊醒，大有可能对方拨错了号码，这时候你能不气得七窍生烟吗？如果你在各种最不便起身接电话的时候，而电话铃响个不停，你是否会觉得十分扫兴、狼狈、愤怒？有人给电话机装个插头，用时插上，不用时拔下，日夜安宁，永绝后患。我问他："这样做，不怕误事吗？"他说："误什么事？误谁的事？电话响，有如'夜猫子进宅'，大概没有好事。"他的话不是无理，可是我狠不下心这样做。如果人人都这样的壁垒森严，电话就根本失效了，你打电话去怕也没有人接。

电话号码拨错，小事一件，贤者不免，本无须懊恼，可恼的是对方时常是粗声粗气，一觉得话不对头，便呱嗒一声挂断，好像是一位病危的人突然断气，连一声"对不起"都没来得及说，这时节要我这方面轻轻把耳机放好我也感觉为难。

电话机有一定装置的地方，或墙上，或桌上，或床头。当然也有在厨房或洗手间装有分机的。无论如何，人总有距离电话十尺、二十尺开外的时候，铃响之后，即使几个箭步蹿过去接，也需要几秒钟的时候。对方往往就不耐烦了，你刚拿起耳机，他已愤而断绝往来。有几个人能像一些机关大老雇得起专管电话的女秘书？对方往往还理直气壮地责问下来："为什么电话没有人接？"我需要诌出理由为自己的有亏职守勉强开脱。

电话打通，谁先报出姓名身份，没有关系，先道出姓名的一方不见得吃亏，偏偏有人喜欢捉迷藏。"喂，你是哪里？""你要哪里？""我要××××××号。""我这里就是。""×××在不在家？""你是哪一位？""我姓W。""大名呢？""我是×××。""好，你等一下。"这样枉费唇舌还算是干净利落的，很可能话不投机，一时肝火旺，演变成为小规模的口角。还有比这个更烦人的："喂，你猜我是谁？猜猜看！怎么连我的声音都听不出来？"对于这样童心未泯的戴着面具的人，只好忍耐，自承愚蠢。

电话不设防，谁都可以打进来。我有时不揣冒昧，竟敢盘诘对方的姓名身份，而得到的答话是："我是你的读者。"好像读者有权随时打电话给作者，好像作者应该有"售后服务"的精神。我追问他有何见教，回答往往是：某一个英文字应该怎样讲、怎样读、怎样用；某一句话应该怎样译；再不就是问英文怎样可以学好。这总是好学之士，我不敢怠慢，请他写封信来，我当书面答复。此后多半是音讯杳然，大概他是认为这是小事，不值得一操翰墨吧。

门　铃

　　居住的地方不该砌起围墙。既然砌了墙，不该留一个出入的门口。既然留了门口，不该安上一个门铃。因为门铃带来许多烦恼。

　　门铃非奢侈品，前后左右的邻居皆有之。而且巧得很，所装门铃大概都是属于一个类型，发出哑哑的沙沙的声音。一声铃响，就是心惊，以为有什么人的高轩莅止，需要仔细地倾耳辨别，究竟是人家的铃响，还是自己的铃响，一方面怕开门太迟慢待嘉宾，一方面怕一场误会徒劳往返，然而必须等待第二声甚至第三声铃响，才能确实分辨出来。往往因此而惹得来人不耐烦，面有愠色。于是我把门铃拆去，换装了一个声音与众不同的铃。铃一响，就去开门，真正的是如响斯应。

　　实际上不能如响斯应。寒舍虽非深宅大院，但是没有应门三尺之童，必须自理门户，由起居之处走到门口也还有一点空间，空间即时间，有时还要脱鞋换鞋，倒屣是不可能的，所以其间要有一点耽搁。新的门铃响声相当洪亮，不但主人不会充耳不闻，客人自己也听得清清楚楚。很少客人愿意在门外多停留几秒钟，总是希望主人用超音速的步伐前来应门。尤其是送信的人，常常是迫不及待，按起门铃如鸣警报，一声比一声急。有时候沿门求乞的人，也充分地利用这一设备，而且是理直气壮地大模大样地按铃。卖广柑的，修理棕绷竹椅的，打滴滴涕的，推销酱油的，推销牛奶的，传教的洋人及准洋人，都有权利按铃，而且常是在最令人感觉不方便的时候来使劲地按铃。铃声无论怎样悦耳，总是给人以不愉快的预兆时为多。

　　铃是给人按的，不拘什么人都可以按，主人有应声开门的义务，没有不去开门的权利。开门之后，一个鸠形鹄面的人手里拿着烂糟糟的一本捐册，缘起写得十分凄惨，有"舍弟江南死，家兄塞北亡"的意味，外加还有什么证明文件之类。遇到这种场面，除了敬谨捐献之外，夫复何言？然而这不是最伤脑筋的事，尤有甚于此者。多半是在午睡方酣之际，一声铃响，令人怵然以惊，赶紧披衣起身施施然出，开门四望，阒无一人。只觉阴风扑面，令人打一个冷战。一条夹着尾巴的野狗斜着眼睛瞟我一下匆匆过去，一个不信鬼的人遇见这样情形也要觉得心头栗栗。这种怪事时常发生，久之我才知道这乃是一些小朋友的户外游戏之一种，"打了就跑"。你在四向张望的时候，他也许藏在一个墙角正在窃窃冷笑。

有些人大概是有奇怪的收藏癖，喜欢收集各式各样的电铃的盖子，否则为什么门口电铃上的盖子常常不翼而飞呢？这种盖子是没有什么其他的用场的，不值得窃取，只能像集邮一般地满足一种收藏的癖好。但是这癖好却建筑在别人的烦恼上。没有把你的大门摘走，已是取不伤廉，还怨的是什么？感谢工业的伟大进步，有一种电铃没有凸出的圆盖了，钉在墙上平乎乎地只露出滑不溜丢的一个小尖头在外面供你按，但不能一把抓。

按照我国固有文明，拉铃和电铃一样有用，而烦恼较少。《江南余载》有这样一条："陈雍家置大铃，署其旁曰：'无钱雇仆，客至请挽之。'"今之拉铃，即其遗风。这样的拉铃简单朴素，既无虞被人采集而去，亦不致被视为户外游戏的用具。而且，既非电化器材，不怕停电。从前我家里的门铃就是这样的，记得是在我的祖父去世的那年，出殡时狮子"松活"的头下系着的几个大铜铃，扎在一起累累然挂在房檐下，作为门铃用。挽拉起来，哗啷哗啷地乱响，声势浩大。自从改装了电铃，就一直烦恼，直到于今。

这一切烦恼皆是城市生活环境使然。如果是野堂山居，必定门可罗雀，偶然有长者车辙，隔着柴扉即可望见颜色，"门前剥啄定佳客，檐外孱颜皆好山"，那是什么情景？

牙　签

施耐庵《水浒传·序》有"进盘飧，嚼杨木"一语，所谓"嚼杨木"就是饭后用牙签剔牙的意思。晋高僧法显求法西域，著《佛国记》，有云："沙抵国南门道东佛在此嚼杨枝，刺土中即生……"这个"嚼"字当作"削"解。"嚼杨木"当然不是把一根杨木放在嘴里咀嚼。饭后嚼一块槟榔还可以，谁也不会吃饱了之后嚼木头。"嚼杨木"是借用"嚼杨枝"语，谓取一根牙签剔牙。杨枝净齿是西域风俗，所以中文里也借用佛书上的名词。《隋书·真腊传》："每旦澡洗，以杨枝净齿，读诵经咒。又澡洒乃食，食罢，还用杨枝净齿，又读经咒。"可见他们的规矩在念经前和食后都要杨枝净齿。

为了好奇，翻阅赛珍珠女士译的《水浒传》，她的这一句的译文甚为奇特："Take food, chew a bit of this or that." 我们若是把这句译文还原，便成了"进食，嚼一点这个又嚼一点那个"。衡以信、达、雅之义，显然不信。

牙缝里塞上一丝肉、一根刺，或任何残膏剩馥，我们都会自动地本能地思除之而后快。我不了解为什么这净齿的工具需要等到五世纪中由西域发明然后才得传入中土。我们发明了罗盘、火药、印刷术，没能发明用牙签剔牙！

西洋人使用牙签更是晚近的事。英国到了十六世纪末年还把牙签当作一件稀奇的东西，只有在海外游历过的花花大少才口里衔着一根牙签招摇过市，行人为之侧目。大概牙签是从意大利传入英国的，而追究根源，又是从亚洲传到意大利的，想来是贸易商人由威尼斯到近东以至远东把这净齿之具带到欧洲。莎士比亚的《无事自扰》有这样的句子："我愿从亚洲之最远的地带给你取一根牙签。"此外在其他三四出戏里也都提到牙签，认为那是"旅行家"的标记。以描述人物著名的散文家Overbury，也是莎士比亚同时代的人，在他的一篇《旅行家》里也说："他的牙签乃是他的一项主要的特点。"可见三百年前西洋的平常人是不剔牙的。藏垢纳污到了饱和点之后也就不成问题。倒是饭后在齿颊之间横剔竖抉的人，显着矫揉造作，自命不凡！

人自谦年长曰马齿徒增，其实人不如马，人到了年纪便要齿牙摇落，至少也是齿牙之间产生罅隙，有如一把烂牌，不是一三五，就是二四六，中间仅是嵌张！这时节便需要牙签，有象牙质的，有银质的，有尖的，有扁的，还有带弯钩的，都中看不中用。普通的是竹质的，质坚而锐，易折，易伤牙龈。我个人经验中所使用过的牙签最理想的莫过于从前北平致美斋路西雅座所预备的那种牙签。北平饭馆的规矩，饭后照例有一碟槟榔豆蔻，外带牙签，这是由堂倌预备的，与柜上无涉。致美斋的牙签是特制的，其特点第一是长，约有自来水笔那样长，拿在手中可以摆出搦毛笔管的姿势，在口腔里到处探钻无远弗届；第二是质韧，是真正最好的杨柳枝做的，拐弯抹角的地方都可以照顾得到，有刚柔相济之妙。现在台湾也有一种白柳木的牙签，但嫌其不够长，头上不够尖。如今想起致美斋的牙签，尤其想起当初在致美斋做堂倌后来做了大掌柜的初仁义先生（他常常送一大包牙签给我），不胜惆怅！

有些事是人人都做的，但不可当着人的面前公然做之。这当然也是要看各国的风俗习惯。例如牙签的使用，其状不雅，咧着血盆大口，拧眉皱眼，剔之，抠之，攒之，抉之，使旁观的人不快。纵然手搭凉棚放在嘴边，仍是欲盖弥彰，减少不了多少丑态。至于已经剔牙竣事而仍然叼着一根牙签昂然迈步于大庭广众之间者，我们只能佩服他的天真。

生病与吃药

不幸生而为人，于是难免要生病。所以，人生的几大关键，生、老、病、死，病也要算其中之一。一般受资本家压迫的人，往往感觉到生病之不应该，以为病是应该生在有钱人的身上。其实病之于人，大公无私，初无取舍，张三的臀部可以生疮，李四的嘴边也许就同时长疗，谁也说不定。不过这吃药的问题，倒不是人人能谈得到的。你说，我病了应该吃药，请你借我几个钱买药，你就许摇头。所以说，病是人人可生，而药非人人得吃也。

听说药有中西之分。听说又有所谓医院者，病人进去之后，有时候也可以治好病。然而医院的资本听说非常之大，所以住院要比住旅馆还贵一点儿。又尝听说，这个病人死后的开销，有时候就算在那一个人活着时候的账上。……这都是道听途说，我生性不好冒险，所以也不知是真是假。

没吃过猪肉的人也许见过猪走；我没住过医院，然亦深知医院必须喝药水矣。这就是与我们中医异趣了。我们中医大概都秉性忠厚一些，绝不肯打下一针去就让你死去活来，他会今天给你两钱甘草，明天开上三分麦冬，如若你要受罪，他能让你慢慢地受，给你留出从容预备后事的工夫，这便是中医的慈善处。中医之所以历数千年而弗替者，其在是乎？

生病吃药，好像是天经地义矣，其实病的好与不好，不必在药之吃与不吃。但是做医生的人，纵或不盼望你常生病，至少也要希望你病了之后去求他开个方子。开了方子之后，你当然不免要到药店买药。做药房生意的人，是最慈悲不过的，时常替病人想省钱的方法。例如鱼肝油是补养的，而你新从乡下来不曾知道，或者就许到一位德医先生处去领教，德医给你试了体温，仔细研究，曰："可以吃鱼肝油矣！"你除了买鱼肝油之外，还要孝敬德医几块。卖药的人，看了这种情形，心中大是不忍，觉得病人药是要买的，而医则大可不必去看。于是他们便借重所谓报纸者，登他一假广告，告诉你什么什么丸包治百病，什么什么机百病包治，什么什么膏能让你不生毛的地方生毛，什么什么水能让你长毛的地方不长毛，只要你留心看报，按图索骥，任凭你生什么稀奇古怪的病，报上就有什么稀奇古怪的药。你买一回药，若不见效，那是因为药性温和了一点，再买点试试看，总有你幸占勿药的一天。住在上海的人可别生病。不是为别的，是因为上海的医生太多，并且个个都好，有新从德国得博士的赵医士，有久留东洋的钱医士，有在某某学校卒业几乎和到过德国一样的孙医士，还有那诸医束手我能医的李医士，良医遍天下，你将何去何从呢？假如你不肯有所偏倚，你只得在这无数良医的门前犹豫徘徊逡巡，就在犹豫徘徊之间，你的病也许就发生变动了。

所以，我的主张是：（一）最好不是人；（二）次好是是人而不生病；（三）再次好是不在上海生病；（四）再次好是在上海生病而不吃药；（五）再次好是在上海生病吃药而不就医；（六）再次好只有希望在下世。我的上面这六个主张，能倒着次序完全做到！

花钱与受气

一个人就不应该有钱，有了钱就不应该花，如其你既有钱，而又要花，那么你就要受气。这是天演公理，不足为奇。

从前我没出息的时候，喜欢自己上街买东西。这已经很是不知自量了，还要拣门面大一点的店铺去买东西。铺户的门面一大，窗户上的玻璃也大，铺子里面服务的先生们的脾气，也跟着就大。我走进这种店铺里面，看看什么都是大的，心里便觉战栗，好像自己显得十分渺小了。处在这种环境压迫之下，往往忘了自己是买什么来的。后来脸皮居然练厚了一点，到大商店里去我居然还能站得稳，虽然心里面有时还不能不跳。但是叫我向柜台里的先生张口买东西，仍然诚惶诚恐。第一，我总觉得我要买的东西太少，恐怕不足以上渎清听，本来买二两瓜子，时常就随机应变，看看柜台里先生面色不对，马上就改作半斤，紧张的局势赖此可以稍微缓和一点。东西的好坏，是否合意，我从来不挑剔，因为我是来求人赏点东西，怎敢挑三挑四地来，横竖店铺一时关不了。假如为忙着买东西把店伙累坏了呢，人家也是爹娘养的，怎肯与我干休？所以我到大商店去买东西，因为我措辞失体礼貌欠周以致使商店伙计生点气，那是有的，大的乱子可没有闹过。

后来我的脑筋成熟了一些，思想也聪明了一些，有时候便到小铺子去买东西，然而也不容易。小铺店的伙计倒是肯谦恭下士，我们站在他们面前，有时也敢于抬起头来。可是他们喜欢跟你从容论价。"脸皮欠厚"的人时常就在他们的一阵笑声里吓跑了。我要买一张桌子，并且在说话的声音里表示出诚恳的意思，他说要五十块钱，我不敢回半句话，不成，非还价不能走出来。我仗着胆子说给十块钱。好，你听着，他嘴里念念有词，他鼻里哼哼有声，你再瞧他那副尊容，满脸会罩着一层黑雾，这全是我那十块钱招出来的。假如我的气血足，一时能敌得住，只消迈出大门一步，他会把你请回去，说："卖给你喽!"于是，你的钱也花了，气也受了，而桌子也买了。

此外如车站、邮局、银行等公众的地方，也正是我们年轻人练习涵养的地方。你看那铁栏杆里的那一张脸，你要是抱着小孩子，最好离远一些，留神吓坏了孩子。我每次走到铁栏窗口，虽然总是送钱去，总觉得我好像是要向他们借债似的。每一次做完交易，铁栏里面的脸是灰的，铁栏外面的脸是红的！铁栏外面的唾沫往里面溅，铁栏里面的冷气往外面喷！

受气不必花钱，花钱则一定要受气。

散　　步

《琅嬛记》云："古之老人，饭后必散步。"好像是散步限于饭后，仅是老人行之，而且盛于古时。现代的我，年纪不大，清晨起来盥洗完毕便提起手杖出门去散步。这好像是不合古法，但我已行之有年，而且同好甚多，不只我一人。

清晨走到空旷处，看东方既白，远山如黛，空气里没有太多的尘埃炊烟混杂在内，可以放心地尽量地深呼吸，这便是一天中难得的享受。据估计："目前一般都市的空气中，灰尘和烟煤的每周降量，平均每平方公里约为五吨，在人烟稠密或工厂林立的地区，有的竟达二十吨之多。"养鱼的都知道要经常为鱼换水，关在城市里的人真是如在火宅，难道还不在每天清早从软暖习气中挣脱出来，服几口清凉散？

散步的去处不一定要是山明水秀之区，如果风景宜人，固然觉得心旷神怡，就是荒村陋巷，也自有它的情趣。一切只要随缘。我从前沿着淡水河边，走到萤桥，现在顺着一条马路，走到土桥，天天如是，仍然觉得目不暇接。朝露未干时，有蚯蚓、大蜗牛，在路边蠕动，没有人伤害它们，在这时候这些小小的生物可以和我们和平共处。也常见有被碾毙的田鸡、野鼠横尸路上，令人触目惊心，想到生死无常。河边蹲踞着三三两两浣衣女，态度并不轻闲，她们的背上兜着垂头瞌睡的小孩子。田畦间伫立着几个庄稼汉，大概是刚拔完萝卜摘过菜。是农家苦，还是农家乐，不大好说。就是从巷弄里面穿行，无意中听到人家里的喁喁絮语，有时也能令人忍俊不禁。

六朝人喜欢服五石散，服下去之后五内如焚，浑身发热，必须散步以资宣泄。到唐朝时犹有这种风气。元稹诗"行药步墙阴"，陆龟蒙诗"更拟结茅临水次，偶因行药到村前"。所谓行药，就是服药后的散步。这种散步，我想是不舒服的。肚里面有丹砂、雄黄、白矾之类的东西作怪，必须脚步加快，步出一身大汗，方得畅快。我所谓的散步不这样的紧张，遇到天寒风大，可以缩颈急行，否则亦不妨迈方步，缓缓而行。培根有言："散步利胃。"我的胃口已经太好，不可再利，所以我从不跄踉地趱路。六朝人所谓"风神萧散，望之如神仙中人"，一定不是在行药时的写照。

散步时总得携带一根手杖，手里才觉得不闲得慌。山水画里的人物，凡是跋山涉水的总免不了要有一根邛杖，否则好像是摆不稳当似的。王维诗："策杖村西日斜。"村东日出时也是一样地需要策杖。一杖在手，无须舞动，拖曳就可以了。我的一根手杖，因为在地面摩擦的关系，已较当初短了寸余。手杖有时亦可作为武器，聊备不时之需，因为在街上散步者不仅是人，还有狗。不是夹着尾巴的丧家之狗，也不是循循然汪汪叫的土生土长的狗，而是那种雄赳赳的横眉竖眼张口伸舌的巨獒，气咻咻地迎面而来，后面还跟着骑脚踏车的扈从，这时节我只得一面退避三舍，一面加力握紧我手里的竹杖。那狗脖子上挂着牌子，当然是纳过税的，还可能是系出名门，自然也有权利出来散步。还好，此外尚未遇见过别的什么猛兽。唐慈藏大师"独静行禅，不避虎兕"，我只有自惭定力不够。

散步不需要伴侣，东望西望没人管，快步慢步由你说，这不但是自由，而且只有在这时候才特别容易领略到"前不见古人，后不见来者"那种"分段苦"的味道。天覆地载，孑然一身。事实上街道上也不是绝对的阒无一人，策杖而行的不只我一个，而且经常地有很熟的面孔准时准地地出现，还有三五成群的小姑娘，老远地就送来木屐声。天长日久，面孔都熟了，但是谁也不理谁。在外国的小都市，你清早出门，一路上打扫台阶的老太婆总要对你搭讪一两句话，要是在郊外山上，任何人都要彼此脱帽招呼。他们不嫌多事。我有时候发现，一个形容枯槁的老者忽然不见他在街道散步了，第二天也不见，第三天也不见，我真不敢猜想他是到哪里去了。

太阳一出山，把人影照得好长，这时候就该往回走。再晚一点便要看到穿蓝条睡衣睡裤的女人们在街上或是河沟里倒垃圾，或者是捧出红泥小火炉在路边呼呼地扇起来，弄得烟气腾腾。尤其是，风驰电掣的现代交通工具也要像是猛虎出柙一般地露面了，行人总以回避为宜。所以，散步一定要在清晨，白居易诗："晚来天气好，散步中门前。"要知道白居易住的地方是伊阙，是香山，和我们住的地方不一样。

麻　将

　　我的家庭守旧，绝对禁赌，根本没有麻将牌。从小不知麻将为何物。除夕到上元开赌禁，以掷骰子状元红为限，下注三十几个铜板，每次不超过一二小时。有一次我斗胆问起，麻将怎个打法，家君正色曰："打麻将吗？到八大胡同去！"吓得我再也不敢提起麻将二字。心里留下一个并不正确的印象，以为麻将与八大胡同有什么密切关联。

　　后来出国留学，在轮船的娱乐室内看见有几位同学做方城戏，才大开眼界，觉得那一百三十六张骨牌倒是很好玩的。有人热心指点，我也没学会。这时候麻将在美国盛行，很多美国人家里都备有一副，虽然附有说明书，一般人还是不易得其门而入。我们有一位同学在纽约居然以教人打牌为副业，电话召之即去，收入颇丰，每小时一元。但是为大家所不齿，认为他不务正业，贻士林羞。

　　科罗拉多大学有两位教授，姊妹俩，老处女，请我和闻一多到她们家里晚餐，饭后摆出了麻将，作为余兴。在这一方面我和一多都是属于"四窍已通其三"的人物——一窍不通，当时大窘。两位教授不能了解，中国人竟不会打麻将？当晚四个人临时参看说明书，随看随打，谁也没能规规矩矩地和下一把牌，窝窝囊囊地把一晚消磨掉了。以后再也没有成局。

　　麻将不过是一种游戏，玩玩有何不可？何况贤者不免。梁任公先生即是此中老手。我在清华念书的时候，就听说任公先生有一句名言："只有读书可以忘记打牌，只有打牌可以忘记读书。"读书兴趣浓厚，可以废寝忘食，还有工夫打牌？打牌兴亦不浅，上了牌桌全神贯注，焉能想到读书？二者的诱惑力、吸引力，有多么大，可以想见。书读多了，没有什么害处，顶多变成不更事的书呆子，文弱书生。经常不断地十圈二十圈麻将打下去，那毛病可就大了。有任公先生的学问风操，可以打牌，我们没有他那样的学问风操，不得借口。

　　胡适之先生也偶然喜欢摸几圈。有一年在上海，饭后和潘光旦、罗隆基、饶子离和我，走到一品香开房间打牌。硬木桌上打牌，滑溜溜的，震天价响，有人认为痛快。我照例作壁上观。言明只打八圈，打到最后一圈已近尾声，局势十分紧张。胡先生坐庄。潘光旦坐对面，三副落地，吊单，显然是一副满贯的大牌。"扣他的牌，打荒算了。"胡先生摸到一张白板，地上已有两张白板。"难道他会吊孤张？"胡先生口中念念有词，犹豫不决。左右皆曰："生张不可打，否则和下来要包！"胡先生自己的牌也是一把满贯的大牌，且早已听张，如果扣下这张白板，势必拆牌应付，于心不甘。犹豫了好一阵子："冒一下险，试试看。"啪的一声把白板打了出去！"自古成功在尝试"，这一回却是"尝试成功自古无"了。潘光旦嘿嘿一笑，翻出底牌，吊的正是白板。胡先生包了。身上现钱不够，开了一张支票，三十几元。那时候这不算是小数目。胡先生技艺不精，没得怨。

抗战期间，后方的人，忙的是忙得不可开交，闲的是闷得发慌。不知是谁诌了四句俚词："一个中国人，闷得发慌。两个中国人，就好商量。三个中国人，做不成事。四个中国人，麻将一场。"四个人凑在一起，天造地设，不打麻将怎么办？雅舍也备有麻将，只是备不时之需。有一回有客自重庆来，第二天就回去，要求在雅舍止宿一夜。我们没有招待客人住宿的设备，颇有难色，客人建议打个通宵麻将。在三缺一的情形下，第四者若是坚不下场，大家都认为是伤天害理的事。于是我也不得不凑一角。这一夜打下来，天旋地转，我只剩得奄奄一息，誓言以后在任何情形之下，再也不肯做这种成仁取义的事。

麻将之中自有乐趣。贵在临机应变，出手迅速。同时要手挥五弦目送飞鸿，有如谈笑用兵。徐志摩就是一把好手，牌去如飞，不假思索。麻将就怕"长考"。一家长考，三家暴躁。以我所知，麻将一道要推太太小姐们最为擅长。在牌桌上我看见过真正春笋一般的玉指洗牌砌牌，灵巧无比（美国佬的粗笨大手砌牌需要一根大尺往前一推，否则牌就摆不直！）。我也曾听说某一位太太有接连三天三夜不离开牌桌的纪录（虽然她最后崩溃以至于吃什么吐什么！）。男人们要上班，就无法和女性比。我认识的女性之中有一位特别长于麻将，经常午间起床，午后二时一切准备就绪，呼朋引类，麻将开场，一直打到夜深。雍容俯仰，满室生春。不仅是技压侪辈，赢多输少。我的朋友卢冀野是个倜傥不羁的名士，他和这位太太打过多次麻将，他说："政府于各部会之外应再添设一个'俱乐部'，其中设麻将司，司长一职非这位太太莫属矣。"甘拜下风的不只是他一个人。

路过广州，耳畔常闻噼噼啪啪的牌声，而且我在路边看见一辆停着的大卡车，上面也居然摆着一张八仙桌，四个人露天酣战，行人视若无睹。餐馆里打麻将，早已通行，更无论矣。在台湾，据说麻将之风仍然很盛。有中国人的地方就有麻将，有些地方的寓公寓婆亦不能免。麻将的诱惑力太大。王尔德说过："除了诱惑之外，我什么都能抵抗。"

我不打麻将，并不妄以为自己志行高洁。我脑筋迟钝，跟不上别人反应的速度，影响到麻将的节奏。一赶快就出差池。我缺乏机智，自己的一副牌都常照顾不来，遑论揣度别人的底细，既不知己又不知彼，如何可以应付大局？打牌本是寻乐，往往是寻烦恼，又受气又受窘，干脆不如不打。费时误事的大道理就不必说了。有人说卫生麻将又有何妨？想想看，鸦片烟有没有卫生鸦片，海洛因有没有卫生海洛因？大凡卫生麻将，结果常是有碍卫生。起初输赢小，渐渐提升。起初是朋友，渐渐成赌友，一旦成为赌友，没有交情可言。我曾看见两位朋友，都是斯文中人，为了甲扣了乙一张牌，宁可自己不和而不让乙和，事后还扬扬得意，以牌示乙，乙大怒。甲说在牌桌上损人不利己的事是可以做的，话不投机，大打出手，人仰桌翻。我又记得另外一桌，庄家连和七把，依然手顺，把另外三家气得目瞪口呆面色如土。结果是勉强终局，不欢而散。赢家固然高兴，可是输家的脸看了未必好受。有了这些经验，看了牌局我就怕，作壁上观也没兴趣。何况本来是个穷措大，"黑板上进来白板上出去"也未免太惨。

对于沉湎于此道中的朋友们，无论男女，我并不一概诅咒。其中至少有一部分可能是在生活上有什么隐痛，借此忘忧，如同吸食鸦片一样久而上瘾，不易戒掉。其实要戒也很容易，把牌和筹码以及牌桌一起蠲除，洗手不干便是。

时闻鸡犬鸣

狗

我不喜欢狗，也不知是为什么，仔细想起来，大概是不外这几个原因：一、怕狗咬；二、嫌狗脏；三、家里的孩子已经太多。

我到重庆来，租到一间房子，主人豢养着一条狗，不是什么巴儿狗、狼狗、鬈毛狗之类的名种，只是地地道道的一条笨狗，可是主人爱它。我的屋门的外面就是主人的饭厅，同时也就是这条狗的休憩之所。一到"开堂"的时候，桌上桌下同时地要吱吱喳喳地忙碌一阵。主人若是剩下半锅稀饭，就噗的一声往地上一泼，那条狗便伸出缁红长舌头呱唧呱唧地给舔得一干二净。小宝宝若是屙了屎，那条狗也依样办理。所以地上是很光溜的，而主人还省许多事。开堂的时候那条狗若是缺席，还要劳主人依槛而望，有时还要喊着它的大名催请。饭后狗还要在我门外偃卧。所以我推开门，总是要遇到狗。平常倒也彼此相安，但是遇到它正在啃骨头或是心绪欠佳的时候，它便呼地一下子扑上身来，有一次冷不防被它把裤子咬破一个洞，至今这个洞还没有缝起来。以后我出入就更加小心了，杖不离手，手不离杖，采取防御的姿势。狗大概是饱的时候不多，常常狭路相逢，和我冲突。我接受一个朋友的劝告，买了十个铜板的大饼喂它，果然，它摇尾而来，有妥协之意，我把饼都给它吃了。它快吃完时，我大踏步走出门口，不料它呼地一下咬住了我的衣襟，我一时也无法摆脱，顿成胶滞状态，幸亏主人出来呵逐，我仅以身免。衣襟上已有两个窟窿！以后我就变更策略，按照军事学家所谓"进攻是最好的防卫"，又按照标语家所谓的"予打击者以打击"，以后遇到狗便见头打头，见尾打尾。从此我没被狗咬过，然而也很吃力，尤其是在精神上感觉紧张。我的朋友们来访我的，有两位腿上挂了彩。主人非常客气，甚至于感觉有一点不安，在大门外竖起一块牌子，大书"内有恶犬"。

有人说，怕狗咬足以证明你是城里人，不是乡下人。乡下人没有怕狗咬的。这话也对。不过城里不是没有狗。重庆的街道上，狗甚多。我常有"不可与同群也"之感。城里的狗比乡下的狗机警，卧在街道中间的少，而且也并不狂吠着追逐汽车。街上的野狗并不轻易咬人，大概是因为它知道它自己是野狗的缘故。不过我总觉得在人的都市里，狗不应该有居住行动的自由权。万一谁得了"恐水症"，在重庆可是没法治！市政当局若是发起捕杀野犬运动，我赞成。

猎犬、警犬，都是有用的；太太们若是喜欢小巴儿狗，那也是私人的嗜好，并无可议；看门守夜的狗，若是家教严，管理得法，不乱咬人，那也要得。至于笔记小说中所谓"义犬"那自然更令人肃然起敬，我不敢诽谤。可是××的"走狗"，那就非打倒不可了。狗和人一样，有种类的不同，不可一概而论。你看，英国人不是还时常喜欢自比为"牛头狗"吗？

一 条 野 狗

野狗当道，有司捕杀之，吾无间然。

夜深人静，常听到犬吠之声盈耳，哀而且厉，随即寂然。我初以为是狗屠出来猎狩，收集香肉，供人大嚼。后来听说是市府派出来的专人收捕野狗。他们的猎具简单，一根棍子，顶端系上一个铅铁丝圈的活套，瞄准了套在狗颈上面，越拉越紧，狗便无法挣脱。提起狗来往停在路边的车子里一甩，凑足了十个八个，送往拘留场所，三日无人认领，则聚而歼之，无稍贷。对市民而言，这是德政。

从前我的居处楼上有人养狗，我从未见过这狗，不知其为雌雄、妍媸、胖瘦。但是狗准时狂吠，准在黎明的时候以极不悦耳的短促而连续的声音噪叫，惊醒上下左右邻人的清睡。熟睡中被惊醒是很难受的。古人形容人民之安居乐业的现象之一是"狗不夜吠"（见《后汉书·循吏传》），有一天菁清在电梯中遇到狗主人，说起这条狗，委婉地请求她能不能"无使龙也吠"。狗主人反问："你搬来多久了？"菁清说："将近一月。"狗主人说："我在此地养这条狗将近三年了。"言外之意是，她和她的狗已经是资深的住户，一切早已定型，传统不容置疑。我闻之不禁叹息，有其人必有其狗。可是睦邻要紧，何况这狗不是野狗，所以这桩事只好列为百忍的项目之一。忍了两年，忽不闻犬吠，人犬俱杳，大概是搬走了。

历史重演，我现在住的地方又有一条狗半夜里汪汪地叫，不是在楼上，是在街上，原是一家店铺豢养的一只母狗，店铺关门，狗被遗弃，变成了野狗。它在附近餐馆偶然拾些残羹剩炙，苟全性命，但是瘦骨嶙峋，棕黑色的毛脱落了一半，同时还长满了虱。别看它这副腌臜相，在一群落魄的公狗的眼里，它还是眉清目秀的。果然，有一夜晚，一群野狗猖猖然骚动起来，争相追逐这只可怜的母狗。结果是不免。群狗哄散，不久这条狗就大腹膨亨了。大概狗在怀胎期间格外容易感觉到饿，所以它叫得格外凄厉。菁清和我时常外出就餐，偶然剩余的菜肴便大包小包地携带回家，菁清没有浪费的习惯，归途遇见这只母狗，菁清顺手打开包裹，投以肉骨之类。一只狗真正饥饿的时候，饥火中烧，忽然看见肉骨，饥火会从眼里直冒出来。它急急忙忙地大口吞嚼。咔嚓咔嚓之声可闻，还不时地左顾右盼，唯恐谁来夺食。吃完之后，还要舔地，好像是意犹未足。菁清索性以全部剩食投赠，它如风卷残云一般吃得一干二净。饿狗得食，那份满足的样子给人印象至深。此后我们就时常喂它，它好像认识我们了，见到我们就摇它的尾巴，这是它的礼貌。我们只是"随所见物，发慈悲心"（莲池大师语），并不是对这只野狗有所偏爱。

有一天，楼下餐馆主人说，那只野狗利用他后门外的一角空地产下了五只小狗。菁清就劝店主喂养它们，店主也答应了，只是把三只小狗送人，留下两只。我们看见了这两只，肥肥胖胖，满地打滚，一白色一棕色。天地之大德曰生，狗也在一切有情之内。现在母狗长得丰满了，皮毛也显著悦泽，母性焕发，怡然自得，再也不黎明狂吠扰人清梦了。我们为它庆幸："得其所哉！"尤其是看它喂奶给小狗吃的那副舒坦的样子，令人兴起愉悦之感。

忽然有一天餐馆主人告诉我们，那条狗被抓走了！我们立刻就想到捕狗人员用铁圈套狗的样子，不免戚然。问店主要不要去认领，他摇摇头。"那两只小狗怎么办呢？"他说："我们会喂它。"说着说着那两只小狗跑过来了，依然欢蹦乱跳，满地打滚，不晓得覆巢之下岂有完卵！

我知道那条狗还可以苟延残喘三天，这三天中，我不时地想到了它。三天过后，万事皆空，它的影子仍然不时地浮现在我心里。这条狗并无美丰姿，比起什么狮子狗、狐狸狗、哈巴狗、牧羊犬、大丹狗、香肠狗、牛头狗……都差得远。我没有抚摸过它，只是偶有一饭之恩。奈何三日已过而仍萦绕我的心怀？我的心怀已经是满满的，不能再容纳一只无家可归惨遭捕杀的野狗。我想唯一释怀的方法是把这一桩事写出来，也许写出来之后心里就会觉得释然。试试看。

小 花

小花子本是野猫，经菁清留养在房门口处，起先是供给一点食物一点水，后来给它一只大纸箱作为它的窝，放在楼梯拐角处，终乃给它买了一只孩子用的鹅绒被袋作为铺垫，而且给它设了一个沙盆逐日换除洒扫。从此小花子就在我们门前定居，不再到处晃荡，活像《鸿鸾禧》里的叫花子，喝完豆汁儿之后甩甩袖子连呼："我是不走的了啊，我是不走的了啊！"

彼此相安，没有多久。

有一天我回家看见菁清抱着小花子在房间里踱来踱去，我惊问："它怎么登堂入室了？"我们本来约定不许它越雷池一步的。

"外面风大，冷，你不是说过猫怕冷吗？"

我是说过，猫是怕冷。结果让它在室内暖和了一阵，仍然送到户外。看着它在寒风里缩成一团偎在纸箱里，我心里也有些不忍。

再过些时，有一天小花子不见了，整天都没回来就食，不知它云游何处去了。一天两天过去，杳无消息。它虽是野猫，我们对它不只有一饭之恩，当然甚是牵挂。每天打开门看看，猫去箱空，辄为黯然。

忽然有一天它回来了。浑身泥污，而且沾有血迹。它的嘴里挂着血淋淋的一块肉似的东西，像是碎裂的牙肉。菁清赶快把它抱起，洗刷一下，在身上有血迹处涂了紫药水，发现它的两颗虎牙没有了，满嘴是血。我们不知它遭遇了什么灾难，落得如此狼狈。菁清取出一个竹笼，把它装了进去，骑车直奔国际猫狗专科病院辜仲良（泰堂）先生处。辜大夫说，它的牙被人敲断了，大量出血，被人塞进几团药棉花，它在身上乱舔所以到处有血迹。于是给它打针防破伤风，注射消炎剂，清洗口腔，取出药棉花，涂药。菁清抱它回来，说："看它这个样子，今天不要叫它在门外睡了吧？"我还有什么话说。于是小花子进了家门，睡在属于黑猫公主的笼子里。黑猫公主关在楼上寝室里。三猫隔离，各不相扰。这是临时处置，我心想，过一两天还是要放小花子到门外去的。

但是没想到第二天菁清又有了新发现，她告我说，在她掰开猫嘴涂药时发觉猫的舌头短了一大截，舌尖不见了。大概是牙被敲断时，被人顺手把舌头也剪断了。菁清要我看，我不敢看。我不知道它犯了什么大过，受此酷刑。我这才明白为什么每次喂它吃鱼总是吃得盘里盘外狼藉不堪，原来它既无门牙又缺半截舌头。世界上是有厌猫的人。据说，拿破仑就厌恶猫，"在某次战役中，有个侍从走过拿破仑的卧房时，突然听到这位法国皇帝在呼救。他打开房门一看，拿破仑的衣服才穿到一半，满头大汗，用剑猛刺绣帷，原来他是在追杀一只小猫"。美国的艾森豪威尔总统也恨猫，"在盖茨堡家中的电视机旁，备有一支鸟枪打击乌鸦。此外他还下令，周遭若出现任何猫，格杀勿论"。英文里有一个专门名词，称厌恶猫者为ailurophobe。我想我们的小花子一定是在外游荡时遇到了一位厌猫者，敲掉门牙剪断舌头还算是便宜了它。

菁清说，这猫太可怜，并且历数它的本质不恶，天性很乖，体态轻盈，毛又细软，但是她就没有明白表示要长期收养它的意思。我也没有明白表示我要改变不许它进门的初衷。事实逐步演变，它已成了我们家庭的一员。菁清奉献刷毛、挖耳、剪指甲全套服务，还不时地把它抱在怀里亲了又亲。我每星期上市场买鱼也由七斤变为十斤。煮鱼摘刺喂食的时候，也由准备两盘改为三盘。

"米已熟了，只欠一筛。"最后菁清画龙点睛似的提出了一个话题，"这猫已不像是一只野猫了，似不可再把它当作街头浪子，也不再是小叫花子，我们把'小花子'的名字里的'子'字取消，就叫它'小花'吧。"

我说"好吧"。从此名正言顺，小花子成了小花。我担心的是以后是否还有二花、三花闻风而至。

一 只 野 猫

流浪街头无人豢养的猫，叫作野猫。通常是瘦得皮包骨，一身渍泥，瞪着大眼嗥嗥地叫，见人就跑。英语称之为街猫，以别于家猫，似较为确切，因为野猫是另一种东西，本名lynx，我们称之为山猫，大概也就是我们酒席上的果子狸。

稀脏邋遢的孩子，在街上鬼混，我们称之为野孩子。其实他和良家子弟属于同一品种，不是蛮荒的野人的子遗，只是缺乏教养失去了家庭温暖的可怜的孩子。猫也是一样。踯躅街头嗷嗷待哺的猫，我也似乎不该叫它为野猫，只因一时想不起较合适的名称，暂时委屈它一下称之为野猫吧。

一般的野猫，其实是驯顺的，而且很胆怯。在垃圾堆旁的野猫都是贼目鼠眼的，一面寻食，一面怕狗，更怕那些比狗更凶的人。我们在街上看见几只野猫，怜其孤苦伶仃，顶多付诸一叹，焉能广为庇护使尽得其所？但是如果一只野猫不时地在你家大门外出现，时常跟着你走，有时候到了夜晚蹲在你的门前守候着你，等你走近便叫一声"咪噢"，而你听起来好像是叫一声"妈"……恐怕你就不能不心动一下，恻隐之心，人皆有之。

菁清最近遇到了这样的一只野猫。白毛，大块的黑斑，耳朵是黑的，尾巴是黑的，背上疏疏落落地有三五大块黑，显着粗豪，但不难看，很脏，但是很胖，也许本是家猫而被遗弃的，也许它善于保养而猎食有道。它跟了菁清几天，她不能恝置不理了，俯下身去摸摸它，哇，毛一缕缕地黏结在一起，刚鬣鬐鬐，大概是好久不曾梳洗。

"我们把它抱到家里来吧？"菁清说。

我断然说："不可。"

我们家已经有白猫王子和黑猫公主，一雌一雄，其饮食起居以及医药卫生之所需，已经使我们两个忙得团团转，如果善门大开，寒家之内势将喧宾夺主。菁清听了没说什么，拿一钵鱼一盂水送到门口外，就像是在路边给过往行人"奉茶"的那个样子。

如是者数日，野猫每日准时到达门口领食，更难得的是施主每日准时放置饮食于固定之处待领。有时吆喝一声，它不知从哪里蹿了出来，欣然领受这份嗟来之食。

有好几天不见猫来。心想不妙，必是遭遇了什么意外。果然，它再度出现时，尾巴中间一截血淋淋的毛皮尽脱，露出一段细细的似断未断的骨头。它有气无力地叫。我猜想也许是被哪一家的弹簧门夹住了尾巴。菁清说一定是狗咬的。本来尾巴没有用，老早就该进化淘汰掉的，留着总是要惹麻烦。菁清说："以后叫它上楼到我们房门口来吃吧。"我看着它的血丝糊拉的尾巴，也只好点点头。从此这只猫更上一层楼，到了我们的房门口。不过我有话在先，我在这里画最后一道线，不能再越雷池一步，登堂入室是绝不可以的。菁清说："这只猫，总得有个名字，就叫它'小花子'吧。"怜其境遇如乞食的小叫花子，同时它又是一身黑白花。

小花子到房门口，身份好像升了一级。尾巴的伤养好了，猫有九条命，些许皮肉之伤算不了什么。菁清给它梳洗了一番，立刻容光焕发。看它直咳嗽，又喂了它几颗保济丸。它好想走进我们的房间，有时候伸一只爪子隔在门缝里，不让我们关门，我心里好惭怵，为什么这样自私，不肯再多给它一点温暖！菁清拿出一条棉絮放在门外，小花子吃饱之后，照例洗洗脸，便蜷着身子在棉絮上面睡了。小花子仅仅免于冻馁而已。它晚间来到门口膳宿，白天就不知道云游何处了。

白猫王子听得门外有同类的呼声，起初是兴奋，观察许久，发出呼噜的吼声，小花子吓得倒退。对于这不速之客，白猫王子好像不表示欢迎。一门之隔，幸与不幸，判如霄壤。一个是食鲜眠锦，一个是踵门乞食。世间没有平等可言！

猫

英国十八世纪诗人斯玛特（Smart）是一个疯子。这不足为奇，因为诗人和疯子本来有一些近似。不过斯玛特疯得厉害。他本来只是由于对宗教的狂热过度而显得不很正常，他喜欢祈祷，常在光天化日之下跪在当街上做祈祷，而且乞求别人和他一起祈祷。他两度被关进了疯人院。约翰逊同情他，说他无害于人，根本不该被关起来。在疯人院里他不准使用纸笔墨水，据说他就利用他的钥匙的尖端在壁板上刻画出他的杰作《大卫之歌》，大卫歌颂的是上帝的光荣。斯玛特还有一部诗稿，死后一百多年才被发现，这就是《对羔羊而欢喜赞叹》（*Jubilate Agno*），于一九三九年刊行。这部诗的主旨也是赞美上帝，斯玛特以为凡属生物（佛家所谓"有情"）都是在宣示上帝的光荣。他有一只猫，是他被禁闭时唯一的伴侣，名字是乔佛莱，这只猫之生命即是对上帝之不断的礼拜。自第十九节第五十行起及整个的第二十节，都是讲这只猫。诗体是所谓自由诗，不押韵，每行长短不拘，很像是惠特曼的诗的形式，当然这是模仿《圣经》，也可说是模仿希伯来诗体。其诗曰：

> 我要谈到我的猫乔佛莱。
>
> 他是当今上帝的臣仆，日日恪尽厥职。
>
> 上帝的光荣在东方刚刚出现，他即以他的方式去礼拜。
>
> 其方式是躬身七次，优美而迅速。
>
> 然后他跳起捉麝球，这是他求上帝赐给他的恩物。
>
> 他连翻带滚地闹着玩。
>
> 做完礼拜受了恩宠之后他开始照顾他自己。
>
> 他分为十个步骤去做。
>
> 第一是看看前爪是否干净。
>
> 第二是向后踢几下以腾出空间。
>
> 第三是伸前爪欠身做体操。

第四是在木头上磨他的爪。

第五是洗浴。

第六是浴罢翻滚。

第七是为自己除蚤，以免巡游时受窘。

第八是靠着一根柱子摩擦身体。

第九是抬头听取指示。

第十是前去觅食。

礼拜上帝照顾自己之后他便应付他的邻居。

如果遇到另一只猫，便温柔地吻她一下。

捕到食物的时候便戏弄他，给他一个机会，

七只老鼠有一只在他逗弄时脱逃。

每日工作完毕，他的正事开始。

夜间他为上帝值更，防备仇敌。

他用含电的皮和闪亮的眼抗拒黑暗的威力。

他以活跃的生命力抵制代表死亡的恶魔。

在晨祷中他爱太阳，太阳也爱他。

他是属于虎的一族。

虎是天使，猫是小天使。

他有蛇的狡狯与嘘嘘声，但他禀性善良能克制自己。

如吃得饱，他不做破坏的事，若未被犯他亦不唾。

上帝夸他乖，他作呜呜声表示感谢。

他是为儿童学习慈爱的一个工具。

没有猫，每个家庭不完备，幸福有缺憾。

以色列人离开埃及时，主曾命令摩西带走战利品。

每个家庭行囊中有一只猫。

英国的猫是欧洲的最佳者。

他是四足动物中使用前爪最为干净者。

他的防卫力之灵巧是上帝十分钟爱他的明证。

他是生物中行动最敏捷的。

他有坚持不懈的毅力。

他是严肃与恶作剧的混合。

他知道上帝是他的救主。

没有什么能比他休息时的宁静更为可爱。

没有什么能比他动作中的生命力更为活跃。

他是主的小可怜，难怪总是被怜惜地称作——可怜的

乔佛莱！可怜的乔佛莱！老鼠咬了你的脖子。

我赞美主耶稣的名字，乔佛莱已经好些了。

圣灵来到他的躯体上使之归于完整。

他的舌头十分纯洁，有音乐中得不到的纯洁。

他驯顺，能学习一些事情。

他可以做出严肃的模样，这是奉命唯谨。

他可以供驱使，这是恪尽厥职。

他可以跳过一根手杖，这是禁得考验。

一声令下他可以四肢伸开地仰卧。

他可以从高处一跃而入主人的怀抱。

他可以捕捉一个软木塞再掷出去。

他被伪善者与吝啬者所嫉。

前者怕被窥破。

后者不肯破费买饲料。

他弓起他的背，表示开始有所作为。

他很值得怀念，如果一个人愿说老实话。

在埃及他曾因殊勋而声名大振。

他杀死了陆上为患的檬鼠。

他听觉灵敏，一点声音就使他警觉。

所以他能很快地予以注意。

我抚摩他发现他身上有电。

我发现他身上有上帝的光明，烛光与火焰。

电火是神圣的东西，乃是上帝从天上带来的，以支持人

与兽的躯体。

上帝祝福他，令他有各式各样的活动。

他虽然不能飞，极善于攀爬。

他在地面上活动多于任何四足兽类。

他能随着音乐做各种舞蹈。

他能泅水逃命。

他能爬行。

猫 的 故 事

　　猫很乖，喜欢偎傍着人；有时又爱蹭人的腿，闻人的脚。唯有冬尽春来的时候，猫叫春的声音颇不悦耳。呜呜地一声一声地吼，然后突然地哇咬之声大作，稀里哗啦的，铿天地而动神祇。这时候你休想安睡。所以有人不惜昏夜起床持大竹竿而追逐之。相传一位和尚作过这样的一首诗："猫叫春来猫叫春，听他愈叫愈精神，老僧亦有猫儿意，不敢人前叫一声。"这位师父富同情心，想来不至于抡大竹竿子去赶猫。

　　我的家在北平的一个深巷里。有一天，冬夜荒寒，卖水萝卜的，卖硬面饽饽的，都过去了，除了值更的梆子遥远的响声可以说是万籁俱寂。这时候屋瓦上噪的一声猫叫了起来，时而如怨如诉，时而如诟如詈，然后一阵跳踉，蹿到另外一间房上去了，往返跳跃，搅得一家不安。如是者数日。

　　北平的窗子是糊纸的，窗棂不宽不窄正好容一只猫儿出入，只消它用爪一划即可通往无阻。在春暖时节，有一夜，我在睡梦中好像听到小院书房的窗纸响，第二天发现窗棂上果然撕破了一个洞，显然地是有野猫钻了进去。大概是饿极了，进去捉老鼠。我把窗纸补好。不料第二天猫又来，仍从原处出入，这就使我有些不耐烦，一之已甚，岂可再乎？第三天又发生同样情形，而且把书桌、书架都弄得凌乱不堪，书桌上印了无数的梅花印，我按捺不住了。我家的厨师是一个足智多谋的人，除了调和鼎鼐之外还贯通不少的旁门左道，他因为厨房里的肉常常被猫拖拉到灶下，鱼常被猫叼着上了墙头，怀恨于心，于是殚智竭力，发明了一个简单而有效的捕猫方法。法用铁丝一根，在窗棂上猫经常出入之处钉一个铁钉，铁丝一端系牢在铁钉之上，另一端在铁丝上做一活扣，使铁丝做圆箍形，把圆箍伸缩到适度放在窗棂上，便诸事完备，静待活捉。猫蹿进屋的时候前腿伸入之后身躯势必触到铁丝圆箍，于是正好套在身上，活生生悬在半空，愈挣扎则圆箍愈紧。厨师看我为猫所苦无计可施，遂自告奋勇为我在书房窗上装置了这么一个机关。我对他起初并无信心，姑妄从之。但是当天夜里居然有了动静。早晨起来一看，一只瘦猫奄奄一息地赫然挂在那里！

厨师对于捉到的猫向来执法如山，不稍宽假，我看了猫的那副可怜相直为它缓颊。结果是从轻发落予以开释，但是厨师坚持不能不稍予膺惩，即在猫身上原来的铁丝系上一只空罐头，开启街门放它一条生路。只见猫一溜烟似的稀里哗啦地拖着罐头绝尘而去，像是新婚夫妇的汽车之离教堂去度蜜月。跑得愈快，罐头响声愈大，猫受惊乃跑得更快，惊动了好几条野狗在后面追赶，黄尘滚滚，一瞬间出了巷口往北而去。它以后的遭遇如何我不知道，我心想它吃了这个苦头以后绝对不会再光顾我的书房。窗户纸重新糊好，我准备高枕而眠。

当天夜里，听见铁罐响，起初是在后院砖地上哗啷哗啷地响，随后像是有东西提着铁罐猱升跨院的枣树，终乃在我的屋瓦上作响。屋瓦是一垄一垄的，中有小沟，所以铁罐越过瓦垄的声音是咯噔咯噔地清晰可辨。我打了一个冷战，难道那只猫阴魂不散？它拖着铁罐子跑了一天，藏躲在什么地方，终于夤夜又复光临寒舍？我家究竟有什么东西值得使它这样念念不忘？

咣当一声，铁罐坠地，显然是铁丝断了。几乎同时，噗的一声，猫顺着我窗前的丁香树也落了地。它低声地呻吟了一声，好像是初释重负后的一声叹息。随后我的书房窗纸又撕破了——历史重演。

这一回我下了决心，我如果再度把它活捉，要用重典，不是系一个铁罐就能了事。我先到书房里去查看现场，情况有一些异样，大书架接近顶棚最高的一格有几本书散落在地上。倾耳细听，书架上有呼噜呼噜的声音。怎么猫找到了这个地方来酣睡？我搬了高凳爬上去窥视，吓我一大跳，原来是那只瘦猫拥着四只小猫在喂奶！

四只小猫是黑白花的，咕咕容容地在猫的怀里乱挤，好像眼睛还没有睁开，显然是出生不久。在车船上遇到有妇人生产，照例被视为喜事，母子好像都可以享受好多的优待。我的书房里如今喜事临门，而且一胎四个，原来的一腔怒火消去了不少。天地之大德曰生，这道理本该普及于一切有情。猫为了它的四只小猫，不顾一切地冒着危险回来喂奶，伟大的母爱实在是无以复加！

猫的秘密被我发现，感觉安全受了威胁，一夜的工夫它把四只小猫都叼离书房，不知运到什么地方去了。

猫　话

《诗·大雅·韩奕》："孔乐韩土，川泽讦讦，鲂鲈甫甫，麀鹿噗噗，有熊有罴，有猫有虎。"这是说韩城一地物产富饶，是好地方。原来猫也算是值得一提的动物，古时的猫是有实用价值的。《礼·郊特牲》："迎猫，为其食田鼠也。"捉老鼠，一直是猫的特职。一般人家里也常有鼠患，棚顶墙根都能咬个大窟窿，半夜里到厨房餐室大嚼，偷油喝，啃蜡烛，再不就是地板上滚胡桃，甚至风雅起来也偶尔啮书卷，实在防不胜防，恼火之至。《黄山谷外集》卷七有一首《乞猫》，诗曰：

> 秋来鼠辈欺猫死，窥瓮翻盘搅夜眠。
> 闻道狸奴将数子，买鱼穿柳聘衔蝉。

这首诗是说家里的老猫死了，老鼠横行。随主簿家里的猫，听说要产小猫了，请求分赠一只，已准备买鱼静待小猫光临。衔蝉，俗语，猫名也。这首诗不算是山谷集中佳构，但是《后山诗话》却很推崇，"乞猫诗，虽滑稽而可喜，千岁之下，读之如新"。到底山谷乞得猫了没有，不得而知。不过山谷又有一首《谢周文之送猫儿》，诗云：

> 养得狸奴立战功，将军细柳有家风。
> 一箪未厌鱼餐薄，四壁当令鼠穴空。

周家的猫不愧周亚夫细柳营的大将之风，大概是很善捕鼠。

鼠辈跳梁，靠猫来降伏，究竟是落后社会的现象。猫和人建立了关系，人猫之间自然也会产生感情。梅圣俞有一首《祭猫诗》，颇有情致：

> 自有五白猫，鼠不侵我书。

今朝五白死，祭与饭与鱼。

送之于中河，咒尔非尔疏。

昔尔啮一鼠，衔鸣绕庭除。

欲使众鼠惊，意将清我庐。

一从登舟来，舟中同屋居。

糇粮虽甚薄，免食漏窃余。

此实尔有勤，有勤胜鸡猪。

世人重驱驾，谓不如马驴。

已矣莫复论，为尔聊欷歔。

　　这首诗还是着重猫的实用价值，不过忘形到尔汝，已经写出了对猫的一份情。宋·钱希白《南部新书》："连山张大夫抟，好养猫，众色备有，皆自制佳名。每视事退，至中门，则数十头曳尾延颈接入。以绿纱为帏，聚其内，以为戏。或谓抟是猫精。"说来好像是奇谈，我相信其事大概不假。杨文璞先生对我说，他在纽哲塞住的时候，养猫一度多到三十几只，人处屋内如在猫笼。杨先生到舍下来，菁清称他为"猫王"。猫王一见我们的白猫王子，行亲鼻礼，白猫王子在他跟前服服帖帖，如旧相识。

　　一般来说，猫很可爱。如果给以适当的卫生设备，它不到处拆烂污，比狗强，也有时比某一些人强。我们的白猫王子，从小经过菁清的训练，如厕的时候四爪抓住缸沿，昂首蹲坐，那神情可以入画。可惜画工只爱画猫蝶图、正午牡丹之类。猫喜欢磨它的趾甲，抓丝袜、抓沙发、抓被褥。菁清的办法是不时地给它剪趾甲，剪过之后还替它锉。到处给它铺小块的粗地毯，它睡起之后躬躬身就在小地毯上抓磨它的趾甲了。猫馋，可是它吃饱之后任何鱼腥美味它都不屑一顾，更不用说偷嘴。他吃饱之后不偷嘴，似乎也比某一些吃饱之后仍然要偷的人高明得多。

　　猫不会说话，似是一大缺陷。它顶多是喵喵叫两声，很难分辨其中的含义。可是菁清好像是略通猫语，据说那喵喵声有时是表示饥饿，有时是要人去清理它的卫生设备，有时是期望有人陪它玩耍。白猫王子玩绳、玩球、玩捉迷藏，现在又添了新花样，玩"捕风捉影"。灯下把撑衣架一晃，影子映在墙上，它就狼奔豕突地扑捉影子！有些人不是也很喜欢捕风捉影地谈论人家的短长吗？宋·彭乘《续墨客挥犀》："鄱阳龚氏，其家众妖竟作，乃召女巫徐娆者，使治之。

时尚寒，有一猫正卧炉侧，家人指谓娆曰：'吾家百物皆为异，不为异者独此猫耳。'于是猫亦人立，拱手而言曰：'不敢。'娆大骇，走去。"我真盼望我们的白猫王子有一天也能人立拱手而言。西谚有云："佳酿能使猫言。"莎士比亚《暴风雨》曾引用其意，想是夸张其词。猫不能言，犹之乎"猫有九条命"一样地不足信，命只有一条。

人之好恶不同，各如其面。尽管有人爱猫爱得发狂，抚摩它、抱它、吻它，但是仍有人不喜欢猫。莎士比亚《威尼斯商人》就说"有些人见猫就要发狂"。不是爱得发狂，是厌恶得发狂。我起初还不大了解。后来有一位朋友要来看我，预先风闻我家有白猫王子，就特别先打电话要我把猫关起。我想这也许是一种过敏反应。《挥尘新谈》曾记猫有五德之说："猫见鼠不捕，仁也。鼠夺其食而让之，义也。客至设馔则出，礼也。藏物虽密能窃食之，智也。每冬月辄入灶，信也。"这是鸡有五德之说的翻版，像这样的一只猫未必可爱。猫有许多可人意处，猫喜欢偎在人身边，有时且枕着你的臂腿呼呼大睡，此时不可误会，其实猫怕冷怕寂寞。有时你在寒窗之下伏案作书，猫能蹲踞案头，缩在桌灯罩下呼噜呼噜地响上个把钟头，此时亦不可误会，猫只是在享受灯光下散发出来的热气。如加呵斥，它会抑郁很久；如施夏楚，它会沮丧半天。猫有令人难以理解的嗜好，它喜欢到处去闻，不一定是寻求猎物，客来它会闻人的脚闻人的鞋，好像那里有什么异香。最令人嫌恶的是春天来到的时候猫在房檐上怪声怪气地叫嚣，东一声叫，西一声应，然后是稀里哗啦地一阵乱叫乱跑。鲁迅先生在一篇文字里说他最讨厌听猫叫，他被吵醒便拿起大竹竿去驱逐。猫叫春是天性，驱得了吗？

有义犬、义马救主之说，没听说过义猫。猫长得肥肥胖胖，刷洗得干干净净，吃饱了睡，睡醒了吃，主人看着欢喜，也就罢了，谁还稀罕一只猫对你有什么报酬？在英文里feline（猫）一字带有阴险狡诈之义，我想这也许有一点冤枉。有人养猫，猫多为患，送一只给人家去，不久就返回老家。主人无奈，用汽车载送到郊外山上放生，没过几天，猫居然又回来了。回来时瘦骨嶙峋，一身污泥。主人大受感动，不再遗弃它，养它到老。猫也识得家，不必只是狐正首丘。

英国诗人中，十八世纪的斯玛特（Smart）最爱猫，我曾为文介绍，兹不赘。另外一位诗人托马斯·格雷有一首有名的小诗，写一只猫之溺死于金鱼缸内。那只缸必是一只相当大的缸，否则不至于把猫淹死。可惜那时候没有司马光一类的人在旁营救。那只猫不是格雷的，是他朋友何瑞斯·窝波耳的，所以他写来轻松，亦谐亦讽而不带感情。

诗曰：

一只爱猫之死
是在一只大瓷缸旁边，
上有中国彩笔绘染
盛开着的蓝花；
赛狸玛那只最乖的斑猫，
在缸边若有所思地斜靠，
注视下面的水洼。

她摇动尾巴表示欢喜；
圆脸庞，雪白的胡须，
丝绒般的足掌，
龟背纹似的毛衣一件，
黑玉的耳朵，翡翠的眼，
她都看到；呜呜地赞赏。

她不停地注视；水波之间
泳过两个形体美似天仙，
是巡游的女神在水里：
她们的鳞甲用上好颜料漆过
看来是红得发紫的颜色，
在水里闪出金光一缕。

不幸的女神惊奇地看到：
先是一绺胡须，随后是爪，
她几度有动于衷，
她想去抓却抓不到。
哪个女人见了金子不想要？

哪个猫儿不爱鱼腥？

妄想的小姐！她再度地
弓着腰，再度地抓去，
不知距离有多远。
（命运之神在一边坐着笑她。）
她的脚在缸沿上一滑，
她一头栽进了缸里面。

她把头八次探出水面，
咪咪地向各路水神呼唤，
迅速地前来搭救。
海豚不来，海神不管，
仆人、丫鬟都没有听见，
爱猫没有朋友！

此后，美人儿们，莫再受骗，
一失足便是永远的遗憾。
要大胆，也要小心。
引你目眩心惊的五光十色
不全是你们分所应得；
闪闪发亮光的不全是金子！

黑 猫 公 主

　　白猫王子今年四岁，胖嘟嘟的，体重在十斤以上，我抱它上下楼两臂觉得很吃力，它吃饱伸直了躯体侧卧在地板上足足两尺开外（尾巴不在内）。没想到四年的工夫它有这样长足的进展。高信疆、柯元馨伉俪来，说它不像是猫，简直是一头小豹子。按照猫的寿命年龄，四岁相当于我们人类弱冠之年，也许不会再长多少了吧？

　　白猫王子饱食终日，吃饱了洗脸，洗完脸倒头大睡。家里没有老鼠可抓，它无用武之地。凭它的嗅觉，它不放过一只蟑螂，见了蟑螂它就紧迫追踪，又想抓又害怕，等到菁清举起苍蝇拍子打蟑螂时，它又怕殃及池鱼藏到一个角落里去了。我们晚间外出应酬，先把它的晚餐备好，鲜鱼一钵，清汤一盂，然后给它盖上一床被毯，或是给它搭一个蒙古包似的帐篷。等我们回家的时候，它依然蜷卧原处。它的那床被毯颇适合它的身材。菁清在一个专卖儿童用品的货柜上选购那被毯的时候，精挑细选，不是嫌大就是嫌小，店员不耐烦地问："几岁了？"菁清说："三岁多。"店员说："不对，不对，三岁这个太小了。"菁清说："是猫。"店员愣住了，她没卖过猫被。陆放翁《赠粉鼻》诗有句："问渠何似朱门里，日饱鱼餐睡锦茵。"寒舍不比朱门，但是鱼餐锦茵却是具备了。

　　白猫王子足不出户，但在江湖上已薄有小名。修漏的工人、油漆的工人、送货的工人，看见猫蹲在门口，时常指着它问："是白猫王子吧？"我说是，他就仔细端详一番，夸奖几句，猫并不理会，大摇大摆而去。猫若是人，应该说声谢谢。这只猫没有闲事挂心头，应该算是幸福的，只是没有同类的伴侣，形单影只，怕不免寂寞之感。菁清有一晚买来一只泰国猫，一身棕色毛，小脸乌黑，跳跳蹦蹦十分活跃，菁清唤它作"小太妹"。白猫王子也许是以为非我族类其心必异，相处似不投机，双方都常呜呜地吼，做蓄势待发状。虽然是两个恰恰好，双份的供养还是使人不胜负荷。我取得菁清同意，决计把"小太妹"举以赠人。陈秀英的女儿乐滢爱猫如命，遂给她带走了。白猫王子一直是孤家寡人一个。

　　有一天我们居住的大厦门前有两只小猫光临，一白一黑，盘旋不去，瘦骨嶙峋，蓬首垢面，不知是谁家的遗弃。夜寒风峭，十分可怜。菁清又动了恻隐之心。"我们给抱上来吧？"我说不，家里多两只猫，将要喧宾夺主。菁清一声不响端着白猫王子吃剩的鱼加上一点米饭送到楼下去了。两只猫如饿虎扑食，一霎间风卷残雪，她顾而乐之。于是由一天送鱼一次，而二次，而三次，而且抽暇给两只猫用干粉洁身。我不由自主地也加入了送猫饭的行列。人住十二层楼上，猫在道边门口，势难长久。其中黑的一只，两只大蓝眼睛，白胡须，两排白牙，特别讨人欢喜。好不容易我们给黑猫找到了可以信赖的归宿。我们认识的廖先生，他和他一家人都爱猫，于是菁清把黑猫装在提笼里交由廖先生携去。事后菁清打了两次电话，知道黑猫情况良好，也就放心了。只剩下一只白猫独自卧在门口。看样子它很忧郁，突然失去伴侣当然寂寞。

事有凑巧，不知从哪里又来了一只小黑猫。这只小黑猫大概出生有六个月，看牙齿就可以知道。除了浑身漆黑之外，四爪雪白，胸前还有一块白斑，据说这种猫名为"踏雪寻梅"，还蛮有名堂的。又有人说，本地有些人认为黑猫不吉利。在外国倒是有此一说，以为黑猫越途，不吉。埃德加·爱伦·坡有一篇恐怖小说，题名就是《黑猫》，这篇小说我没读过，不知黑猫在里面扮的是什么角色。无论如何白猫又有了伴侣，我们楼上楼下一天三次照旧喂两只猫，如是者约两个星期。

有一夜晚，菁清面色凝重地对我说："楼下出事了！"我问何事惊慌，她说据告白猫被汽车压死了。生死事大，命在须臾，一切有情莫不如此，但是这只白猫刚刚吃饱几天，刚刚洗过一两次，刚刚失去一黑猫又得到一黑猫为伴，却没来由地粉身碎骨死在车轮之下！我半晌无语，喉头好像有哽结的感觉。缘尽于此，没有说的。菁清又徐徐地说："事已至此，我别无选择，把小猫抱上来了。"好像是若不立刻抱上来，也会被车碾死。在这情形之下，我也不能反对了。

"猫在哪里？"

"在我的浴室里。"

我走进去一看，黑暗的角落里两只黄色的亮晶晶的眼睛在闪亮，再走近看，白须、白下巴颏儿、白爪子，都显露出来了。先喂一钵鱼，给它压压惊。我们决定暂时把它关在一间浴室里，驯服它的野性，择吉再令它和白猫王子见面。菁清问我："给它起个什么名字呢？"我想不出。她说："就叫黑猫公主吧。"

黑猫公主的个性相当泼辣，也相当灵活，头一天夜晚它就钻到藏化妆品的小柜橱里。凡是有柜门的地方它都不放过。我说这样淘气可不行，家里瓶瓶罐罐的东西不少，哪禁得它横冲直撞？菁清就说："你忘了？白猫王子初来我们家不也是这样吗？"她的意思是，慢慢管教，树大自直。要使这黑猫长久居留，菁清有进一步的措施，给公主做体格检查。兽医辜泰堂先生业务极忙，难得有空出来门诊，可是他竟然肯来。在他检查之下，证明黑猫公主一切正常，临行时给它打了两针预防霍乱之类的药剂。事情发展到此，黑猫公主的户籍就算暂时确定了。它与白猫王子以后是否能够相处得如鱼得水，且待查看再说。

白猫王子九岁

　　有人问我为什么喜爱猫，我一时答不上来。我们喜爱一件事物，往往不是先有一套理由，然后去爱，即使不是没有理由，也往往是不自觉其理由之所在。不过经人问起，就不免要想出一些理由来支持自己的行为。总不能以"本能"二字来推托得一干二净。

　　我是爱猫的，凡是小动物大抵都可爱。小就可爱。小鸟依人，自然楚楚可怜，"一飞冲天鸣则惊人"的大鸟，令人叹赏，并不可爱。赢得无数儿童喜爱的大象林旺，恐怕谁也不想领它回家朝夕与共。小也有小的限度，如果小得像赵飞燕之能做掌上舞，那个掌恐怕也不是寻常的掌。不过一般而论，娇小玲珑总胜似高头大马。猫，体态轻盈，不大不小，不像一只白象，也不像一只老鼠，它可以和人共处一室之内，它可以睡在椅上，趴在桌上，偎在人的怀里，枕在人的腿上。你可以抱它、摸它、搔它、拍它；它不咬人，也不叫唤，只是喉咙里呜噜呜噜地作响。叫春的声音是不太好听，究竟是有季节性的，并不一年到头随时随刻"关关雎鸠"。猫有一身温柔泽润的毛，像是不分寒暑永远披在身上的一件皮袍，摸上去又软又滑，就像摸什么人身上穿的一件貂裘似的。

　　白猫王子初来我家，身不盈尺，栗栗危惧，趴在沙发底下不敢出来，如今长得大腹便便，夷然自若，周旋于宾客之间。时间过得真快，猫犹如此，人何以堪？它现在是有一点老态。据我看，它的健身运动除了睡醒弓身做骆驼状之外，就是认定沙发的几个角柱狠命地抓挠、磨它的爪子，日久天长，把沙发套抓得稀巴烂，把里面的沙发面也抓得稀巴烂，露出了里面装的败絮之类。不捉老鼠，磨爪做啥？也许这就是它的运动。有的人家知道猫的本性难移，索性在它磨砺以须的地方挂上一块皮子。我家没有此项装备，由它去抓。猫一生能抓破几套沙发？

　　日本人好像很爱猫，去年一部电影《子猫物语》掀起一阵爱猫风潮之后，银座一家百货公司举行"世界猫展"。不消说，埃及猫、南美猫、波斯猫、日本猫全登场了。最有趣的是，不知是过度的自尊感还是自卑感在作祟，硬把日本猫推为第一，并且名之为"日本第一"。我看它的那副尊容，长毛大眼，短腿小耳，怕不是什么纯种。不过我也承认那只猫确是很好看。白猫王子不以色事人，我也不会要它抛头露面地参加展览。它只是一只地地道道的台湾土猫。老早有人批评，说它头太小，体太大，不成比例。我也承认它没有什么三围可夸。它没有波斯猫的毛长，也没有泰国猫的毛细。但是它伴我这样久，我爱它，虽世界第一的名猫不易也。

今天是白猫王子九岁生日，循例为文祝它长寿。

相　鼠

　　诗鄘《相鼠》一诗，相作视解，自朱传以降皆无异议。诗中多用相字，如"相彼鸟矣"、"相彼投兔"、"相彼泉水"、"相其阴阳"等，皆作视解。鼠则普通之鼠。全诗大意似是：请看鼠有皮有齿有体，亦犹人之有皮有齿有体也，设人而无仪无止无礼，则与鼠奚异，何不死去！姚际恒说："严氏曰：'旧说鼠尚有皮，人而无仪则鼠之不若，以人之仪喻鼠之皮，非也。诗言鼠则只有皮，人则不可以无仪；人而无仪，则何异于鼠？如此，语意方莹。'此说是。"此说似可从。

　　明李时珍《本草纲目》："黄鼠晴暖则出，坐穴口，见人则交其前足，拱而如揖，乃窜入穴。即诗所谓相鼠有体，韩文所谓礼鼠拱而立者也。"黄鼠拱而如揖，可能即是韩诗所谓礼鼠拱而立，但何以能断定其即为诗之相鼠，似无据。以"相鼠"为鼠之一种，不见其他经传。使相鼠果为黄鼠、礼鼠之别名，细味诗意，语气亦不可通。鼠之有皮，与人之无仪何干？李氏之说恐臆测耳，因人之仪而联想到黄鼠之拱。关尹子有"师拱鼠立礼，师战蚁制兵"之语。以相鼠作黄鼠解，不但无据，且意亦不可通，李氏之说似不可采。

　　一九七一年十月九日《中央日报·副刊》有《相鼠考疑》一文，引李氏之说，谓"殆无可疑"。李氏之书"历时三十年，阅书八百多家，三易其稿"，诚甚可佩，但不能断言其无一失也。

骆 驼

台北没有什么好去处。我从前常喜欢到动物园走动走动，其中两个地方对我有诱惑。一个是一家茶馆，有高屋建瓴之势，凭窗远眺，一片油绿的田畴，小川蜿蜒其间，颇可使人目旷神怡。另一值得看的便是那一双骆驼了。

有人喜欢看猴子，看那些乖巧伶俐的动物，略具人形，而生活究竟简陋，于是令人不由得生出优越之感，掏一把花生米掷进去。有人喜欢看狮子跳火圈，狗做算学，老虎翻筋斗，觉得有趣。我之看骆驼则是另外一种心情，骆驼扮演的是悲剧的角色。它的槛外是冷清清的，没有游人围绕，所谓槛也只是一根杉木横着拦在门口。地上是烂糟糟的泥。它卧在那里，老远一看，真像是大块的毛姜。逼近一看，可真吓人！一块块的毛都在脱落，斑驳的皮肤上隐隐地露着血迹。嘴张着，下巴垂着，有上气无下气地在喘。水汪汪的两只大眼睛好像是眼泪扑簌地盼望着能见亲族一面似的。腰间的肋骨历历可数，颈子又细又长，尾巴像是一条破扫帚。驼峰只剩下了干皮，像是一只麻袋搭在背上。骆驼为什么落到这悲惨地步呢？难道"沙漠之舟"的雄姿即不过如是吗？

我心目中的骆驼不是这样的。儿时在家乡，一听见大铜铃叮叮就知道送煤的骆驼队来了，愧无管宁的修养，往往夺门出视。一根细绳穿系着好几只骆驼，有时是十只八只的，一顺地立在路边。满脸煤污的煤商一声吆喝，骆驼便乖乖地跪下来给人卸货，嘴角往往流着白沫，口里不住地嚼——反刍。有时还跟着一只小骆驼，几乎用跑步在后面追随着。面对着这样庞大而温驯的驮兽，我们不能不惊异地欣赏。

是亚热带的气候不适于骆驼居住（非洲北部的国家有骆驼兵团，在沙漠中驰骋，以骁勇善战著名，不过那骆驼是单峰骆驼，不是我们所说的双峰骆驼）。动物园的那一双骆驼不久就不见了，标本室也没有空间容纳它们。我从此也不大常去动物园了。我尝想：公文书里罢黜一个人的时候常用"人地不宜"四字，总算是一个比较体面的下台的借口。这骆驼之黯然消逝，也许就是类似"人地不宜"之故吧？生长在北方大地之上的巨兽，如何能局促在这样的小小圈子里，如何能耐得住这炎热南方的郁蒸？它们当然要憔悴，要悒悒，要委顿以死。我想它们看着身上的毛一块块地脱落，真的要变成为"有板无毛"的状态，蕉风椰雨，晨夕对泣，心里多么凄凉！真不知是什么人恶作剧，把它们运到此间，使得它们尝受这一段辛酸，使得我们也兴起"人何以堪"的感叹！

其实，骆驼不仅是在这炎蒸之地难以生存，就是在北方大陆其命运也是在日趋于衰微。在运输事业机械化的时代，谁还肯牵着一串串的骆驼招摇过市？沙漠地带该是骆驼的用武之地了，但现在沙漠里听说也有了现代的交通工具。骆驼是驯兽，自己不复能在野外繁殖谋生。等到为人类服务的机会完全消灭的时候，我不知道它将如何繁衍下去。最悲惨的是，大家都讥笑它是兽类中最蠢的当中的一个：因为它只会消极地忍耐。给它背上驮五磅的重载，它会跪下来承受。它肯食用大多数哺乳动物所拒绝食用的荆棘苦草，它肯饮用带盐味的脏水。它奔走三天三夜可以不喝水，并不是因为它的肚子里储藏着水，是因为它在体内由于脂肪氧化而制造出水。它的驼峰据说是美味，我虽未尝过，可是想想熊掌的味道，大概也不过尔尔。像这样的动物若是从地面上消逝，可能不至于引起多少人惋惜。尤其是在如今这个世界，大家所最欢喜豢养的乃是善伺人意的哈巴狗，像骆驼这样的"任重而道远"的家伙，恐怕只好由它一声不响地从这世界舞台上退下去吧！

鹰 的 对 话

山岩上，一只老鹰带着一群小鹰，喳喳地叫个不停。一位通鸟语的牧羊人恰好路经其地，听得老鹰是在教导小鹰如何猎食人肉。其谈话是一问一答，大略如下：

——我的孩子们，你们将不再那么需要我的指导了，因为你们已经看到我的实际表演，从农庄抓家禽，在小树丛中抓小野兔，牧场上抓小羔羊。但是你们应还记得那更可口的美味：我常以人肉供你们大嚼。

——人肉当然是最好吃的。你为什么不用你的爪子带回一个人到鹰巢里来呢？

——他的身体太大了。我们找到一个人的时候，只能撕下他一块肉，把骨头留在地上。

——人既如此之大，你又怎样杀死他的呢？你怕狼，你怕熊，你怎能有超过人的力量呢？人难道比一只羊还更可欺吗？

——我们没有人的力量，也没有人那样狡诈。我们难得吃一回人肉，如果大自然没有注定把人送给我们来享受。人具有凶猛的性格，比任何动物都凶猛。两族人往往遭遇，呼声震天，火焰弥空。你们听到声音火光起自地上，赶快飞向前去，因为人类一定是正在互相残杀；你们会看见地面上血流成渠尸横遍野，许多尸骸都是肢体不全，很便于我们食用。

——人把对方杀死，为什么不吃掉他呢？一条狼杀死一只羊，它在饱啖羊肉以前不会准许兀鹰来触动它的。人不是另一种狼吗？

——人乃是唯一的一种动物，杀而不吃。这种特性使得他们成了我们的大恩人。

——人把人肉送到我们跟前，我们就不必费力自己行猎了。

——人有时候很长久地安安静静地留在洞里。你们若是看到大堆人聚在一起，像一队鹤似的，你们就可以断定他们是要行猎了，你们不久即可大餐人肉。

——但是我想知道他们互相残杀，其故安在？

——这是我们不能解答的一个问题了。我曾请教过一只老鹰，它年年饱餐人的脏腑，它的见解是，人只是表面上过动物生活，实则只是能动的植物。人爱莫名其妙地互相厮杀，一直到僵挺不动让鹰来啄。或以为这些恶作剧的东西大概是有点什么计划，紧紧团结在一起的人之中，好像有一个在发号施令，又好像是格外地以大屠杀为乐。他凭什么能这样高高在上，我们不知道；他很少时候是最大的或跑得最快的一个，但是从他的热心与勤奋来看，他比别人对于兀鹰更为友善。

这当然是一段寓言。作者是谁，恐怕不是我们所容易猜到的。是古代的一位寓言作家吗？当然不是。在古代，战争是光荣事业，领导战争的是英雄。是十八世纪讽刺文学大家斯威夫特吗？有一点像，但是斯威夫特的集子里没有这样的一篇。这段寓言的作者是我们所习知的约翰逊博士，见他所写的《闲谈》（*The Idler*）第二十二期。"闲谈"是《世界纪事》周刊上的一个专栏，第二十二期刊于一七五八年九月九日。"闲谈"共有一百零四篇，于一七六一年至六七年两度刊有合订本，但是这第二十二期都被删去了。为什么约翰逊要删去这一篇，我们不知道，这一篇讽刺的意味是很深刻的。

好斗是人类的本能之一，但是有组织的战争不能算是本能，那是有计划的有预谋的团体行动。兀鹰只知道吃人肉，不知道人类为什么要自相残杀。战争的起源是掠夺，掠夺食粮，掠夺土地，掠夺金钱，掠夺一切物资。所以战争不是光荣的事，是万物之灵的人类所做出的最蠢的事。除了抵抗侵略、抵抗强权、执干戈以卫社稷的不得已而推动的战争之外，一切战争都是该受诅咒的。大多数的人不愿意战争，只有那些思想和情绪不正常的邪恶的所谓领袖人物，才处心积虑地在一些好听的借口之下制造战争。约翰逊在合订本里删除了这一篇讽刺文章，也许是怕开罪于巨室吧？

蚊子与苍蝇

我家里人口众多。除了我和我的太太，还有一名娘姨以外，有几千几百只的苍蝇，有几千几百只的蚊子。苍蝇、蚊子和我们很亲近，苍蝇和我们亲近的时候在早晨，蚊子和我们亲近的时候在夜里。所以我们可以很从容地和他们周旋。一缕阳光从窗子射到我太太的脸上，随后就有一只苍蝇不远千里而来，绕床三匝，不晓得在何处栖止才好，我蜷卧床头，静以待变。只见这只苍蝇飞去飞来，嗡嗡有声，不偏不倚地正正落在我太太的鼻尖上。太太的上嘴唇翕动了一下，我揣测她的意思，大概是表示她的鼻尖是有感觉的。那只苍蝇也有本领，真禁得起震动，抖抖翅膀，仍然高踞在鼻尖上。假使苍蝇能老老实实在鼻尖上占一席地，我的太太凤来是很有度量的，未曾不可以和他相安无事。无奈那只苍蝇，动手动脚地东搔西挠。太太着实不耐烦，只能伸出手来，加以驱除。太太的鼻尖，像有吸引力一般，苍蝇飞起来绕了几个圈子，仍然归到原处。如是者数次。假使苍蝇肯换一个地方，太太或者也可以相当容忍。她忍不住了，把头钻到被里去。苍蝇甚觉得没趣，搭讪着又来和我亲近。

物以类聚，一点也不错。苍蝇的合群心恐怕要在我们中国人以上。记得小时候唱过一个《苍蝇歌》，内中的警句是："一个苍蝇嘤嘤嘤，两个苍蝇嗡嗡嗡，一群苍蝇轰轰轰！"苍蝇的音乐，的确是由清悠以渐至于雄壮。当其嘤嘤的时候，我便从梦中醒来，侧耳而听，等到嗡嗡的时候，我便翻过身去，想在较远的地方去听，到了轰轰的时候，我便兴奋得由床上跳起来了。音乐感人之深，不亦伟哉！

过了一天非人的生活了，到了夜晚想做一件人做的事，睡觉。但是，不忙睡，宝贝的蚊子来了。蚊子由来访以至于兴辞，双方的工作不外下列几种：（一）蚊子奏细乐；（二）我挥手致敬；（三）乐止；（四）休息片刻；（五）是我不当心，皮肤碰了蚊子的嘴，奇痛；（六）蚊子奏乐；（七）我挥手送客；（八）我痒；（九）我抓；（十）我还痒；（十一）我还抓；（十二）出血；（十三）我睡着了。睡着以后，双方仍然工作，但稍简单一些，前四段工作一概豁免。清晨醒来，察视一夜工作的痕迹，常常发现腿部做玉蜀黍状，一粒一粒地凸起来。有时候面部略微改变一点形状，例如嘴唇加厚，鼻梁增高。有时工作过度，面部一块白一块红的，做豆沙粽子状。据脑经（筋）灵敏的人说，若做一床帐子，则蚊子与苍蝇自然可以不做入幕之宾，有用的精神也可以不用在与蚊蝇亲近了。但我已和太太商量就绪，在下月发薪以前，无论如何，我们仍然要保持大国民的态度，对蚊蝇绝不排斥。

第三辑
行到水穷处

南 游 杂 感

一

　　我由北京动身的那天正是清明节，天空并没有落雨，只是阴云密布，呈现出一种黯淡的神情，然而行人已经觉得欲断魂了。我在未走之前，恨不得插翅南翔，到江南调换调换空气；但是在火车蠕动的时候，我心里又忽自嗫嚅不安起来，觉得那座辉煌庞大的前门城楼似乎很令人惜别的样子。不知有多少人诅咒过北京城了，嫌它灰尘大。在灰尘中生活了二十几年的我，却在暂离北京的时候感到恋恋不舍的情意！我想跳下车来，还是吃一个星期的灰尘吧，还是和同在灰尘中过活的伴侣们优游吧……但是火车风驰电掣地去了。这一来不大打紧，路上可真断魂了。

　　断了一次魂以后，我向窗外一望，尽是些垒垒的土馒头似的荒冢；当然，我们这些条活尸，早晚也是馒头馅！我想我们将来每人头上顶着一个土馒头，天长日久，中国的土地怕要完全是一堆一堆的只许长草不许种粮的坟头了。经济问题倒还在其次，太不美观实在是令人看了难受。我们应该以后宣传，大家"曲辫子"以后不要在田地里筑起土馒头。

　　和我同一间车房的四位旅客，个性都很发达。A是一个小官僚，上了车就买了一份老《申报》和一份《顺天时报》。B、C、D三位似乎都是一间门面的杂货店的伙计。B大概有柜台先生的资格，因为车开以后他从一个手巾包里抽出一本《小仓山房尺牍》来看。C有一种不大好的习惯，他喜欢脱了鞋抱膝而坐。D是宰予之流，车开不久他就张着嘴睡着了；睡醒以后，从裤带上摘下一个琵琶形的烟口袋，一根尺余长的旱烟杆。这三位都不知道地板上是不该吐痰的，同时又不"强不知以为知"的，于是开始大吐其痰。我从他们的吐痰中，发现了一个中国人特备的国粹，"调和性"。一旦痰公然落到地板上以后，痰的主人似乎直觉地感到一些不得劲儿，于是把鞋底子放在痰上擦了几下。鞋底擦痰的结果，便是地板上发现一块平匀的湿痕（痰是看不见了，反对地板上吐痰的人也无话可说了，此之谓调和）。

从北京到济南，我就在这样的环境里生活着，我并没有什么不满，因为我知道这叫作"民众化"！

二

车过了济南，酣睡了一夜。火车的单调的声音，使人不能不睡。我想诗的音节的功效也是一样的，例如spencerian stanza，前八节是一样的长短节奏，足以使人入神，若再这样单调下去，读者就要睡了，于是从第×行便改了节奏，增加一个音。火车是永远的单调，并且是不合音乐的单调。但是未来派的音乐家都是极端赞美一切机轮轧轧的声音呢。

一觉醒来，大概是安徽地界了吧，但见一片绿色，耀入眼帘，比起山东地界内的一片荒漠，寸草不生的情形，真是大不相同了。我前年过此地的时候，正在闹水灾，现在水干了，全是良田。北方农人真是寒苦，不要说他们的收获不及南方农家的丰富，即是荒凉的环境，也够人难受了。但是由宁至沪一带，又比江北好多了，尽是一片一片的油菜花，阳光照上去，像黄琉璃似的，水牛也在稻田里面工作着，山清水秀，有说不出的一股畅和的神情。似泰山一带的山陵，雄险峻危，在江南是看不到了。"仁者乐山，智者乐水"，我想近水的人真是智，不说别的，单说在上海从四马路到马霍路黄包车夫就敲我二角钱！

三

我在上海会到的朋友，有郁达夫、郭沫若、成仿吾。除了达夫以外，都是没会过面的文字交，其实看过《女神》、《三叶集》的人不能说是不认识沫若了。沫若和仿吾住在一处，我和达夫到他们家的时候，他们正在吃午饭。饭后我们便纵谈一切，最初谈的是国内翻译界的情形。仿吾正在做一篇论文，校正张东荪译的《物质与记忆》。我从没有想到张东荪的译本居然会有令人惊异的大错……

上海西方化的程度，在国内要首屈一指了。就我的观察所及，洋服可以说是遍处皆是，并且穿得都很修洁可观。真糟，什么阿猫阿狗都穿起洋装来了!我希望我们中国也产出几个甘地，实行提倡国粹，别令侵入的文化把我们固有的民族性打得片甲不留。我在上海大概可以算是乡下人了，只看我在跨过马路时左右张望的神气就可以证实，我很心危，在上海充乡下人还不要紧，在纽约芝加哥被视为老憨，岂不失了国家体面?不过我终究还是甘心做一个上海的乡下人，纽约的老憨。

除了洋装以外，在上海最普遍的是几句半通的英语。我很怀疑，我们的国语是否真那样不敷用，非带引用英语不可?在清华的时候，我觉得我们时常中英合璧的说话是不大好的，哪里晓得，清华学生在北京固是洋气很足，到了上海和上海的学生比比，那一股洋气冲天的神情，简直不是我们所能望其项背了。

四

嘉善是沪杭间的一个小城。我到站后就乘小轿车进城，因为轿子是我的舅父雇好了的。我坐在轿子上倒也觉得新奇有趣。轿夫哼哈相应，汗流浃背，我当然觉得这是很不公道的举动，为什么我坐在轿上享福呢?但是我偶然左右一望，看着黄金色的油菜花，早把轿夫忘了。达夫曾说："我们只能做bourgeoisie的文学，'人力车夫式'的血泪文学是做不来的。"我正有同感。

嘉善最令我不能忘的两件事：便桶溺缸狼藉满街，刷马桶、淘米、洗菜在同一条小河里举行。这倒真是丝毫未受西方化影响的特征。两条街道，虽然窄小简陋，但是我走到街上心里却很泰然自若，因为我知道我身后没有汽车、电车等杀人的利器追逐我。小小的商店，疏疏的住房，虽然是很像中古时期的遗型，在现代未免是太无进步，而我的确看到，住在这里的人，精神上很舒服，"乐在其中矣"。

这里有一个医院、一个小学校、一个电灯厂，还有一营的军队。鸦片烟几乎是家常便饭，吸者不知凡几。生活程度很低，十几间房子租起来不过五块钱。我想大城市生活真是非人的生活，除了用尽心力去应付经济压迫以外，我们就没有工夫做别的事了。并且在大城市里，物质供给太便利，精神上感到不安宁的苦痛。所以我在嘉善只住了一天，虽然感受了一天物质供给不便利的情形，但是我在精神上比在上海时满意多了。

五

我到南京，会到胡梦华和一位玫瑰社的张女士，前者是我的文字交，后者是同学某君介绍的，他们都是在东南大学。我到南京的时候是下午，那天天气还好，略微有些云雾的样子。梦华领我出了寄宿舍，和一个车夫说："鸡鸣寺！怎么？你去不去？"车夫迟疑了一下，笑着说："去！"我心里兀自奇怪，我想：车夫为什么笑呢？原来鸡鸣寺近在咫尺，我们坐上车两三分钟就到了，这不怪车夫笑我们，我们下了车自己也忍不住笑起来。梦华说："我恐怕你疲倦了……"

鸡鸣寺里有一间豁蒙楼，设有茶座，我们沿着窗边坐下了。这里有许多东大的学生，一面品茶，一面看书，似乎是非常潇洒快意。据说这个地方是东大学生俱乐部的所在。推窗北眺，只见后湖的一片晶波闪烁，草木葱茂。石城古迹，就在寺东。

北极阁在寺西，雨渍尘封，斑驳不堪了，登阁远瞩，全城在望。

南京的名胜真多，可惜我的时间太短促了。第二天上午我们游秦淮河，下午我便北返了。秦淮河的大名真可说是如雷贯耳，至少看过《儒林外史》的人应该知道。我想象中的秦淮河实在要比事实的还要好几倍，不过到了秦淮河以后，却也心满意足了。秦淮河也不过是和西直门高粱桥的河水差不多，但是神气不同。秦淮河里的船也不过是和万牲园松风水月处的船差不多，但是风味大异。我不禁想起从前鼓乐喧天灯火达旦的景象，多少的王孙公子在这里沉沦迷荡！其实这里风景并不见佳，不过在城里有这样一条河，月下荡舟却也是乐事。我在北京只在马路上吃灰尘，突然到河里荡漾起来，自然觉得格外有趣。

东南大学确是有声有色的学校，当然他的设备是远不及清华，他的图书馆还不及我们的旧礼堂；但是这里的学生没有上海学生的浮华气，没有北京学生的官僚气，很似清华学生之活泼朴质。清华同学在这里充教职的共十七人，所以前些天我们前校长周寄梅到这里演说，郭校长说出这样一句介绍词："周先生是我们东南大学的太老师。"实在，东大和清华真是可以立在兄弟行的。这里的教授很能得学生的敬仰，这是胜过清华的地方。我会到的教授，只是清华老同学吴宓。我到吴先生班上听了一小时，他在讲法国文学，滔滔不断，娓娓动听，声如走珠，如数家珍。我想一个学校若不罗致几个人才做教授，结果必是一个大失败。我觉得清华应该特别注意此点。梦华告诉我，他们正在要求学校把张鑫海也请去，但因经济关系不知能成功否。下午梦华送我渡江，我便一直地北上了。我很感激梦华和张女士，蒙他们殷勤的招待，并且令梦华睡了一夜的地板。

六

我南下的时候，心里多少还有几分高兴，归途可就真无聊了。南游虽未尽兴，到了现在总算到了期限，不能不北返了。在这百无聊赖的火车生活里怎么消遣？打开书本，一个字也看不进去，躺在床上，睡也睡不着。可怕的寂寥啊！没有法子，我只有去光顾饭车了。

一天一夜的火车，真是可怕。我想利用这些时间去沉思吧，但是辘辘的车声吵得令人焦急。在这无聊的时候，我也只有做无聊的事了。我把衣袋里的小本子拿出来，用笔写着：——"我是北京清华学校的某某，家住北京……胡同，电话……号，In case of accident, please notify my family!"事后看起来，颇可笑。车到泊头，我便朗吟着：

——列车抖得寂然，到哪一站了？
我起来看看。
路灯上写着"泊头"，
我知道到的是泊头。

无聊的诗在无聊的时候吟，更是无聊至极了。唉，不要再吟了，又要想起那"账簿式"的诗集了！

我在德州买了一筐梨，但是带到北京，一半烂了。

我很想在车上作几首诗，在诗尾注上"作于津浦道上"，但是我只好让人独步，我实在办不了。同车房里有一位镇江的妇人，随身带了十几瓶醋，那股气味真不得了，恐怕作出诗也要带点秀才气味呢。

在夜里十点半钟，我平安地到了北京，行李衣服、四肢头颅完好如初，毫无损坏。

动 物 园

我爱逛动物园。从前北平西直门外有个三贝子花园，后来改建为万牲园，再后来为农业试验所。我小时候正赶上万牲园的全盛时代。每逢春秋佳日，父母则带着我们几个孩子去逛一次。

万牲园门口站着两个巨人，职司检票。他们究竟有多高，已不记得，不过从稚小的孩子眼里看来，仰而视之，高不可攀，低头看他的脚，大得吓人！两个巨人一胖一瘦，都神情木然，好像是陷入了"小人国"，无可奈何地站在那里。万牲园的主事者找到这两个巨无霸把头关，也许是把他们当作珍禽异兽一般看待，供人观赏。至少我每次逛万牲园，最兴奋的第一桩事就是看那两位巨人。可惜没有三五年，二人都先后谢世，后起无人，万牲园为之大为减色。

走进大门，有两个入口，左为植物园，右为动物园。两个园之间有路可通，游人先入动物园，然后循线入植物园，然后至出口。中间还有一条沟渠一般的小河，可以行船，游人纳费登舟，可略享水上漂浮之趣。登船处有一小亭，额曰"松风水月"，未免小题大做。有河就不能没有桥，在畅观楼前面就起了一座相当高大的拱桥，俗所谓罗锅桥。桥本身不错，放在那里却有一些不伦不类。

植物园其实只是一个苗圃，既无古木参天，亦无丘陵起伏，一片平地，黄土成垄而已。但是也有两个建筑物。一个是畅观楼，据说是慈禧太后去颐和园时途经此地，特建此楼为息足之处。楼高两层，洋式，内贮历朝西洋各国进贡的自鸣钟，满坑满谷，大大小小，形形色色，足有数百余具。当时海运初开，平民家中大抵都有自鸣钟，但是谁也没见过这样的场面，到此大开眼界。为什么这样多的自鸣钟集中陈列在此，我不知道。除了自鸣钟之外，还有两个不寻常的穿衣镜，一凹一凸，走近一照，不是把你照成面如削瓜，便是把你照成柿饼脸，所以这两个镜子号称为"一见哈哈笑"。孩子们无不嬉笑称奇。

另一个建筑是豳风堂。是几间平房，但是堂庑宽敞，有棚可遮阳，茶座散落于其间。游客到此可以品茗休息。堂名取得好，《诗经·豳风·七月》之篇，描述垄亩之间农家生活的况味。

植物园的风光不过如此，平凡无奇，但是，久居城市的人难得一嗅黄土泥的味道，难得一见果树成林的景象，到此顿觉精神一振。至于青年男女在这比较冷僻的地方携手同行，喁喁私语，当然更是觉得这是一个好去处了。

万牲园究竟是以动物园为主。这里的动物不多，可是披头散发的雄狮、斑斓吊睛的猛虎、笨拙庞大的犀牛、遍体条纹的斑马、浑身白斑的梅花鹿、甩着长鼻龅着大牙的象、昂首阔步有翅而不能飞的鸵鸟、略具人形的狒狒、成群的抓耳挠腮的猕猴、蜿蜒腹行的巨蟒、借刺防身的豪猪、时而摇头晃脑时而挺直人立的大黑狗熊，此外如大鹦鹉、小金丝雀之类，也差不多应有尽有了。我难以忘怀的是在池塘柳荫之下并头而卧交颈而眠的那一对色彩鲜艳的鸳鸯，美极了。

动物关在栏里，一定很苦，就拿那黑熊来说，偌大的身躯长年关在那方丈小笼之内，直如无期徒刑。虽然动物学家说，动物在心理上并不一定觉得它是被关在笼子里，而是人被关在笼子外，人不会来害它，它有安全感。我看也不一定安全，常有自恃为万物之灵的人，变着方法欺侮栅里的兽，例如把一根点燃了的纸烟递到象鼻的尖端，烫它一下。更有人拿石头掷击猴子，好像是到动物园来打猎似的！过不了多少年，园里的动物一个个地进了标本室，犹人之进了祠堂一般。是否都是"考终命"，谁知道？

动物一个个地老成凋谢，那些兽栅渐渐十室九空。显然的，动物园已难以维持下去。我记得我最后一次去是在我二十岁左右的时候，偕友进得大门干脆左转，照直踱入植物园，在苗圃里徜徉半天，那萧索败落的万牲园我不忍再去一顾。童时向往的万牲园，盛况已成陈迹了。

自从我离开北平，数十年仆仆南北，尚未看到过一个像样的动物园。我们中国人对于此道好像不甚考究。据司马相如的《上林赋》，汉武帝增扩的上林苑周袤三百里，其中包括了一个专供天子畋猎的动物园，可以"生貔豹，搏豺狼，手熊罴，足壄羊，蒙鹖苏，绔白虎，被斑纹……"真是说得天花乱坠，恐怕只是文人词客的彩笔夸张，未必属实。我看见过的现代民间豢养的动物，无非是在某些公园中偶然一见的一两只虎，市廛游戏场中之耍猴子耍狗熊的等等而已。直到一九四九年我来到台湾，才得以在台北圆山再度亲近一个动物园。

圆山动物园规模不算大，但是日本人经营的作风相当巧妙。岛国的人最擅长的，是在咫尺之间造出那样多的曲折迂回。圆山动物园应是典型的东洋庭园艺术的一例。小小的一个山丘，竟有如许丘壑。最高处路旁有一茶肆，有高屋建瓴之势，凭窗远眺，于阡陌梯田之中常见小火车一列，冒着蒸汽蜿蜒而过。夕阳反照，情景相当幽绝。彼时我寓中山北路，得便常去一游。好多次看见成群的村姑结伴而行，一个个手举着高跟鞋跣足登陟山坡，蔚为一景（如今皮鞋穿惯，不复见此奇景矣）。

有一次游园，正值园工手持活鸡饲蛇。游人蠢聚争睹此一奇观。我亦不禁心动，攘臂而前，挤入人丛，但人墙无由冲破，乃知难而退。退出后始发觉西装袋上所插之自来水笔已被人扒去。对我而言，当时失掉一支笔，损失很重。笑话中"人多处不可去"之阃训，不无道理。因此我想，我来动物园是来看动物，不是来看人。要看人，大街小巷万头攒动，何必到这里来凑热闹？从此动物园我就少去了。后来旁边又拓辟了儿童乐园，我更加明白这不是属于我的去处。但是我对于那些动物还是很关心的。听说有些游客捉弄动物、虐待动物，我就非常愤懑。听说园中限于经费，有时虎豹之类不能吃饱，我也难过，因为我们把兽关进园内，它们就是我们的客，待客有待客之道。就如同我们家里养猫养狗，能让它们饔飧不继吗？

圆山动物园就要迁移新址，动物将有宽敞的自然的生活空间，我有五愿：

一愿它们顺利乔迁；

二愿它们此后快乐；

三愿园主园丁善待它们；

四愿游客不要虐待它们；

五愿大家不要污染环境。

我觉得动物园之迁移新地，近似整批囚犯的假释，又像是一次大规模的放生。

好多年前，记得好像是《新月》杂志第四期，载有一篇《动物园中的人》，是英国小说家David Garnett作，徐志摩译。小说的大意是叙述一个人自愿进入动物园，住进一个铁栏，作为动物的一类，任人参观。他被接受了，栏上挂着一个牌子"Homo Sapiens（灵长类）人"。下面注一行小字："请游客不要惹恼他。"这只是小说的开端，志摩没有继续译下去。我劝他译完全篇，他口头答应但是没有做。虽是残篇译本，我们可以看出这部小说的构想不错。我至今忘不了这个残篇，就是因为我一直在想，想了几十年，想人类在动物界里究竟占什么样的地位。是万物之灵，灵在哪里？是动物中兽的一类，尚保有多少兽性？人性是什么？假如要我为那"动物园中的人"写一篇较详细的说明书，我将如何写法？这一连串的问题我一直在想，但是参不透。

忆 青 岛

"上有天堂，下有苏杭。"天堂我尚未去过。《启示录》所描写的："从天上上帝那里降下来的圣城耶路撒冷，那城充满着上帝的荣光，闪烁像碧玉宝石，光洁像水晶。"城墙是碧玉造的，城门是珍珠造的，街道是纯金的。珠光宝气，未能免俗。真不想去。新的耶路撒冷是这样的，天堂本身如何，可想而知。至于苏杭，余生也晚，没赶上当年的旖旎风光。我知道苏州有一个顽石点头的地方，有亭台楼阁之胜，网师渔隐，拙政灌园，均足令人向往。可是想到一条河里同时有人淘米、洗锅、刷马桶，不禁胆寒。杭州是白傅留诗、苏公判牍的地方，荷花十里，桂子三秋，曾经一度被人当作汴州。如今只见红男绿女游人如织，谁有心情看浓妆淡抹的山色空蒙。所以苏杭对我也没有多少号召力。

我曾梦想，如果有朝一日，可以安然退休，总要找一个比较舒适安逸的地点去居住。我不是不知道随遇而安的道理。

> 树下一卷诗，
> 一壶酒，一条面包——
> 荒漠中还有你在我身边歌唱——
> 啊，荒漠也就是天堂！

这只是说说罢了。荒漠不可能长久地变成天堂。我不存幻想，只想寻找一个比较能长久的居之安的所在。我是北平人，从不以北平为理想的地方。北平从繁华而破落，从高雅而庸俗、而恶劣，几经沧桑，早已无复旧观。我虽然足迹不广，但北自辽东，南至百粤，也走过了十几省，窃以为真正令人流连不忍去的地方应推青岛。

青岛位于东海之滨，在胶州湾之入口处，背山面海，形势天成。光绪二十三年（一八九七年），德国强租胶州湾，辟青岛为市场，大事建设。直到如今，青岛的外貌仍有德国人的痕迹。例如房屋建筑，屋顶一律使用红瓦片，山坡起伏，绿树葱茏之间，红绿掩映，饶有情趣。民国三年，青岛又被日本夺占，民国十一年才得收回。随后虽然被几个军阀盘踞，但表面上没有遭到什么破坏。当初建设的根底牢固，就是要糟蹋，一时也糟蹋不了。青岛的整齐清洁的市容一直维持了下来。我想在全国各都市里，青岛是最干净的一个。"无风三尺土，有雨一街泥"的北平不能比。

青岛的天气属于大陆气候，但是有海湾的潮流调剂，四季的变化相当温和。称得上是"春有百花秋有月，夏有凉风冬有雪"的好地方。冬天也有过雪，但是很少见，屋里面无须生火，不会结冰。夏天的凉风习习，秋季的天高气爽，都是令人欢喜的，而春季的百花齐放，更是美不胜收。樱花我并不喜欢，虽然第一公园里整条街的两边都是樱花树，繁花如簇，一片花海，游人摩肩接踵，蜜蜂嗡嗡之声震耳，可是花没有香气，没有姿态。樱花是日本的国花，日本和我们有血海深仇，花树无辜，但是我不能不连带着对它有几分憎恶！我喜欢的是公园里培养的那一大片娇艳欲滴的西府海棠。杜甫诗里没有提起过它，但历代诗人词人歌咏赞叹它的却不在少数。上清宫的牡丹高与檐齐，别处没有见过，山野有此丽质，没有人嫌它有富贵气。

推开北窗，有一层层的青山在望。不远的一个小丘上有一座楼阁矗立，像堡垒似的，有俯瞰全市傲视群山之势，人称总督府，是从前德国总督的官邸，平民是不敢近的，青岛收回之后作为冠盖往来的饮宴之地，平民还是不能进去的（听说后来有时候也偶尔开放）。里面是什么样子我不知道，也不想知道。还有人说里面闹鬼。反正这座建筑物，尽管相当雄伟，却不给人以愉快的印象，因为它带给我们耻辱的回忆。

其实青岛本身没有高山峻岭，邻近的劳山，亦作崂山，又称牢山，却是峣峥巉岭，为海滨一大名胜，读《聊斋志异》中有崂山道士，早已心向往之，以为至少那是一些奇人异士栖息之所。由青岛驱车至九水，就是山麓，清流汩汩，到此尘虑全消。舍车扶策步行上山，仰视峰嶂，但见参嵯翳日，大块的青石陡峭如削，绝似山水画中之大斧劈的皴法，而且牛山濯濯，没有什么迎客松、五老松之类的点缀，所以显得十分荒野。有人说这样的名山却没有古迹岂不可惜，我说请看随便哪一块巍巍的巨岩不是大自然千百万年锤炼而成，怎能说没有古迹？几小时的登陟，到了黑龙潭观瀑亭，已经疲不能兴。其他胜境如清风岭碧落岩，则只好留俟异日。游山逛水，非徒乘兴，也须有济胜之具才成。

青岛之美不在山而在水。汇泉的海滩宽广而水浅，坡度缓，作为浴场是东亚第一。每当夏季，游客蜂拥而至，一个个一双双的玉体横陈，在阳光下干晒，晒得两面焦，扑通一声下水，冲凉了再晒。其中有佳丽，也有老丑。玩得最尽兴的莫过于夫妻俩携带着小儿女阖第光临。小孩子携带着小铲子、小耙子、小水桶，在沙滩上玩沙土，好像没个够。在这万头攒动的沙滩上玩腻了，缓步踱到水族馆，水族固有可观，更妙的是下面岩石缝里有潮水冲积的小水坑，其中小动物很多。如寄生蟹，英文叫hermit crab，顶着螺蛳壳乱跑，煞是好玩。又如小型水母，像一把伞似的一张一阖，全身透明。孩子们利用他们的小工具可以罗掘一小桶，带回家去倒在玻璃缸里玩，比大人玩热带鱼还兴致高。如果还有余勇可贾，不妨到栈桥上走一遭。桥尽头处有一个八角亭，额曰"回澜阁"。在那里观壮阔之波澜，当大王之雄风，也是一大快事。

汇泉在冬天是被遗弃的，却也别有风致。在一个隆冬里，我有一回偕友在汇泉闲步，在沙滩上走着走着累了，便倒在沙上晒太阳，和风吹着我们的脸。整个沙滩属于我们，没有旁人，最后来了一个老人向我们兜售他举着的冰糖葫芦。我们在近处一家餐厅用膳，还喝了两杯古拉索（柑香酒）。尽一日欢，永不能忘。

汇泉冬夜涨潮时，潮水冲上沙滩又急遽地消退，轰隆呜咽，往复不已。我有一个朋友赁居汇泉尽头，出户不数步就是沙滩，夜闻涛声不能入眠，匆匆移去。我想他也许没有想到，那就是观音说教的海潮音，乃觌面失之。

说来惭愧，"饮食之人"无论到了什么地方总是不能忘情口腹之欲。青岛好吃的东西很多。牛肉很好，行销国内外。德国人弗劳塞尔在中山路开一餐馆，所制牛排我认为是国内第一。厚厚大大的一块牛排，煎得外焦里嫩，切开之后里面微有血丝。牛排上面覆以一枚嫩嫩的荷包蛋，外加几根炸番薯。这样的一份牛排，要两元钱，佐以生啤酒一大杯，依稀可以领略樊哙饮酒切肉之豪兴。内行人说，食牛肉要在星期三四，因为周末屠宰，牛肉筋脉尚生硬，冷藏数日则软硬恰到好处。弗劳塞尔店主善饮，我在一餐之间看他在酒桶之前走来走去，每经酒桶即取饮一杯，不下七八杯之数，无怪他大腹便便，如酒桶然。这是五十年前的旧话，如今这个餐馆原址闻已变成邮局，弗劳塞尔如果尚在人间，当在百龄以上。

青岛的海鲜也很齐备。像蚶、蛤、牡蛎、虾、蟹以及各种鱼类应有尽有。西施舌不但味鲜，名字也起得妙，不过一定要不惜工本，除去不大雅观的部分，专取其洁白细嫩的一块小肉，加以烹制，才无负于其美名，否则就近于唐突西施了。以清汤氽煮为上，不宜油煎爆炒。顺兴楼最善烹制此味，远在闽浙一带的餐馆之上。我曾在大雅沟菜市场以六元买得鲥鱼一尾，长二尺半有奇，小口细鳞，似才出水不久，归而斩成几段，阖家饱食数餐，其味之腴美，从未曾有。菜蔬方面隽品亦多。蒲菜是自古以来的美味，诗经所说"其蔌维何，维笋及蒲"，蒲的嫩芽极细致清脆。青岛的蒲菜好像特别粗壮，以做羹汤最为爽口。再就是附近潍县的大葱，粗壮如甘蔗，细嫩多汁。一日，有客从远道来，止于寒舍，唯索烙饼大葱，他非所欲。乃如命以大葱进，切成段段，如甘蔗状，堆满大大一盘。客食之尽，谓乃生平未有之满足。青岛一带的白菜远销上海，短粗肥壮而质地细嫩。一般人称之为山东白菜。古人所称道的"春韭秋菘"，菘就是这大白菜。白菜各地皆有，种类不一，以山东白菜为最佳。

青岛不产水果，但是山东半岛许多名产以青岛为集散地。例如莱阳梨。此梨产在莱阳的五龙河畔，因沙地肥沃，故品质特佳。外表不好看，皮又粗糙，但其细嫩酥脆甜而多浆，绝无渣滓，美得令人难以相信。大的每个重十台两以上。再如肥城桃，皮破则汁流，真正是所谓水蜜桃，海内无其匹，吃一个抵得半饱。今之人多喜怀乡，动辄曰吾乡之梨如何，吾乡之桃如何，其夸张心理可以理解。但如食之以莱阳梨、肥城桃，两相比较，恐将哑然失笑。其他如烟台之香蕉、苹果、玫瑰葡萄，也是青岛市面上常见的上品。

一般山东人的特性是外表倔强豪迈，内心敦厚温和。宦场中人，大部分肉食者鄙，各地皆然，固无足论。观风问俗，宜对庶民着眼。青岛民风淳厚，每于细民中见之。我初到青岛，看到人力车夫从不计较车资，乘客下车一律付与一角，路程远则付两角，无争论者。这是全国所没有的现象。有人说这是德国人留下的无形的制度，无论如何，这种作风能维持很久便是难能可贵。青岛市面上绝少讨价还价的恶习。虽然小事一端，代表意义很大。无怪乎有人感叹，齐鲁本是圣人之邦，青岛焉能不绍其余绪？

我家里请了一位厨师老张，他是一位异人。他的手艺不错，蒸馒头、烧牛尾都很擅长。每晚膳事完毕，沐浴更衣外出，夜深始返。我看他面色苍白消瘦，疑其吸毒涉赌。我每日给他菜钱二元，有时候他只飨我以白菜豆腐之类，勉强可以果腹而已。我问他何以至此，他惨笑不答。过几天忽然大鱼大肉罗列满桌，俨若筵席，我又问其所以，他仍微笑不语。我懂了，一定是昨晚赌场大赢。几番盯问之后，他最后迸出这样的一句："这就是一点良心！"

我赁屋于鱼山路七号，房主王君乃铁路局职员，以其薄薪多年积蓄成此小筑。我于租满前三个月退租离去，仍依约付足全年租赁，王君坚不肯收，争执不已，声达户外。有人叹曰："此君子国也。"

我在青岛居住四年，往事如烟。如今隔了半个世纪，人事全非，山川有异。悬想可以久居之地，乃成为缥缈之乡！噫！

华　清　池

　　读过白居易《长恨歌》的人，都知道我们有个华清池。"春寒赐浴华清池，温泉水滑洗凝脂……"纵不引发某些人想象中窥浴的念头，那旖旎的风光也足够很多人向往的。其实这个地方是以温泉闻名，在陕西临潼城南骊山东北麓。"骊山晚照"号称"关中八景"之一。杨贵妃在她专用的"芙蓉汤"洗过澡，与我们没有多大关系。作为古迹看，倒是值得注意的。

　　秦始皇自阿房宫修筑四十多公里的"阁道"通往这个离宫，离宫就是行宫，名为骊山汤，汤就是温泉。一代暴君当然不能不有豪华享受。汉武帝也不多让，大事扩建，王维所谓"汉王离宫接露台，秦川一半夕阳开"，说的就是这个地方。唐太宗派画家阎立德设计改建为温泉宫，唐玄宗更扩建为华清宫，为了杨贵妃一浴而特别地名闻于后世。其实这个地方并无名山大川，谈不上什么美景，只是有一个很好的温泉，历代帝王不惜劳民伤财大事修建作为私人休沐的别墅罢了。其规划建筑较之有清一代的避暑山庄和颐和园，恐怕差得远。

　　民国二十九年元月，道出西安，顺便到临潼看华清池，哪里还有什么宫殿楼阁，满目是西北特有的黄尘滚滚，虽已经过近人的修葺，也只是几幢不中不西的小小楼房，几座平平常常的亭台木桥而已。我一看非常失望。几株大柳树，枯枝飘拂在寒风里，景况十分凄凉。至于那温泉，却还是滚烫的，清澈的。想想多少风流人物尽成尘土，一股温泉仍然汩汩不绝地长流，不胜感慨。什么莲花池芙蓉池，谁会感兴趣？有一个公开的、民众可以享用的大浴池，竟是一个黑暗龌龊的大水坑，热气蒸腾，不值一顾。我对华清池的印象随着时光的流转也渐渐淡忘了。

　　不料今年三月底，报端出现"伊美黛的华清池"新闻一条，据云："菲律宾总统府马拉坎南宫，上个月公诸大众，争先恐后拥入宫里的菲国民众，惊异地发现他们的第一夫人，竟然拥有一座镶着黄金水龙头的特大浴池。曾经有人好奇地跳进澡盆戏水，感受贵妃般生活的乐趣。"又说："池边各项设备均为进口货。"附有彩色插图为证。暴发户的气味很浓，令人看了作三日呕。参观人中居然有人胃口那样好，肯跳进去戏水！华清池是我们几朝君王骄奢淫逸留下来的不朽的纪念物，一个举步维艰民生凋敝的国度也会有一个类似华清池的所在！

天下事往往无独有偶。一九八五年七月十七日巴黎《人民日报》海外版有"林彪行宫开放"一段新闻："到杭州游览，乘车沿西湖往花港公园后边的山林深处驶去，可以到达一座掩映在万绿丛中的'宫殿'。这是林彪在杭州的行宫，即著名的'七〇四工程'。整个工程占地三百零七亩，建筑面积二万八千平方米，耗资三千万元，用钢材三千吨，木材八千立方米，水泥一万八千吨。一号主楼外观为中西结合式样。建筑分地上地下两部分。地上部分有一个小剧场、一个舞厅和数十个房间……地下部分，建筑面积为四千平方米，共有房间大小四十多间……这座行宫还没有竣工……'四人帮'倒台后，这里成为浙江高级宾馆，完全对外开放。游人可买票进去参观，还可以到温水游泳池游泳……"不知这个游泳池比华清池如何？林彪何人，也有"行宫"？宫里也有温水游泳池？这段新闻注明是"摘自《成都晚报》"，想来不是捏造。水光潋滟山色空蒙之中平添这么一座行宫，是使湖光生色还是使山水蒙羞？

因华清池而说到今天类似华清池的构筑，又不禁想到范仲淹《岳阳楼记》所说："先天下之忧而忧，后天下之乐而乐。"古仁人并不多觏，求之今世，难矣哉！

六 朝 如 梦

——记六十年前的南京

江雨霏霏江草齐，六朝如梦鸟空啼。

无情最是台城柳，依旧烟笼十里堤。

这是唐末五代前蜀诗人韦庄的一首七言绝句《金陵图》，咏的是一幅图画，有怀古感慨之意。金陵自古帝王洲，明成祖迁都北京，金陵始有南京之名。虎踞龙盘，再加上六朝金粉，俨然江南文化重镇，历来文人雅士常有吟咏描述的篇章。韦庄的这一首是最著名的之一。

民国十五年秋，我在南京有半年的勾留，赁屋于东南大学大门对面的蓁巷。从海外归来，初到南京，好像有忽然置身于中古时代之感。以面积论，南京比北京大。从下关进入市内，唯一的交通工具是破旧的敞篷马车，路旁大部分是田畴草牧。南京的饮水要由挑夫或水车从下关取江水运到市内，江水是黄泥浆，家家都要备大水缸，用明矾澄清之后才能饮用。南京有电灯厂，电力不足，灯泡无光，只露丝丝红线，街灯形同虚设，人人须备手电筒。至于厕所，则侧列蹲坑，不备长筹，室有马桶，绝无香枣。每年至少产卵三次、每次至少产卵二百的臭虫，温热带地区无处无之，而"南京虫"之名独为天下所熟知，好像冤枉，不过亲自领教之后亦知其非浪得虚名。

因韦庄诗说起台城，我就先从台城说起。台城离我的学校和住处很近。一日午后课毕，偕友步行趋往。所谓台城，本是台省与宫殿所在之地的总称，其故址在鸡鸣山南干河沿北。今习称鸡鸣寺北与明城墙相接的一段为台城遗址，实乃附会。但是台城太有名了，相传梁武帝萧衍于侯景之乱饿死于此。也有人说梁武帝并非饿死，实因老病于战乱之中死去。所有这些历史上的事实，后人不暇深考，鸡鸣寺附近那一段城墙大家认为是台城，我们也就无妨从众了。那一段城墙有个颇为宽大而苔藓丛生的墁砖的斜坡，循坡而上，即至墙头。这地方的景观甚为开阔，王勃《梓州福会寺碑》所谓"右萦层雉，左控崇峦"庶几近之。不过到处都是败壁摧垣，有一片萧索寂寥之感。我去的那一天，正值初秋，清风飒至，振衣当之，殊觉快意。想起台城在六朝的故事，由梁武帝想到陈后主，也不知那景阳井（胭脂井）究竟在什么地方，只觉得一幕幕的历史悲剧曾在这一带扮演过，不禁兴起阵阵怀古的哀愁。这时节夕阳西下，猛听得远远传来军中喇叭的声音，益发凄凉，为主愀然，遂偕友携手踉跄而下。以后我们还去过许多次，凄迷的淑景至今不能忘。

南京有两个湖，一大一小。大的是玄武湖，小的是莫愁湖。玄武湖在南京城东北，周长约十五公里，面积约四平方公里半。其中有几个岛屿。本是历朝操练水兵和帝王游宴之所，后来废湖为田，又曾几度疏浚为湖，直到清末辟为公园，习称后湖。其间古迹不少，如东晋郭璞的坟墓等。萧统编《昭明文选》也是在这个地方。我曾去过后湖两次，匆匆不及深入观赏，只见到处是席棚茶座，扰攘不堪。莫愁湖小得多，在水西门外，周长仅约三点五公里。相传南齐时代，洛阳女子莫愁远嫁到此地的卢姓人家，夫君远征，抑郁寡欢，湖因此得名。此说似不可信，因六朝时此地尚属大江的区域，莫愁湖之名始见于北宋乐史《太平寰宇记》。湖虽小，但有一段不平凡的历史。传说明太祖朱洪武曾在这湖上和徐达下过一局棋，赌注就是莫愁湖，徐达赢了，莫愁湖就成了他的别墅。后来好事者在此建了一座楼，名"胜棋楼"。大门口还有一副对联：

粉黛江山留得半湖烟雨
王侯事业都如一局棋枰

倒也稳妥贴切，可惜那局棋谱没有留下，无由窥测徐达的黑子棋怎样在白子中间摆出了"万岁"二字。我去游赏过一次，湖山仍旧，只是枯荷败柳，一片荒凉。

莫愁湖一度号称"金陵第一名胜"，而我最欣赏的地方却是清凉山下的扫叶楼。扫叶楼是明末清初高人画士龚贤（半千）的隐居之地，在水西门外，毗近莫愁湖。驱车至清凉寺，拾级而升，数转即可登楼上。半千是昆山人，流寓金陵，结庐于清凉山下，葺"半亩园"，筑"扫叶楼"，莳花种竹，远离尘嚣，以卖书鬻画自给。从游者甚众，编《芥子园画传》之王概即出其门下。我游扫叶楼，偕往者胡梦华、卢冀野，二君皆已下世。犹忆在扫叶楼上论茗清谈，偷闲半日。俯视半亩园，局面甚小，而趣味不俗。明末清初，江南固多隐逸，"金陵八家"以半千为首。其画用笔厚重，用墨丰秾，与时下泼墨之风迥异。半千不独以书画胜，人品之高尤足令人起敬。壁间中央供扫叶僧画像一帧，惜余当时未加详察，今已不复记忆是半千自画像的原本，抑或是后人模拟之作。对半千其人，我至今怀有敬意，因而对扫叶楼印象亦特别深刻。

明初宫殿建筑几已完全毁于兵燹，唯孝陵木构殿堂之石基尚在，石碑翁仲以及神兽雕刻大体完好，具见其规模之宏大。陵前殿址有屋数楹，想系后人所筑，游客至此可以少憩。壁间悬朱元璋画像，不知何人手笔，獐头鼠目，长长的下巴，如猪拱嘴，望之不似人君。也有人说此像相当逼真，帝王之相固当有异常流。我对朱元璋个人的印象相当复杂，以一个平民出身的人而能克敌制胜位至九五，当然颇不简单，但其为人之猜忌残酷，亦历来所少有。他入葬孝陵，殉葬者有十余人，极人间之惨事。明清两代荒谬绝伦之文字狱，朱元璋实开其端。我凭吊其陵寝，很难对他下一单纯之论断。从陵门到孝陵殿基址，有一拱形墓门隧道直抵墓门，据专家言乃一伟大的建筑设计。

从明陵折返，途经一小博物馆，内中陈列若干古物之中有一块高与人齐的石头，上面血渍殷然，据云是方孝孺洒的血。我看了大为震撼。方孝孺一代大儒，因拒为明燕王棣篡位草诏而被判大逆，诛九族，方曰"诛十族亦无所惧"，于是于九族之外加上门生一族，八百七十余人死之！这是历史上专制帝王最不人道的暴行！这也是重义节的读书人为了正义而付出的最大的代价。我在小学读历史，老师讲起过诛十族的故事，即不胜其愤慨，如今看到这血渍石，焉得不为这惨痛的往事而神伤？

到了南京而不去秦淮河一游，好像是说不过去。东南大学外文系教授李辉光、畜牧系的教授罗清生，经常和我在一起游宴。有一天我提议去看看这"烟笼寒水月笼沙"的胜景，二公无兴趣，强而后可。在华灯初上的时候，我们到了河畔。哇！窄窄的一条小河，好像是一汪子死水，上面还泛着一些浮沤，两岸全是破敝的民房，河上泊着几只褪色的游艇。我们既来则安，勉强地冲着一只游艇走去，只见船舱中走出一位衣履不整的老妪，带着一位浓妆艳抹俗不可耐的村姑出来迎客。我们不知所措，狼狈而逃，恐怕真是赢得李太白诗中所谓"两岸拍手笑"了。未来之前不是没有心理准备。明知这条传说中"祖龙"开凿的河渠两岸有过多少风流韵事，都早已成为陈迹，不复存在，但是万没想到会堕落荒废到如此的地步。只能败人意，扫人兴，怎能勾起人一丝半点的思古之幽情？朱自清写过一篇《桨声灯影里的秦淮河》，为人传诵，他认为当时的秦淮河上的船依然"雅丽过于他处而又有奇异的吸引力"，我不能不惊服佩弦先生的胃口之强了。

金陵号称有四十八景，可观之地当然不只上述几处，我课余得闲游览所及如是而已。友辈往还，亦多乐事。张欣海、余上沅、陈登格和我，当时均无室家，如无其他应酬，每日晚餐辄相聚于成贤街一小餐馆。南京烹调并不独树一帜，江南风味，各地相差不多。我们每餐都很丰盛，月底结账，四人分摊，每人摊派三十余元，约合一般教授月薪六分之一。有一天，李辉光告我，北门桥有一西餐馆供应鹿肉，唯须预订，俟猎户上山有获，即通知赴宴。我为好奇，应允参加一份。不久，果然接到通知，欣然往。座客六七人。鹿唯两后腿可食。虽非珍馐，究属难得一尝的野味。其实以鹿肉供食，在我国古时是寻常事。《礼记·内则》："春宜羔豚……夏宜腒鱐……秋宜犊麛……冬宜鲜羽……"麛，同麂，小鹿也。又提到鹿脯、麇脯、麋脯之类。可见食鹿肉并不稀奇。

罗清生最善拇战，划拳赌酒，多半胜券在握。我曾请教其术，据告并无秘诀，唯须默察对方出拳之路数，如能看出其中变化之格式，自然易于猜中，同时自己之路数亦宜多所变化，务使对方莫测高深。因思《孙子兵法·谋攻篇》所谓"知彼知己，百战不殆"，大概即是这个道理。我聆教之后，数十年间以酒会友拳战南北几乎无往不利。

图书馆主任洪范五先生亦我酒友之一，拇战时声调高亢，有如铜锤花脸。其寝室内经常备有一整脸盆之茶叶蛋，微火慢煨，蛋香满室。不独先生有此偏嗜，客来必定飨蛋一枚。每蛋均写有号码，以志燉煮之先后。来客无不称美，主人引以为乐。

民国十六年春，革命军北伐，直薄南京，北军溃败，学校停课改组，我未获续聘，因而结束我在南京半载之盘桓。六十年前之南京，其风景人物，已经如梦，至若怀想六朝时代之金陵，真是梦中之梦了。

美 国 去 来

一个走马看花的人没有资格写游记或是发表什么观感，何况我这一次到美国，来去匆匆，有甚于走马看花者。小学生到郊外踏青，归来之后奉老师之命一定要写一篇《远足记》。我未出国之前，编者先生就约定要我回来之后写一点东西，所以不得不妄谈所见，敷衍成篇，以免于交白卷。

三十几年前我到美国去过一次，去做学生，用的是美国退还的庚子赔款，当时虽然年纪小，心里还是老大地不是滋味。这一回旧地重游，心情当然不同，我是"中华民国"的国民，可是有时候感觉到在"中华民国"四字之下还有打个括号加个"台湾"的字样之必要，这就使人很不舒服。在美国，我们经常被人称为来自台湾的人，事实上我们是来自台湾，人家给我们的称呼没有错，也不一定是含有恶意，我们也无须随时随地地像赴世运大会的代表团那样抗议"正名"，可是心里颇不好受。在自己家里，可以关起门来做皇帝，出去走走，便可以使自己的头脑清醒一下，认识一下自己的真正面目。在地图的比例上，把台湾画得再大一些，也没有什么用处。夜郎王问汉使："汉与我孰大？"传为笑柄。所不同者是我们本非夜郎，而有时竟比夜郎王更为可哂！让海外的冷风一吹，其不瞿然以惊者几稀！

美国人的种族歧视是他们的最大的污点。从前我曾亲身领教过，至今不敢忘。这一次我发觉情形比从前进步很多。虽然小岩事件至今未决，虽然我们的总领事在漂亮的住宅区购买房屋而遭邻人反对，但一般的情形较比从前好些。至今是有知识的白人之能记起他们的立国理想者，为数渐多。由肤色而引起的差别和歧视，短期间是无法泯灭的，可喜的现象是有知识有教养的白人大概都肯谈这个问题，敢面对现实，愿意谋求补救之道。这就有希望。

美国的繁荣，尽人皆知，三十年来的进步，亦历历可数。最显而易见的是楼加高了，从前的摩天大厦比新茁生的建筑矮了半截。圆形的，八角形的，锥状的，喇叭状的，平顶的，波浪形屋檐的，玻璃墙壁的，形形色色的摩登建筑出人不意地显露在各种场合。马路加宽了，四线式的公路到处皆是，两层花瓣形的平交道使得车辆免于横冲直撞而各行其是，汽车多到无处停放的程度，到城区购物先要老远地就解决停车的问题，找到停车的地方要付费，逾时要罚钱。车的形状颜色争奇斗妍，有尾鳍翘得高高的，有做硬甲壳虫状的，有的大得像一节火车，有的小得只有三个轮子，翠绿的、酱紫的、枣红的、淡青的……一串串地在眼前穿梭似的驶过。热闹尽管热闹，但是有秩序。美国人的"开车的礼貌"是很值得欣赏的，红绿灯的管制固不必说，没有红绿灯的地方只稍竖起一面"停"的牌子，汽车便乖乖地停住，看清楚前后左右确是没有妨碍方才前进。车躲避行人，不是行人躲避车。美国的"市虎"好像是非常驯服的，不大吃人。此外如吃的、穿的、用的，到处都显示出富足、新颖、豪华，到处都有可供欣赏的橱窗。那"超级市场"是可爱的，里面干净、凉快、任凭取购，方便无比（扒窃之事偶然也有，但是不多）。

繁荣不是从天上掉下来的，也不是一两人领导起来的，是在一个环境里，一个传统中，一种风气下，大家辛苦努力获得的。要保持并发扬这种繁荣，需要继续辛苦努力。美国得天独厚，可是他们的辛苦努力，男男女女，上上下下，认真做事，也是很感动人的。美国的繁荣是普遍的，每一种享受差不多是被所有的人所有的家庭所分享，并没有一个显明的特权阶级骑在人民的脖子上养尊处优。一个人努一分力，便赚一分钱，便有一分享受。因此每个人都在忙，忙着赚钱，忙着享受。一个人的成功与否，以赚钱多寡为衡量的标准，有一栋漂亮的房子、一辆漂亮的汽车、一件漂亮的皮大衣，便是成功的标志。忙是美国人的特征，因为时间即是金钱，甚至可以说时间即是生命。美国人也知道他们的生活太紧张，所以"度周末"是他们生活中不可少的一个节目，不过从我们"闲磕牙"、"摸八圈"、"一局消永昼"的民族来看，他们的度周末也还是够紧张的。我在海滨闲步，看见一辆汽车载着一家人去野餐，小孩满地打滚、掷棒球，女人忙着做饭，男人手持一柄钢叉背着氧气筒扑通一声下海去捕鱼！夙兴夜寐，计较得失，如果与大自然完全绝缘，那种生活是太可怜了，美国人之喜爱旅行野餐，恰好多少补救了一星期孜孜为利的琐屑的生涯。

我们中国人对于勤俭起家的故事常常津津乐道。事实上美国人之在事业上成功而由于勤俭者亦颇不乏其例。但是就一般美国人讲，勤是公认的一项美德，俭则颇有问题。自奉而俭，在美国人看起来，好像是显得寒碜。"追求幸福"是美国独立宣言所标榜的一项生活目标。物质方面的享受是幸福的很大的一部分。享受要尽量地使之提前实现，苦痛要尽量地使之延缓，这是美国作风。所以，商业上的"分期付款制"乃应运而生。这种制度，不可小看它，实乃是美国生活方式的一大基石。分期付款即是欠账，美国人并不以欠账为可耻，只要他如期还账。在美国，几乎没有一样较为值钱的东西不可以分期付款。买飞机票出国旅行，亦可分二十个月付款，其他无论矣。收入较少的人，不必先行省吃俭用地苦苦积蓄，即可提前享受种种便利。当然，这种制度之普遍通行亦有其客观条件在，诸如社会安宁，币值稳定，相当高的国民道德水准等。

敏感的人看了美国的繁荣便不禁忆起古代的罗马。罗马鼎盛的时候，上层阶级真是席丰履厚，在历史上称之为骄奢淫逸，但是平心而论，尼罗皇帝才能举着啃嚼的鸡腿在美国是比较便宜的平民食物，罗马剧场中之风靡一时的赛车比起美国之足球、棒球比赛又当如何？罗马的公共浴池是出了名的，比起美国式的家庭浴室设备又如何？在奢侈上美国老早超过了罗马。罗马的繁荣经不起北方人的一击，如摧枯拉朽一般地衰亡了。美国的文明能持久吗？其将来将若何？有心人居安思危，不能不发出这样的疑问。据我看，美国和罗马颇有不同。罗马有显明的阶级存在，上层是贵族，下层是平民、奴隶，而美国是民主的，并无明显的阶级，更无贫富悬殊的现象。美国的生活方式是普遍的，是标准化的，一个家庭和另一个家庭差不多，一个城市和另一个城市也差不多。美国文明是平均发展的，所以比较健全。共产主义之所以不易在美国滋长者亦以此。据我看，美国之大患在于孤立主义，在地理上有两样使她天然地成为孤立，美国生活方式之美满成功使她在心理上沾沾自喜，唯恐或失，于是养成一种持盈保泰的孤立主义。虽然美国有许多人摒弃孤立主义，事实上孤立主义的幽灵始终在他们心里作祟。泛美主义、美洲门罗主义，都是孤立主义者把围墙往外伸展一步的表现，现在广建海外军事基地围堵共产世界依然是扩大的孤立主义的措施。在经济开发落后的地区给以援助使之发展起来，乃是缓不济急的，于是仍不得不乞灵于建筑围墙的老办法。殊不知围墙是要被人冲破的，防不胜防。伊拉克是一个漏洞，叙利亚是一个漏洞，古巴是一个更大的漏洞。美国之大患不在国内，而在国外。国外的大敌不消灭，美国没有安全可言。美国有强大的军力，庞大的经济力量，健全的社会组织，比罗马强得多，但是她是在等着挨打，等着被人破坏，等着被牵入战争旋涡后以核子武器而同归于尽！有钱的怕死，穿鞋的怕光脚的！奈何！奈何！

在美国草草巡游一番，感慨万千，一面惊叹其各方面之长足进展，一面又不禁为其前途深抱隐忧。但是最萦心的还是我们自己的祖国的前途。美国的休戚，与我们息息相关，可是我们自己的国家才是我们自己安身立命之处。于是摒挡行装，赶快回来。忆起昔人一首小诗："花开蝶满枝，花谢蝶还稀。惟有旧巢燕，主人贫亦归。"

唐人自何处来

　　我二十二岁清华学校毕业，是年夏，全班数十同学搭杰克逊总统号由沪出发，于九月一日抵达美国西雅图。登陆后，暂息于青年会宿舍，一大部分人立即乘火车东行，只有极少数的同学留下另行候车。预备到科罗拉多泉的有王国华、赵敏恒、陈肇彰、盛斯民和我几个人。赵敏恒和我被派在一间寝室里休息。寝室里有一张大床，但是光溜溜的没有被褥，我们二人就在床上闷坐，离乡背井，心里很是酸楚。时已夜晚，寒气袭人。突然间孙清波冲入室内，大声地说："我方才到街上走了一趟，发现满街上全是黄发碧眼的人，没有一个黄脸的中国人了！"

　　赵敏恒听了之后，哀从中来，哇的一声大哭，趴在床上抽噎。孙清波回头就走。我看了赵敏恒哭的样子，也觉得有一股凄凉之感。二十几岁的人，不算是小孩子，但是初到异乡异地，那份感受是够刺激的。午夜过后，有人喊我们出发去搭火车，在车站看见黑人车侍提着煤油灯摇摇晃晃地喊着："全都上车啊！全都上车啊！"

　　车过夏延，那是怀俄明州的都会，四通八达，算是一大站。从此换车南下便直达丹佛和科罗拉多泉了。我们在国内受到过警告，在美国火车上不可到餐车上用膳，因为价钱很贵，动辄数元，最好是沿站购买零食或下车小吃。在夏延要停留很久，我们就相偕下车，遥见小馆便去推门而入。我们选了一个桌子坐下，侍者送过菜单，我们拣价廉的菜色各自点了一份。在等饭的时候，偷眼看过去，见柜台后面坐着一位老者，黄脸黑发，像是中国人，又像是日本人。他不理我们，我们也不理他。

　　我们刚吃过了饭，那位老者踱过来了。他从耳朵上取下半截长的一支铅笔，在一张报纸的边上写道："唐人自何处来？"

　　果然，他是中国人，而且他也看出我们是中国人。他一定是广东台山来的老华侨。显然他不会说国语，大概是也不肯说英语，所以开始和我们笔谈。

　　我接过了铅笔，写道："自中国来。"

他的眼睛瞪大了，而且脸上泛起一丝笑容。他继续写道："来此何为？"

我写道："读书。"

这下子，他眼睛瞪得更大了，他收敛起笑容，严肃地向我们跷起了他的大拇指，然后他又踱回到柜台后面他的座位上。

我们到柜台边去付账。他摇摇头、摆摆手，好像是不肯收费，他说了一句话好像是："统统是唐人呀！"

我们称谢之后刚要出门，他又喂喂地把我们喊住，从柜台下面拿出一把雪茄烟，送我们每人一支。

我回到车上，点燃了那支雪茄。在吞烟吐雾之中，我心里纳闷，这位老者为什么不收餐费？为什么奉送雪茄？大概他在夏延开个小餐馆，很久没看到中国人，很久没看到一群中国青年，更久很久没看到来读书的中国青年人了。我们的出现点燃了他的同胞之爱。事隔数十年，我仍旧不能忘记和我们做简短笔谈的那位唐人。

火山！火山！

美国的火山不多，不过离西海岸不远有一条山脉，由加拿大哥伦比亚境内向南延伸，直到加州境，蜿蜒约七百里，是为加斯凯山脉，其中有一个山峰名圣海伦斯，位于华盛顿州南部，邻近奥瑞冈州，却是一座时醒时睡的火山。圣海伦斯并不太高，只有九千六百七十七尺，比起和它并峙的更为有名的瑞尼尔山之一万四千四百一十尺，要矮很大一截。圣海伦斯外表很好看，有火山之标准的圆锥体形，而且光光溜溜的。山上有长年不化的积雪，山坡上有茂密的森林，山脚下有滢澈的湖沼河流，其间也有拦水的堤坝若干座。这火山是活火山，但是最近一百二十三年之中一直在睡，有时候伸伸胳膊伸伸腿，呻吟几声，不曾大翻身，不曾大吼叫，不曾滋生事端。因为它乖，所以附近居民对它无所恐惧，彼此相安无事。春夏之交，天气晴朗，喜欢滑雪的，喜欢爬山的，喜欢露营的，从四面八方赶来享受大自然的乐趣。

但是从今年（指一九八〇年。——编者注）三月二十日起情形有点不对了。下午三时四十八分发生地震，四点一级，此后三天地震继续增强到四点四级，有山崩的现象。科学家认为有爆发的可能，不过不敢确定，因为火山和人一样，每座火山也有它的个性，没人敢说圣海伦斯内心在打什么主意。为了安全，森林管理局撤退了山区工作人员。三月二十六日，联邦政府、州政府及地方官集会商讨应变之策，决定封闭通往鬼湖的五〇四号州公路。三月二十七日午间山上发生巨响，有一股浓黑的水汽和灰尘喷出，高达山巅以上七千尺的高空。地震高至四点五级。烟尘散后从飞机上可以窥见山巅上出现了一个新的火山口，直径二百到二百五十尺，深约一百五十尺。火山醒了！

以后数日，天天有地震，天天有烟尘喷射，表示有熔岩在火山腹内澎湃。这是火山大爆发的前奏。观光游客突然增加，谁都想要看看这自然奇景。四月三日州长逖克西李瑞女士派出约六十名国民兵拦阻观光客进入危险地区。这时候火山口已经扩大到直径一千七百尺，深八百五十尺。平均每日地震三十三次，最严重的是山巅的北面凸出了约三百二十尺，这说明地下熔岩激荡，有随时大爆发的可能。如果爆发，首当其冲的当是鬼湖及五〇四公路。到了五月九日，有五级地震，地质观察人员奉命从四千三百尺高处的营地撤退。

有一个八十三岁的老人哈利·杜鲁门，他是当地唯一的长久居留的人，他坚决不肯离开他的"鬼湖小屋"。小屋是他亲手盖起来的，一椽一木都是他自己劈的锯的，而且他居住了五十四年之久。小屋距离山顶约有七里，占地却有四十亩之广。斯卡曼尼亚郡的警长毕尔·克劳斯纳在五月十七日，即事发之前一日警告他必须撤离，他曾对一个记者说："如果山没有了，我要与之同归于尽。我要留在这里，并且正告它：'你这个老杂种，我已挣扎了五十四年，还要再挣扎五十四年。'"他养了十六只猫，拥有自己的一个天地。他不是不知道处境的危险，他有一个陈旧的矿穴可以藏身，准备事急的时候携带一瓶威斯忌酒去躲避一下，可是他没有想到那矿穴离他住处有一两里路，烟泥沙石猛然泛滥之际他无法能逃，何况他又跑不快。所以事后直升机前去察视，只见鬼湖小屋一带整个地埋在三十尺深的泥灰之中，哈利·杜鲁门无影无踪地消失了。他有一位六十八岁的朋友荷尔斯幸免于难，他说："我高兴得要命，我居然活着看到了，可是我很为罹难的人难过。"

大爆发是在五月十八日上午八时三十二分十秒。山顶北坡之凸出处突然崩裂，轰然一声，像原子弹爆发后的蕈状浓烟直射天空，约有六万三千尺高，山巅约有一千二百尺的尖端一下子完全被炸掉了，圣海伦斯顿时矮了一大截，没有熔岩流出，流出的是滚烫的泥浆，顺着山坡往下流，流向鬼湖。碎石自天降落，远及于瑞尼尔山，然后变成大股的灰沙落在雅奇玛，变成微尘洒落在斯波肯，然后由风吹送大片的灰尘飘过蒙大拿州，覆盖了黄石公园，进入了怀俄明州，直趋美国东部，全国境内完全未被波及的仅有十一二州。圣海伦斯的灾害，和公元七十九年意大利威苏威火山爆发不同，因为圣海伦斯没有熔岩溢出，喷的只是沙石，羼上融雪而成为泥浆。而且山上居民很少，故生命损失不太大，截至最近报告，确定失踪的有五十八人，由直升机查获的尸体有二十二具。其中有一具是摄影记者，他尚端坐在汽车驾驶座上，显然是被灼死或窒息而死，灰尘堆到了车子的窗口。如果能把他的照相机取出，其中必有珍贵的底片。

灰尘降落其灾害之大是一般人难以想象的。一个人从灾区附近开车走过，忽见天边黑暗下来，远远的彤云密布，还有电闪，以为是山雨欲来，随后听见车顶上砰砰响，以为是雨打车篷。猛然间挡风玻璃模糊了，能见度几乎等于零，伸手车外才知道不是下雨，是漫天洒落沙石。他算是幸运的，向前疾驶，脱离了险境。其他在危险区内活动的人就活活地被热达摄氏八百度的泥浆、灰尘、气体，给灼死、呛死、窒死、烫死，埋在几尺以至几十尺的泥尘之下了。

　　热气、热尘把数以千亩计的森林完全铲平，好多大树连根拔起，直而长的杉木一根根躺下，没有一片树叶存留，光秃秃的像是无数根火柴横七竖八地平铺着。有些木头顺着河流冲走，壅塞在桥边或是水湾之内。据估计，木材一项的损失约在五亿美元之数。野生动物也遭一大劫，据林管局的估计，死难者有两千只黑尾鹿，三百只麋鹿，二十只黑熊，十二只山羊。这个时候正是鲑鱼、鲟鱼从海里溯河而上前来产卵的季节，尽管有人说这些鱼十分聪明，发现情形不对便掉头而去寻求较安全的地方，据估计被水烫死的、被灰尘噎死的仍然不在少数，损失当在二百五十万元以上。有些鱼从水中跳到岸上，还是不免于死。物资的损失无法估计，单是清洗路面恢复交通一项就要两亿元。总统卡特前来巡视的时候，州长狄克西李瑞向他说："华盛顿州现在需要联邦政府帮助的是钱、钱、钱！"事实上，人力也很需要，州长曾下令动员民兵四千余人，在公路上协助铲灰，像铲雪似的。报纸上居然还有人批评，说民兵只能在保卫治安的时候使用，不该叫他们做这种劳动的工作！据估计洗刷各地路面及公共设施要用两亿元以上的经费。

　　灰尘对农产的影响难于估计。我们知道雅奇玛一带是著名的水果产区。该区苹果产量占全国四分之一以上，灰尘落在苹果树上为害不小，果农要用喷杀虫剂的方法喷水上去冲洗，这工程之巨可以想见。樱桃正在开始收成，自然也成了大问题。有人刊登广告说今年水果经火山尘的培养特别硕大可口，这当然是瞎扯。据农业家说，火山尘大部分为矽，即细碎的玻璃，加上其他矿质，纵无大害，绝无益处。希望有大雨冲洗，若是小雨则火山灰成为稀泥，在树上和在地上均属不利。灰尘的酸性成分为四点七。事实上爆发后连日小雨连绵。

　　我于五月二十四日抵达西雅图，是日圣海伦斯火山发生第二度爆发，这次刮的是东南风，往西北吹，灰尘擦着西雅图的边缘飘向奥仑比亚半岛，塔科玛飞机场都受到了影响，有人脑筋动得快，收集火山尘，装进儿童玩具的沙漏之中，当作纪念品出售，看那灰黑色的细沙也颇有异趣。我没有机会到现场巡礼，可是那石破天惊的恐怖情形，可以在想象中得之。卡特总统说："看了这里的样子，月亮像是高尔夫球场。"我从前看过一部影片《庞贝之末日》，遂鼓起兴趣读伯华·李顿的小说原著，对于火山爆发有了一点初步认识，没有想到居然能在报章刊物读到火山爆发的报道。火山研究是一门专门的学问，火山学家和别的专家不同，他不可能有实验室，火山本身就是他的实验室。为了研究，他会觉得火山爆发的次数愈多愈好，虽然他并不是幸灾乐祸。

大块文章，忽然也会变成人间地狱！灾异不祥，未必就是上天示儆，但于"天地不仁，以万物为刍狗"，却庶几近之。

尼亚加拉瀑布

尼亚加拉瀑布是我的旧游之地，那是在一九二四年夏，同游者闻一多早已下世。瀑布风光常在我想象之中。美国人称尼亚加拉瀑布为"度蜜月者的天堂"。度蜜月者最理想的地方应该是一个山明水秀而又远离尘嚣的地方。像尼亚加拉瀑布游人如蚁昼夜喧啄的地方，如何能让一对度蜜月者充分地全神贯注地彼此互相享受呢？这也许是西方人的看法，而度蜜月本是西方的产物。不过瀑布本身确是十分动人的。我们到水牛城，立即驰往尼亚加拉瀑布（市镇名），傍晚在一家汽车旅馆住下。我上次来，一下火车站就听到隔壁澎湃的声音，如今旧地重游，夜阑人静，一点声音也听不到，是瀑布上的槛岩年年崩落减小了水势，还是我的耳朵渐聋以至于充耳不闻？任何名胜，游览一次有一次的情趣，再游便另是一种风光。

翌晨，旅馆特备小型游览汽车专为我们使用一天，导游兼任司机，取费甚廉，仅八元。这位蓄小胡子的导游可是一个人才，不但口若悬河，一路没有停嘴，而且下车之后他倒退着走路，面对着我们指手画脚地不惮其烦地详为解说一切，走到山羊岛上的时候，我生怕他一不当心仰跌到急湍里去。山羊岛上曲折有致，忽然看到树丛里有野兔出没，君达、君迈乐不可支，和野兔追逐起来。据导游说，兔子是买来放在这里的，借以增加野趣，就像城市公园草地上的鸽子、松鼠一样供人观赏。随后我们就驱车过桥，进入加拿大境内，观看美国瀑的正面，同时观看加拿大境内的更壮观的马蹄瀑。观瀑一定要到加拿大才能看得一清二楚。这里有一座比较高的瞭望塔，塔的正面悬一巨像，乃是加拿大著名的骑警队员的画像，在这观光胜地悬挂警察画像用意何在殊难索解。塔的形状颇似西雅图的太空针，而高度不及。我们买票登塔，遥望两个瀑布有如潺湲。看完瀑布区便乘车沿尼亚加拉河东行，参观了一所公园，还有一所规模相当大的园艺学院，都宽阔整洁。而隔河看美国的一边，则只见烟囱林立，黑烟漫空，凌乱的棚舍逶迤数十里，丑恶之态使这名胜之地蒙羞。从前英国工业化之后罗斯金（Ruskin）为保存风景曾呼吁开筑铁路要审慎处理，实在不无见地。工业区的建立与风景区的保存是可以并行不悖的。

我们匆匆走玩一天，兴尽而返，而导游仍然兴致勃勃，絮垢不休。士耀在车里抬头一看，见一告白："君如认此导游之服务为不能令人满意，则可不必惠给小费。"我们相顾而笑。下车时士耀付小费五元，导游雀跃而去。

回到旅舍，我们觉得瀑布还值得再看一次，决定明天搬到加境的一家旅馆再住一夜。这一天没有导游聒噪，反倒觉得自由了。最有趣的是坐缆车下峡谷，乘"雾中女郎"号汽船驶近马蹄瀑。每个游客都穿上长长厚厚的雨衣，罩上雨帽，等汽艇逼近瀑布的时候，但听得隆隆水响，继而滂濞沆溉，大水自上崩注而下，有电鹜雷骇之势。俄而大风起处，雾雨咸集，每个人都兜头灌顶，浑身尽湿。入夜，瀑布下彩色电灯放出强光，照得五颜六色，有人认为绚烂壮丽，其实恶俗不堪。这也许是我们看惯了水墨山水画，一着色反觉不雅。

尼亚加拉瀑布实在不高，马蹄瀑只有一百五十八英尺高，两千九百五十英尺阔，美国瀑一百六十七英尺高，约一千四百英尺阔。阔得可观，高则不足道。但是每分钟有五十万吨水倾注而下，不能不算是一大奇观。飞瀑流泉，世界上何处无之？但以言声势之壮，则无出此右者。

拔卓特花园

国外游历，要看名山大川，但有时看看庭园花木也别有情趣，会心不必在远。加拿大的拔卓特花园（The Butchart Gardens）便不失为一个引人入胜的地方。

这花园是在加拿大的维多利亚城郊外，城在加拿大西岸的温哥华岛的南端，和美国的西雅图隔一海峡，一衣带水，来往甚便。我一家六口，祖孙三代，乘旅行车清晨由西雅图出发，连车带人搭轮渡过普杰海湾，直趋安哲利斯海港。途中在一小肆买煮熟的海蟹两只，非常硕大。在安哲利斯海港候轮渡时，就在路边取出自备冷餐进午饭。两只海蟹，六人分食，大膏馋吻，但是美国的蟹都是尖脐的，团脐的禁止捞食，无所谓七尖八团之说，而且细品其味，和我们故乡吃高粱稻米长大的河蟹大相径庭，"右手持酒杯，左手持蟹螯，拍浮酒船中"的风味当然更谈不到。我们食毕，轮渡正好开来，又连人带车地上去。海行约一小时，风飘飘而吹衣，为之目旷神怡。到维多利亚，入境手续很简单，有美国侨民身份的只消一句话，什么手续也没有，我是观光客，被请到屋里验护照，问我打算住多久，砰一声橡皮图章敲上去，再饶一句："希望你玩得高兴！"前后不到两分钟。

维多利亚城只有一百多年的历史，是观光胜地，水上陆上游艺场所很多，给人印象最深的是拔卓特花园。这花园在白昼和夜晚景色不同，我们为节省时间起见，尽量在其他各处游玩，等到日薄崦嵫的时候才赶到花园去，以便和夜游相衔接。花园门口售票，收取少许费用。有八种语言的说明书备客取阅，中文、英文、法文、德文、意大利文、日文、西班牙文、乌克兰与俄文，这表示世界各地的游客之众多。中文的小册显然是我们当地侨胞的手笔，虽然文字相当生硬，间有不妥的字句，但是我们特感亲切，因为这充分表明我们的侨胞虽然所受教育有限，而在国外艰苦卓绝地努力奋斗，一面在事业上有所建树，一面还能在那环境里保存我们自己的语言文字。对这一篇不大出色的中文说明书的执笔者，我们应有相当的敬意。原文照录如下：

域 多 利
拔卓特花园
小册子

拔卓特花园位在度湾，距域埠十三里，是拔卓特先生在他一百三十英亩的产业上，开辟这占有面积二十五英亩的土地，为西北太平洋的游乐场所。

该花园系拔卓特在他的旧石矿场原址创设的。他为在加之美国泼伦红毛泥业的始创人，自行在附近地方设立红毛泥厂，自任总经理。后来，拔卓特夫人兴之所至，将该荒地悉心经营，在住屋周围种植花卉，以点缀居住美丽的环境，日将月就，遂蔚然而成世界著名的风景区，每年吸引游客到此参观者不少。

日间的游览 由此开始

我们向上行，经过绿草和水池，一方古木参天，一方夏天盛开的红玫瑰，环绕石柱盘旋向上，郁金香紫、罗兰春光灿烂，古式小屋一幢，隐在背后，其中花草的培植、布置方法，可称西北太平洋著名的地方。

转左行，许多春夏花草，馥郁缤纷，尤以秋海棠出类拔萃，更加优美；转右行，则是新境花园，石级栏杆，均以红毛泥制成。园中亦有许多东西，是用红毛泥制的，看来像用木头制成的。该花园有一高墙，长约五十尺，青藤蔓生，像一幅天鹅绒帐幕，下面芳径纵横，并有各种著名化石，筑成小壁，花卉混合，繁植其中。万紫千红翠绿，十分好看。冬天的雪盖满石上，显出了苍劲老气，夏天被大量的红玫瑰拥簇，又是一番新生景致。

远望前头，昔日开采石灰石用以制红毛泥的残迹，尚属存在。该部分广植蔷薇、日本樱花。通过小径，柳暗花明又一村，在石边有大石岛，坐落在人工艺术湖沼的中央，环湖路铺以石灰石，湖深五十尺，湖边遍植樱花、葡萄和日本枫树，左边有小瀑布由石矿场流下，水花飞舞，直注于湖中，昼夜不停，又有小树林，为拔卓特夫人四十年前所手植者。

湖边绿草如茵，花卉畅茂，垂杨婀娜，又是一片景色。

一九六四年，拔卓特花园举行六十周年纪念，建设一喷水池，今已完成。七彩水花可射上高空达七十尺，蔚为奇观。有高桥流水，春夏种植各种名花异卉，点缀得更臻优美。

现有两条路线选择：一是前往音乐会堂；另一条是从鲁登树林到此公园，通过短径，到达玫瑰花园，四周环以草茵和绿树，缓步其中，殊觉有异趣。

伫立闸门，蛙式喷水池即在眼前，系意大利艺术雕砌，再越过草场，登上另一草场，则有一幢住居大厦，玫瑰园每当七月间，玫瑰花盛开，不独在玫瑰花园，即拔卓特整个花园，各处都一样遍植玫瑰，可比国色天香，最为特色。

通过玫瑰花径，出现有英国薄荷，奇香扑鼻。我们跨过较高一级草茵，又到日本花园入门处，即转向左，就是著名的西藏蓝罂粟。拔卓特夫人是北美少有获得这么多花草之一人。后来有位巴来船长曾亲自到此介绍这些植物移种于英伦。日本枫树、松杉之属，环着小瀑布。又下一级，有流水小桥、小池，环植杨柳，随风飞舞，令人陶醉，有各种日本花草绿竹，涌现在目前，中置避暑小屋，这强调显露出是日本花园。穿过树林，可通往遍植过坛龙和百合花小谷，行出这树林，就是布连屈湾，在这里可望见一片汪洋，闪闪耀眼，气象万千了。

又由日本花园步落低草场，亦是玫瑰盛开，转下一步，则是星池，有喷水居中，由此又转入意大利花园，古木参天，都是柏树，有马古里像，系佛劳连廷标准的精巧艺术。在东边，则为住宅区，其中有一部分是掷木球场，适合老少玩乐，在西边则为玫瑰堤，衬以绿草及青藤。

意大利公园中央有一百合花水池，池中有喷水塔，小鱼游来游去，环以百合花造成的花边，春天遍植郁金香等，夏天又种云苔。

通过隧道又到一大玻璃屋，内中种着各种花草，至夏天时，万千花开，最为伟观。附近有咖啡馆和苗圃。当我们离花园而将到出口时，即看见这苗圃，面积四亩半，各种花草种子及幼苗，均在这里培植的。

这拔卓特花园周年开放，供人游览，同时保存创办人个人的事业，以留后世。该花园对于花草的培植和颜色的布置，确有其独到的地方。园中一切花草树木，亦常常种植新颖者，正所谓日新月异。花园面积如此广阔，而一年四季，都保持着美妙的容颜，因为是私家的花园，是拔卓特家所有，如今拔卓特夫妇已去世，交由他们的孙儿罗斯先生代为继续经营。

夜间灯光景色：一九五三年起，特别装置彩色灯光，点缀花园景色，更为别致美观，有如天上星光闪烁，成为北美夜景之中最伟大壮观的一处，每当夏日黄昏，千百灯光，隐约于千红万绿中，令人迷目。

　　如果欲在夜间游览该花园，请最好能依照小册子所指示之路线前进，就能随意享受这园中一切景物了。不要急迫，等候灯光开着才可前行。

夜间游览 由此开始

　　夜间游览，是由入门处沿着左边路径前行，经过苗圃植物室，一路红绿灯光直至著名的新景花园。四周一望，万虑皆空。继续前行，沿途有各种不同的灯火。至一湖沼，有喷水池；复造成一弧形水彩虹，像海市蜃楼。离此沿着红毛泥路至玫瑰花园，越过日本花园，在此流连后又转而至意大利花园，由此复出，也即是先前的入口处了。

　　我们相信，无论晴天、雨时、雪日，你们都是欢喜游览的，希望仕女诸君，尽情享乐，如果未能早日有机会游览这有五十年以上历史的著名花园，请随时争取机会驾临观光。

　　这说明书有再加说明的必要。这花园原是一位水泥（所谓"红毛泥"）业者的私产，石灰石挖光了，水泥厂只好停工，而山腰上已挖得乱七八糟，东一道沟西一个窟窿，面目全非。老板娘必是一位有风趣的人，她要美化环境，硬要把报废的水泥厂和石坑变成为一所美丽的花园。这一点心愿就值得赞扬。不要说他们多财善贾还要在脑满肠肥之后附庸风雅，他们挖空一座山腰之后未曾不可扬长而去，另挖别处的一座山腰。工业糟蹋了自然风景，再分出一部分利润来在原处建造花园供后人游览，将功折罪，我们不可再苛求了。

　　所谓"新境花园"，是Sunken Garden翻译，宜译意不宜译音，是"下陷花园"之意。这是整个花园之最精彩的所在。行入林中，曲径通幽，忽豁然开朗，面临深谷，可拾级而下，遥望谷中芳草鲜美，百卉杂陈，令人惊奇不已。这不是天然形势，这是大石坑的改造。我们听说过古代世界七大奇观之一的"悬空花园"，在巴比伦，公元前六世纪时所造，不过是几层类似梯田的高大建筑物而已。下陷花园正和悬空花园相反，一个向上发展，一个向下发展。居高临下，俯瞰园景，不能不算是一大奇观。可惜的是远远地迎面矗立着一根大烟囱，是水泥厂的唯一遗留物，主人舍不得拆除它，却破坏了整个的气氛，像是孙悟空变作一座小庙，后面翘着一根充作旗杆的尾巴！

　　西洋花园少不了大片的草地，东一块西一块的像是绿茸茸的毯子，这是最大特色之一。草地是经过栽植、施肥、修剪、灌溉的，和我们的"草色入帘青"的乱草不同。草地永远是齐齐整整的，像新理过发的平头。另一特色是把每一种花卉大量集中在一处，东边一片姹紫，西边一片嫣红，团团簇簇，以多为胜，不容你一株一株地欣赏，一枝一枝地把玩。至于把一些灌木之类的东西修剪得像是一堵墙，或圆球，或方锥，或像是一只鸟，形形色色，不一而足，是西洋园林中习见之物。水池喷泉尤不可或缺，其式样更是变化多端。总之是人工的气味浓厚。照基督教的说法，上帝创造人类之前，先创造了一所花园伊甸，想那花园必定不是这个模样。

　　我们来此观赏的时候，正是球茎秋海棠（begonia）盛开的季节。这种海棠不是鲁迅所艳羡的"吐两口血扶着丫鬟到阶前看秋海棠"的那个品种的秋海棠，这个品种在国内好像还没有见过，有相当大的球茎，花有各种颜色，大如牡丹、芍药，叶如翠羽，栽在盆里，也可以连盆吊挂起来，花朵簇簇下垂，远远望去，灿烂若抱锦。这花园里就有一个水泥构筑的棚架，悬挂着百数十盆秋海棠，蔚成一片花海，真是洋洋大观，令人花下忘归。

　　拔卓特花园里面又有日本花园、意大利花园各一处，我认为虽具巧思，却嫌庸俗。大花园里可以包含景色不同的小花园，于均衡对称之中力求变化，例如圆明园里也有西洋楼，颐和园里也有谐趣园，但是必须有宽敞的地址，不能过分拥挤。这里的日本花园把所有的东洋景色一味缩小充塞在一小块地上，犹如假山盆景，显得小家子气。意大利花园也是一样，有水池、有雕像、有格子棚凉亭荫道，具体而言，就是没有开朗没有肃穆的气象。设计的人想玩噱头，反成败笔。拔卓特花园规模还不够大，应以下陷花园为中心，此外各处多莳应时花卉，多建各式花棚花坛，也就够了，不必再求别的出奇制胜的点缀。

　　园内餐厅容量太小，顾客登记领牌，一小时后方有入席希望，我们实在无此耐心，就在附近小店买些食物充饥。加拿大的白昼特长，一直到夜晚十点天还黑不下来。我们在露天音乐台听唱歌，时在盛暑，凉意袭人。到十时半开始夜游。有两个可看的地方，一是下陷花园，在若干盏彩色的强力反光灯照耀之下，日本枫树格外的红，松杉格外的绿，有些像是一幅庞大的舞台布景。另一地方是有彩色灯光的喷水池，喷射的水流有变化，彩色亦有变化，周而复始轮流变化，变幻出好几种花样，规模相当大，颇有可观。我忽地联想起：当年我们的圆明园里蒋友仁督建的"大水法"，不知有没有这样的动人？

夜色渐深，露凉如水，我们匆匆离去。

翌日，在维多利亚城小游半日，无可记者。午后搭另一轮渡自此直驶西雅图，途经无数岛屿，都葱茏可喜。

手　杖

古希腊底比斯有一个女首狮身的怪物，拦阻过路行人说谜语，猜不出的便要被吃掉，谜语是："什么东西走路早晨用四条腿，中午用两条腿，傍晚用三条腿，走路时腿越多越软弱？"古希腊的人好像是都不善猜谜，要等到俄狄浦斯才揭开谜底，使得那怪物自杀而死。谜底是："人。"婴儿满地爬，用四条腿；长大成人两腿竖立；等到年老杖而能行，岂不是三条腿了吗？一根杖是老年人的标记。

杖这种东西，我们古已有之。《礼记·王制》："五十杖于家，六十杖于乡，七十杖于国，八十杖于朝，九十者，天子欲有问焉，则就其室，以珍从。"古人五十始衰，所以到了五十才可以用杖，未五十者不得执也，我看见过不止一位老者，经常伛偻着身子，鞠躬如也，真像一个问号（？）的样子，若不是手里拄着一根杖，必定会失去重心。

杖用来扶衰济弱，但是也成了风雅的一种装饰品，"孔子蚤作，负手曳杖，逍遥于门"，《礼记·檀弓》明明有此记载，手负在背后，杖拖在地上，显然这杖没有发生扶衰济弱的作用，但是把逍遥的神情烘托得跃然纸上。我们中国的山水画可以空山不见人，如果有人，多半也是扶着一根拐杖的老者，或是彳亍道上，或是伫立看山，若没有那一根杖便无法形容其老，人不老，山水都要减色。杜甫诗："年过半百不称意，明日看云还杖藜。"这位杜陵野老满腹牢骚，准备明天上山看云的时候也没有忘记带一根藜杖。豁达恣放的阮修就更不必说，他把钱挂在杖头上到酒店去酣饮，那杖的用途更是推而广之的了。

从前的杖，无分中外，都是一人来高。我们中国的所谓"拐杖"，杖首如羊角，所以亦称丫杖，手扶的时候只能握在杖的中上部分。就是乞食僧所用"振时作锡锡声"的所谓"锡杖"也是如此。从前欧洲人到耶路撒冷去拜谒圣地的香客，少不得一顶海扇壳帽，一根拐杖，那杖也是很长的。我们现在所见的手杖，短短一橛，走起路来可以夹在腋下，可以在半空中画圆圈，可以嘀嘀嘟嘟地点地作响，也可以把杖的弯颈挂在臂上，这乃是近代西洋产品，初入中土的时候，无以名之，名之为"斯提克"。斯提克并不及拐杖之雅，不过西装革履也只好配以斯提克。

杖以竹制为上品，戴凯之《竹谱》云："竹之堪杖，莫尚于筇，磈砢不凡，状若人功。"筇杖不必一定要是四川出品，凡是坚实直挺而色泽滑润者皆是上选。陶渊明《归去来辞》所谓"策扶老以流憩"，"扶老"即是筇杖的别称。筇杖妙在微有弹性，扶上去颤巍巍的，好像是扶在小丫鬟的肩膀上。重量轻当然也是优点。葛藤做杖亦佳，也是基于同样的理由。阿里山的桧木心所制杖，疙瘩噜苏的样子并不难看，只是拿在手里轻飘飘，碰在地上声音太脆。其他木制的、铁制的都难有令人满意的。而最恶劣的莫过于油漆贼亮，甚至于嵌上螺钿，斑斓耀目。

我爱手杖。我才三十岁的时候，初到青岛，朋友们都是人手一杖，我亦见猎心喜。出门上下山坡，扶杖别有风趣，久之养成习惯，一起身便不能忘记手杖。行险路时要用它，打狗也要用它。一根手杖无论多么敝旧亦不忍轻易弃置，而且我也从不羡慕别人的手杖。如今，我已经过了杖乡之年，一杖一钵，正堪效法孔子之逍遥于门。《武王杖铭》曰："恶乎危于忿疐，恶乎失道于嗜欲，恶乎相忘于富贵！"我不需要这样的铭，我的杖上只沾有路上的尘土和草叶上的露珠。

福 特 故 居

我们从加拿大的安大略省驱车西南行，用了一整天的工夫，再抵美加边界，傍晚进入美国密歇根州的底特律。这是一个一百六十几万人口的大城市，事实上是完全在福特公司的庞大势力笼罩之下，这里的人或机构好像没有一个不直接或间接和福特发生关系。这里应是现代资本主义下的社会结构之最典型的一个实例。我们说底特律是"福特王国"，他们也自称"Ford Country"。

福特公司设有"招待中心"，据说每年有一百五十万以上的人前来参观。来宾先在中心登记，取得参观证，从早九点起用一部部的大汽车分批送到工厂去参观汽车生产，直到午后三时为止。车上的男女导游不消说都是能言善道训练有素的，述说福特的事业如数家珍。我们先去看碱性氧性熔炉（basic oxygen furnace），据说这是利用纯氧气炼钢方法的最新发展。我们看到一股股炽红的熔铁沿着模型蜿蜒而流，铸成铁块、铁板、铁条，厂里面轰轰声、砰砰声、咝咝声，杂然并作，工人戴着面具往来操作，里面的温度之高使得我们不能停留逼视，参观者的行列匆匆地向前移动，孩子们大声号啼，老人们用手捂着脸。福特厂自称他们是世界上汽车业者唯一设备自用炼钢厂的一家，自己炼钢，制造自己的汽车的车身及零件。所生产的钢铁在数量上占美国的第十位，但是福特厂所需要的钢铁有一半还要自外购入。厂里最有趣的一部分当然是那著名的装配线，这是福特的一大发明。一部汽车约有零件一万三千个，经过分工合作的装配线，一部完整的汽车自开始装配至开动出厂平均速度不需要一分钟！

福特的汽车事业的成功是一件了不起的事，在工业界成为一个巨大的里程碑。但是亨利·福特这个人却不仅是一个成功的工业家或资本主义者。他善于使用他的财富，他企图把美国开国以来的人民实际生活状况借实物展览的方式留给他的国人长久观摩——这便是福特博物馆及绿野村（Greenfield Village）的由来。博物馆建于1929年，占地十四亩，建筑物的正面是模仿费城独立厅的形式，内容分三大部分：一是装饰品，包括家具、瓷器、钟表、织绣之类；二是早期的店铺，由木匠铺、乐器店、玩具店、铁匠铺、马具店等排成一条街的形式；三是工艺品，农业、工业、蒸汽机、发电机、电灯、交通工具都有实物陈列，由最早的飞机以至最新电子装备都囊括在内。进门处的二楼是福特私人生活的实物展览，我们在这里清清楚楚地看出这个人如何在寒苦低微的环境之中努力奋斗以至于成功的全部经过。"绿野村"则是另一构想，福特把将近一百座有历史意义的建筑物重建在这一块地上，当然是具体而微的，不过建得惟妙惟肖，观光者可在一两小时之内巡视美国过去的许多名胜旧迹，诸如爱迪生的实验室、福特制造第一部汽车的厂棚、福特诞生的家屋，以及韦伯斯特与莱特兄弟之家等。

福特办博物馆和绿野村是爱国精神的表现。爱国的人一定珍视他的国家过去留下的文物遗产。美国自殖民时代至开国战争，随后开拓西部，其中有不少可歌可泣的资料，虽然由我们中国人看来，美国开国距今刚刚要满两百年，历史实在太短，古迹似乎古不到哪里去，但是福特作为一个资本家，已随时代而俱去，作为一个爱国者，其精神则永久存在而值得大众赞许。

我在底特律勾留两天，难忘的是福特的故居。是一所相当大的石头墙壁的大房子，两层，有地下室。房后有狭长的池塘，右边有一所小小的花园，花园是在荒废状态中，玫瑰花圃依稀可辨，但是荆棘丛生。听说由于福特后人无力维护，房屋楼上已经租出。我们去参观时，楼上一部分已在被人使用，谢绝参观了。我们所看到的若干房屋，当初设备必定是甚为豪华，如今都褪色了，气氛显着有一点阴沉。有一间房子是招待过爱迪生的。有一间屋子里有一个很大的壁炉，上面横石刻了一行字：

CHOP YOUR OWN WOOD AND IT WILL WARM YOU TWICE

意思是说："柴要自己砍，身体便可以暖两回。"一切工作，在获至成果时固然可供享受，其实在工作进行的过程中也自有乐趣。福特家中烧的柴是否自己砍，我不知道，我猜想可能有时候是自己砍的，因为砍柴也是一种有趣的运动。福特是一个喜欢凡事自己动手的人，所谓事必躬亲。他的壁炉上这一句格言，使我久久思索不能忘怀。

群 芳 小 记

"老子爱花成癖"，这话我不敢说。爱花则有之，成癖则谈何容易。需要有一块良好的场地，有一间宽敞的温室，有各种应用的器材。更重要的是有健壮的体格和充分的闲暇。我何足以语此？好不容易我有了余力，有了闲暇，但是曾几何时，人垂垂老矣！两臂乏力，腰不能弯，腿不能蹲。如何能够剪草、搬盆、施肥、换土？请一位园丁，几天来一次，只能帮做一点粗重的活。而且花是要自己亲手培养，看着它抽芽放蕊，才有趣味。像鲁迅所描写的"吐两口血，扶着丫鬟，到阶前看秋海棠"，那能算是享受吗？

迁台以来，几度播迁，看到了不少可爱的花。但是我经过多少次的移徙后，"乔迁"上了高楼，竟没有立锥之地可资利用，种树莳花之事乃成为不可能。不得已，只好寄情于盆栽。幸而菁清爱花有甚于我者，她拓展阳台安设铁架，常不惜长途奔走载运花盆、肥土，戴上手套做园艺至于忘寝废食。如今天晴日丽，我们的窗前绿意盎然。尤其是她培植的"君子兰"由一盆分为十余盆，绿叶黄花，葳蕤多姿。我常想起黄山谷的句子："白发黄花相牵挽，付与旁人冷眼看。"

菁清喜欢和我共同赏花，并且要我讲述一些有关花木的见闻，爰就记忆所及，拉杂记之。

一、海棠

海棠的风姿艳质，于群芳之中颇为突出。

我第一次看到繁盛缤纷的海棠是在青岛的第一公园。民国二十年春，值公园中樱花盛开，夹道的繁花如簇，交叉蔽日，蜜蜂嗡嗡之声盈耳，游人如织。我以为樱花无色无香，纵然蔚为雪海，亦无甚足观，只是以多取胜。徘徊片刻，乃转去苗圃，看到一排排西府海棠，高及丈许，而花枝招展，绿鬓朱颜，正在风情万种、春色撩人的阶段，令人有忽逢绝艳之感。

　　海棠的品种繁多，以"西府"为最胜，其姿态在"贴梗""垂丝"之上。最妙处是每一花苞红得像胭脂球，配以细长的花茎，斜敧挺出而微微下垂，三五成簇。凡是花，若是紧贴在梗上，便无姿态，例如茶花，好的品种都是花朵挺出的。樱花之所以无姿态，便是因为无花茎。榆叶梅之类更是品斯下矣。海棠花苞最艳，开放之后花瓣的正面是粉红色，背面仍是深红，俯仰错落，浓淡有致。海棠的叶子也陪衬得好，嫩绿光亮而细致，给人整个的印象是娇小艳丽。我立在那一排排的西府海棠前面，良久不忍离去。

　　十余年后我才有机会在北平寓中垂花门前种植四棵西府海棠，着意培植，春来枝枝花发，朝夕品赏，成为毕生快事之一。明初诗人袁士元和刘德彝《海棠》诗有句云："主人爱花如爱珠，春风庭院如画图。"似此古往今来，同嗜者不在少。两蜀花木素盛，海棠尤为著名。昌州（今大足县）且有"海棠香国"之称。但是杜工部经营草堂，广栽花木，独不及海棠，诗中亦不加吟咏，或谓避母讳，不知是否有据。唐诗人郑谷《蜀中赏海棠》诗云："浓淡芳春满蜀乡，半随风雨断莺肠，浣花溪上堪惆怅，子美无心为发扬。"其言若有憾焉。

　　以海棠与美人春睡相比拟，真是联想力的极致。《唐书·杨贵妃传》："明皇登沉香亭，召杨妃，妃被酒新起，命力士从侍儿扶掖而至。明皇笑曰：'此真海棠睡未足耶？'"大概是海棠的那副懒洋洋的娇艳之状像是美人春睡初起。究竟是海棠像美人，还是美人像海棠，倒是一个有趣的问题。苏东坡一首《海棠》诗有句云："林深雾暗晓光迟，日暖风清春睡足。"是把海棠比作美人。

　　秦少游对于海棠特别感兴趣。宋释惠洪《冷斋夜话》："少游在横州，饮于海棠桥，桥南北多海棠，有老书生家于海棠丛间。少游醉宿于此，明日题其柱云：'唤起一声人悄，衾暖梦寒窗晓。瘴雨过，海棠开，春色又添多少。社瓮酿成微笑，半破蓬瓢共舀。觉倾倒，急投床，醉乡广大人间小。'"家于海棠丛中，多么风流！少游醉后题词，又是多么潇洒！少游家中想必也广植海棠，因为同为苏门四学士的晁补之有一首《喜朝天》，注"秦宅海棠作"，有句云："碎锦繁绣，更柔柯映碧，纤挡匀殷。谁与将红间白。采薰笼，仙衣覆斑斓。如有意，浓妆淡抹，斜倚阑干。"刻画得淋漓尽致。

二、含笑

白朴的曲子《广东原》有这样的一句："忘忧草，含笑花，劝君闻早宜冠挂。"以忘忧草（萱草）与含笑花作对，很有意思。大概是语出欧阳修《归田录》："丁晋公在海南，篇咏尤多，如：'草解忘忧忧底事，花名含笑笑何人？'尤为人所传诵。"含笑花是什么样子，我从未见过，因为它是南方花木，北地所无。

我来到台湾之后十年，开始经营小筑，花匠为我在庭园里栽了一棵含笑。是一人来高的灌木，叶小枝多，毫无殊相。可是枝上有累累的褐色花苞，慢慢长大，长到像莲实一样大，颜色变得淡黄，在燠热湿蒸的天气中，突然绽开。不是突然展瓣，是花苞突然裂开小缝，像是美人的樱唇微绽，一缕浓烈的香气荡漾而出。所以名为含笑。那香气带着甜味，英文俗名称之为"香蕉灌木"（banana shrub），名虽不雅，确是贴切。宋人陈善《扪虱新话》："含笑有大小，小含笑香尤酷烈。四时有花，唯夏中最盛。又有紫含笑、茉莉含笑。皆以日夕入稍阴则花开。初开香尤扑鼻。予山居无事，每晚凉坐山亭中，忽闻香风一阵，满室郁然，知是含笑开矣。"所记是实。含笑易谢，不待隔日即花瓣敞张，露出棕色花心，香气亦随之散尽，落花狼藉满地。但是翌日又有一批花苞绽开，如是持续很久。淫雨之后，花根积水，遂渐呈枯零之态。急为它垫高地基，盖以肥土，以利排水，不久又欣欣向荣，花苞怒放了。

大抵花有色则无香，有香则无色。不知是否上天造物忌全？含笑异香袭人，而了无姿色，在群芳中可独树一格。宋人姚宽《西溪丛语》载"三十客"之说，品藻花之风格，其说曰："牡丹，贵客。梅，清客。李，幽客。桃，妖客。杏，艳客。莲，溪客。木樨，严客。海棠，蜀客。……含笑，佞客。……"含笑竟得佞客之名，殊难索解。佞有伪善或谄媚之意。含笑芬芳馥郁，何佞之有？我对于含笑特有一份好感，因为本地人喜欢采择未放的含笑花苞，浸以净水，供奉在亡亲灵前或佛龛案上，一瓣心香，情意深远，美极了。有一位送货工友，在我门外就嗅到含笑香，向我乞讨数朵，问以何用，答称新近丧母，欲以献在灵前，我大为感动，不禁鼻酸。

三、牡丹

牡丹不是我国特产，好像是传自西方。隋唐以来，始盛播于中土，朝野为之风靡。天宝中，杨贵妃在沉香亭赏木芍药，李白作清平乐词三章，有"云想衣裳花想容"之句。木芍药即牡丹。百年之后，裴度退隐，"寝疾永乐里，暮春之月，忽过游南园，令家仆童升至药栏，语曰：'我不见花而死，可悲也。'怅然而返。明早报牡丹一丛先发，公视之，三日乃薨"。是真所谓牡丹花下死。白居易为钱塘守，携酒赏牡丹，张祜题诗云："浓艳初开小药栏，人人惆怅出长安。风流却是钱塘守，不踏红尘看牡丹。"刘禹锡赏牡丹诗："唯有牡丹真国色，花开时节动京城。"其他诗人吟咏牡丹者不计其数。

周敦颐《爱莲说》："自李唐来，世人甚爱牡丹。……牡丹，花之富贵者也。……牡丹之爱宜乎众矣。"濂溪先生独爱莲，这也罢了，但是字里行间对于牡丹似有贬意。国色天香好像蒙上了羞。富贵中人和向往富贵的人当然仍是趋牡丹如鹜。许多志行高洁的人就不免要受《爱莲说》的影响，在众芳之中别有所爱而讳言牡丹了。一般人家里没有药栏，也没有盆栽的牡丹，但至少壁上可以悬挂一幅富贵花图。通常是一画就是五朵，而且颜色不同，魏紫姚黄之外再加上绛色的、粉红色的和朱红色的。据说这表示五世其昌。五朵花都是同时在盛开怒放的姿态之中，花蕊暴露，而没有一瓣是萎腰褪色的。同时，还必须多画上几个含苞待放的蓓蕾，表示不会断子绝孙。因此牡丹益发沾染了俗气。

其实，牡丹本身不俗。花大而瓣多，色彩淡雅，黄蕊点缀其间，自有雍容丰满之态。其质地细腻，不但花瓣的纹路细致，而且厚薄适度。叶子的脉理停匀，形状色彩，亦均秀丽可观。最难得的是其近根处的木本，在泡松的木干之中抽出几根，透润的枝条，极有风致。比起芍药不可同日而语。尝看恽南田工笔画的没骨牡丹，只觉其美，不觉其俗，也许因为他不是画给俗人看的。

名花多在寺院中，除了庄严佛土，还可吸引众生前去随喜。苏东坡知杭州，就常到明庆寺、吉祥寺赏牡丹，有诗为证。《雨中明庆寺赏牡丹》："霏霏雨露作清妍，烁烁明灯照欲然。明日春阴花未老，故应未忍着酥煎。"末句有典故，五代后蜀有一兵部，贰卿李昊，牡丹开时分赠亲友，附兴采酥，于花谢时煎食之。牡丹花瓣裹上面糊，下油煎之，也许有一股清香的味道，犹之菊花可以下火锅，不过究竟有些煞风景。北平崇孝寺的牡丹是有名的，据说也有所谓名士在那里吃油炸牡丹花瓣，饱尝异味。崂山的下清寺，有牡丹高与檐齐，可惜我几度游山不曾有一见的机会。

牡丹娇嫩，怕冷又怕热。东坡说："应笑春风木芍药，丰肌弱骨要人医。"我在故乡曾植牡丹一栏，天寒时以稻草束之，一任冰雪埋覆，来春启之施肥，使根干处通风，要灌水但是也要宜排水。届时花必盛开，似不需特别调护。在台湾亦曾参观过一次牡丹展，细小羸弱，全无妖妍之致，可能是时地不宜。

四、莲

《古乐府》："江南可采莲，莲叶何田田。"不只江南可采莲，凡是有水的地方，大概都可以有莲，除非是太寒冷的地方。"曲院荷风"是西湖十景之一。南京玄武湖里一片荷花，多少人在那里荡小舟，钻进去偷吃莲蓬。可是莲花在北方依然是常见的，济南的大明湖，北平的什刹海，都是暑日菡萏敷披风送荷香的胜地，而北海靠近金鳌玉一带的荷芰，在炎夏时候更是青年男女闹舡寻幽谈爱的好地方。

初来台湾，一日忽动乡思，想吃一碗荷叶粥，而荷叶不可得。市内公园池塘内有莲花，那是睡莲，非我所欲。后来看到植物园里有一相当大的荷塘，近边处的花和叶都已被人推折殆尽。有一天去郊游，看见稻田中居然有一塘荷花，停身觅主人请购荷叶，主人不肯收资，举以相赠。回家煮粥，俟熟乘沸以荷叶盖在上面，少顷粥现淡绿色，有香气扑鼻。多余的荷叶弃之可惜，实以米粉肉，裹而蒸之，亦有情趣。其实这也是类似莼鲈之思，慰情聊胜于无而已。

小时家里种了好几大盆荷花。春水既泮，便从温室取出置阳光下，截除烂根细藕，换泥加水，施特殊肥料（车厂出售之修马掌、骡掌的角质碎片）。到了夏初，则荷叶突出，荷花挺现，不及池塘里的高大，但亦丰腴可喜。清晨露尚未晞，露珠在荷叶上滚来滚去。静看荷花展瓣，瓣上有细致的纹路，花心露出淡黄的花蕊和秀嫩的莲房，有一股说不出的纯洁之致。而微风过处，茎细而圆大的荷叶，微微摇晃，婀娜多姿，尤为动人。陈造《早夏》诗："凉荷高叶碧田田。"画家写风竹，枝叶披拂，令人如闻风飕飕声，但我尚未见有人画出饶有动态的风荷。

先君甚爱种荷。晨起辄徘徊荷盆间，计数其当日开放之花朵，低吟慢唱，自得其乐。记得有一次折下一枝半开的红莲插入一只仿古蟹爪纹细长素白的胆瓶里，送到书房几上。塾师援笔在瓶上写了"出淤泥而不染，濯清涟而不妖"几个大字，犹如俗匠在白瓷茶壶上题"一片冰心"一般。"花如解语还多事"，何况是陈腐的题句？欲其雅，适得其反。

近闻有人提议定莲花为花莲的县花。广植莲花，未尝不好，锡以封号，似可不必。

五、辛夷

辛夷，属木兰科，名称很多，一名新雉，又名木笔，因其花未开时形如毛笔。又名侯桃，因其花苞如小桃，有茸毛。辛夷南北皆有之。王维辋川别墅中即有一处名辛夷坞，有诗为证："木末芙蓉花，山中发红萼。涧户寂无人，纷纷开且落。"北平颐和园的正殿之前有两棵辛夷，花开极盛，但我一向不曾在花时游览，仅于画谱中略识其面貌。蜀中花事凤盛，大街小巷辄有花户设摊贩花。民国二十八年春，我在重庆，一日踱出中国旅行社招待所，于路隅花摊购得辛夷一大枝，花苞累累有百数十朵，有如权枝繁多之蜡烛台，向逆旅主人乞得大花瓶一只，注满清水，插花入瓶，置于梳妆台上，台三面有镜，回光交映，一室生春。

辛夷有紫红、纯白两种，纯白者才是名副其实的木笔。而且真像是毛笔头，溜尖溜尖地一个个地笔直地矗立在枝上。细小者如小楷兔毫，稍大者如寸楷羊毫，更大如小型羊毫抓笔。著花时不生叶，赭色枝头遍括白笔头，纯洁无疵，蔚为奇观。花开六瓣，瓣厚而实，晨展而夕收，插瓶六七日始谢尽。北碚后山公园有辛夷数十本，高约二丈，红白相间，非常绚烂，我于偕友登小丘时无意中发现之。其处鲜有人去观赏，花开花谢，狼藉委地，没有人管。

美国西雅图市，家家户前芳草如茵，莳花种树，一若争奇斗艳。于篱落间偶然亦可见有辛夷杂于其内。率皆修剪其枝干不令过高。我的寄寓之所，院内也有一棵，而且是不落叶的那一种，一年四季都有绿叶，花开时也有绿叶扶持。比较难于培植，但是花香特别浓郁。有一次我发现一只肥肥大大的蜜蜂卧在花心旁边，近视之则早已僵死。杜工部句："不是爱花即欲死，只恐花尽老相催。"这只蜜蜂莫非是爱花即欲死？

来到台湾，我尚未见过辛夷。

六、水仙

岁朝清供，少不得水仙。记得小时候，一到新春，家人就把大大小小的瓷钵搬了出来，连同里面盛着的小圆石子一起洗刷干净，然后一钵钵地把水仙的鳞茎栽植其中，用石子稳定其根须，注以清水，置诸案头。那些小圆石子，色洁白，或椭圆，或略扁，或大或小，据说是产自南京的雨花台。多少年下来，雨花台的石子被人捡光了，所以家藏的几钵石子就很宝贵。好像比水仙还更被珍惜。为了点缀色彩，石子中间还撒上一些碎珊瑚，红白相间，别有情趣。

水仙一花六瓣，做白色，花心副瓣，做黄色，宛然盏样，故有"金盏银台"之称。它怕冷，需要阳光。我们把它放在窗内有阳光处去晒它，它很快地展瓣盛开。天天搬来搬去，天天换水，要小心地伺候它。它有袭人的幽香，它有淡雅的风致。虽是多年生草本，但北地苦寒难以过冬，不数日花开花谢，只得委弃。盛产水仙之地在闽南，其地有专家培植修割，及春则运销各地供人欣赏。英国十七世纪诗人赫立克（Herrick）看了水仙（narcissus）辄有春光易老之叹，他说：

> 人生苦短，和你一样，
> 我们的春天一样的短；
> 很快地长成，面临死亡，
> 和你，和一切，没有两般。

> We have short time to stay, as you,
> We have as short a spring;
> As quick a growth to meet decay,
> As you, or any thing.

西方的水仙，和我们的品种略异，形色完全一样，而花朵特大，唯香气则远逊。他们不在盆里供养，而是在湖边泽地任其一大片一大片地自由滋生。诗人华兹华斯有一首名诗《我孤独地漫游，像一朵云》，歌咏的就是水边瞥见成千成万朵的水仙花，迎风招展，引发诗人一片欢愉之情而不能自已，而他最大的快乐是日后寂寞之时回想当时情景益觉趣味无穷。我没有到过英国的湖区，但是我在美洲若干公园里看见过成片的水仙，仿佛可以领略到华兹华斯当年的感受。不过西方人喜欢看大片的花丛，我们的文人雅士则宁可一株、一枝、一花、一叶地细细观赏，黄山谷所云"坐对真成被花恼"，情调完全不同（《离骚》中有"既滋兰之九畹兮，又树蕙之百亩"，我想是想象之词，不可能真有其事）。

在台湾，几乎家家户户有水仙点缀春景。植水仙之器皿，花样翻新，奇形怪状，似不如旧时瓷钵之古朴可爱，至于粗糙碎石块代替小圆石，那就更无足论了。

七、丁香

提起丁香，就想起杜甫一首小诗：

> 丁香体柔弱，乱结枝犹垫。
> 细叶带浮毛，疏花披素艳。
> 深栽小斋后，庶使幽人占。
> 晚堕兰麝中，休怀粉身念。

这是他的《江头五咏》之一，见到江畔丁香发此咏叹。时在宝应元年。诗中的"垫"字费解。仇注根据说文："垫，下也。凡物之下坠皆可云垫。"好像是说丁香枝弱，故此下坠。施鸿保《读杜诗说》："下堕义，与犹字不合。今人常语衬垫，若训作衬，则谓子结枝上，犹衬垫也。"施说有见地。末两句意义嫌晦，大概是说丁香可制为香料，与兰麝同一归宿，未可视为粉身碎骨之厄。仇注认为是寓意"身名隳于脱节"，《杜臆》亦谓："公之咏物，俱有为而发，非就物赋物者。……丁香体虽柔弱，气却馨香，终与兰麝为偶，虽粉身甘之，此守死善道者。"似皆失之迂。

丁香结就是丁香蕾，形如钉，长三四分，故云丁香。北地俗人以为丁钉同音，出出入入地碰钉子，不吉利，所以正院堂前很少种丁香，只合"深栽小斋后"了。民国二十四年春我在北平寓所西跨院里种了四棵紫丁香。"白菡萏香，紫丁香肥。"丁香要紫的。起初只有三四尺高。十年后重来旧居，四棵高大的丁香打成一片，一半翻过了墙垂到邻家，一半斜坠下来挡住了我从卧室走到书房的路。这跨院是我的小天地，除了一条铺砖的路和一个石几，两个石礅之外，本来别无长物，如今三分之二的空间付与了丁香。春暖花开的时候招蜂引蝶，满院香气四溢，尽是嘤嘤嗡嗡之声。又隔三十年，现在丁香如果无恙，不知谁是赏花人了。

八、兰

兰花品种繁多。所谓洋兰（卡特丽亚），顾名思义是外国来的品种，尽管花朵大，色彩鲜艳，我总觉得我们应该视如外宾，不但不可亵玩，而且不耐长久观赏。我们看一朵花，还要顾及它在我们文化历史上的渊源，这样才能引起较深的情愫。看花要如遇故人，多少旧事一齐兜上心来。在台湾，洋兰却大得其道，花展中姹紫嫣红，大半是洋兰的天下，态浓意远的丽人出入"贵宾室"中，衣襟上佩戴的也多半是洋兰。我喜欢品赏的是我们中国的兰。

我是北方人，小时不曾见过兰。只从芥子园画谱上学得东一撇西一撇地画成为一个凤眼，然后再加一笔破凤眼。稍长，友人从福建捧着一盆兰花到北平，不但真的是捧着，而且给兰花特制一个木条笼子，避免沿途磕碰。我这才真的见到了兰，素心兰。这个名字就雅，令人想起陶诗的句子"闻多素心人，乐与数晨夕"。花心是素的，花瓣也是素的，素白之中微泛一点绿意。面对素心兰，不禁联想到"弱不好弄，长实素心"的高士。兰的香味不是馥郁，是若有若无的缕缕幽香。讲到品格，兰的地位极高。我们常说"桂馥兰熏"，其实桂香太甜太浓，尚不能与兰相比。

来到台湾，我大开眼界。友人中颇有几位善于艺兰，所以我的窗前几上，有时候叨光也居然兰蕊驰馨。尝有客款扉，足尚未入户，就大叫起来："君家有素心兰耶？"这位朋友也是素心人，我后来给他送去一盆素心兰。我所有的几盆兰，不数年分植为数十盆，乃于后院墙角搭起一丈见方的小棚，用疏隔的竹篾遮覆以避骄阳直晒，竹篾上面加铺玻璃以防淫雨，因此还招致了"违章建筑"的罪名，几乎被报请拆除。竹篾上的玻璃引起了墙外行人的注意，不久就有半大不小的各色人物用砖石投掷，大概是因为玻璃破碎之声清脆悦耳之故。小棚因此没有能持久，跟着我的数十盆兰花也渐渐地支离破碎了。和我望衡对宇的是胡伟克先生，我发现他家里廊上、阶前、墙头、树下，到处都是兰花，大部分是洋兰，素心兰也有，而且他有一间宽大的温室，里面也堆满了兰花。胡先生有一只工作台子，上面放着显微镜，他用科学方法为兰花品种做新的交配，使兰花长得更肥，色泽更为鲜艳多姿。他的兰花在千盆以上。我听他的夫人抱怨："为了这些劳什子，我的手指都磨粗了。"我经常看见一车一车的盛开的兰花从他门前运走。他的家不仅是芝兰之室，真是芝兰工厂。

兰本来是来自山间，有苔藓覆根，雨露滋润，不需要什么肥料。移在盆里，他所需要的也只是适量的空气和水，盆里不可用普通的泥土，最好是用木炭、烧过的黏土、缸瓦碎片三种的混合物，取其通空气而易排水。也有人主张用砂、桂圆树皮、蛇木屑、木炭、碎石子混拌，然后每隔三个月用（NH4）2SO$_4$＋KCL液羼水喷洒一次。叶子上生虫也需勤加拂拭。总之，兰来自幽谷，在案头供养是不大自然的，要小心伺候了。

九、菊

花事至菊而尽，故曰蘜，蘜是菊之本字。蘜者，尽也。"兰有秀兮菊有芳，怀佳人兮不能忘。"这是汉武帝看着时光流转，自春徂秋，由花事如锦到花事阑珊，借着秋风而发的歌咏。菊和九月的关系密切，故九月被称为菊月，或称为菊秋，重阳日或径称为菊节。是日也，饮菊花茶，设菊花宴，还可以准备睡菊花枕，百病不生，平凤饮菊潭水，可以长生到一百多岁。没有一种花比菊花和人的关系打得更火热。

自从陶渊明"采菊东篱下"之后，菊就代表一种清高的风格，生长在篱笆旁边，自然也就带着几分野趣。吕东莱的句子"短篱残菊一枝黄，正是乱山深处过重阳"，是很好的写照。经人工加意培养，菊好像是变了质。宋《乾淳岁时记》："禁中例，于八日作重九，排当于庆瑞殿，分列万菊，灿然炫眼，且点菊灯，略如元夕。"这是在殿堂之上开菊展，当然又是一种情况。

菊是多年生草本，摘下幼枝插在土里就能活。曩昔在北平家园中，一年之内曾蕃殖数十盆，竟以秽恶之粪土培养之，深觉戚戚然于心未安。幼苗长大之后，枝弱不能挺立，则树细竹竿或秸秫以为支撑，并标以红纸签，写上"绿云""紫玉""蟹爪""小白梨"……奇奇怪怪的名称。一盆一盆地放在"兔儿爷摊子"上（一排比一排高的梯形架），看上去一片花朵，闹则闹矣，但是哪能令人想到一丝一毫的"元亮遗风"？

台湾艺菊之风很盛，但是似乎不取其清瘦，而爱其痴肥。每一盆菊都修剪成独花孤挺，叶子的正面反面经常喷药，讲究从根到顶每片叶子都是肥大绿光，顶上的一朵花盛开时直像是特大的馒头一个，胖胖大大的，需要铁丝做盘撑托着它。千篇一律，朵朵如此，当然是很富态相。"帘卷西风，人比黄花瘦"，那时的黄花，一定不像如今的这样肥。

十、玫瑰

玫瑰，属蔷薇科。唐朝有一位徐夤，作过一首咏玫瑰的诗：

> 芳菲移自越王台，最似蔷薇好并栽，
> 秾艳尽怜胜彩绘，嘉名谁赠作玫瑰？
> 春成锦绣风吹折，天染琼瑶日照开。
> 为报朱衣早邀客，莫教零落委苍苔。

诗不见佳，但是让我们知道在唐朝玫瑰即已成了吟咏的对象。《群芳谱》说："花亦类蔷薇，色淡紫，青萼黄蕊，瓣末白，娇艳芬馥，有香有色，堪入茶、入酒、入蜜。"这玫瑰，是我们固有品种的玫瑰，花朵小，红得发紫，香味特浓。可以熏茶，可以调酒（玫瑰露），可以做蜜汁（玫瑰木樨）。娇小玲珑，惹人怜爱。玫瑰多刺，被人视若蛇蝎，其实玫瑰何辜，他本不预备供人采摘。《三十客》列玫瑰为"刺客"，也是冤枉的。

外国的蔷薇品种不一，亦统称为玫瑰。常见有高至五六尺以上者，俨然成一小树，花朵肥大，除了深绯、浅红者外，还有黄色的，别有风致。也有蔓生的一种，沿着篱笆墙壁伸展，可达一两丈外。白色的尤为盛旺。我有朋友蛰居台中，莳花自遣，曾贻我海外优良品种之玫瑰数本，我悉心培护，施以舶来之"玫瑰食粮"，果然绰约妩媚不同凡响，不过气候、土壤皆不相宜，越年逐渐凋萎。园林有玫瑰专家，我曾专诚探访，畦圃广阔，洋洋大观，唯几乎全是外来品种，绚烂有余，韵味不足。求其能入茶、入酒、入蜜者，竟不可得，乃废然返。

四 君 子

梅、兰、竹、菊，号称花中四君子，其说始于何时，创自何人，我不大清楚。集雅斋梅、竹、兰、菊四谱，小引云："文房清供，独取梅、竹、兰、菊四君者，无他，则以其幽芬逸致，偏能涤人之秽肠而澄莹其神骨。"四君子风骨清高固无论已，但是初学花卉者总是由此入手，记得幼时模拟芥子园画谱就是面对几页梅、兰、竹、菊而依样画葫芦，盖取其格局笔路比较简单明了容易下笔。其中有多少幽芬逸致，彼时尚难领略。最初是画梅，我根本不曾见过梅花树，细枝粗杆，勾花点蕊，辄沾沾自喜，以为暗香疏影亦不过如是，直到有一位朋友给我当头一棒："吾家之犬，亦优为之。"从此再也不敢动笔。兰花在北方是少见的，我年轻时只见过一次，那是有人从福建"捧"到北方来的一盆素心兰，放在女主人屋角一只细高的硬木架上，居然抽茎放蕊，听说有幽香盈室（我闻不到），我只看到乱蓬蓬的像是一丛野草。竹子倒不大稀罕，不过像林处士所谓"竹树绕吾庐，清深趣有余"，对我而言一直是想象中的境界。所以竹雨是什么样子，竹香是什么味道，竹笑是什么神情，我都不大了解。有人说："喜写兰，怒写竹。"这话当然有道理，但我有喜怒却没有这种起升华作用的才干。至于菊，直是满坑满谷，何处无之，难得在东篱下遇见它而已。近日来艺菊者往往过分溺爱，大量催肥，结果是每个枝头顶着一个大馒头，帘卷西风，花比人痴胖！这时候，谁还要为它写生？

我年事渐长，慢慢懂了一点道理，四君子并非是浪博虚名，确是各自有它的特色。梅，剪雪裁冰，一身傲骨；兰，空谷幽香，孤芳自赏；竹，筛风弄月，潇洒一生；菊，凌霜自得，不趋炎热。合而观之，有一共同点，都是清华其外，淡泊其中，不作媚世之态。画，不是纯技术的表现，画的里面有韵味，画的背后有个人。画家的胸襟风度不可避免地会流露在画面之上。我尝以为，唯有君子才能画四君子，才能恰如其分地表达出四君子的风骨。艺术，永远是人性的表现。唯有品格高超的人才能画出趣味高超的画。

刘延涛先生的《四君子图》，我认为实在是近年来罕见的精品，是四幅水墨画，不但画好，诗书也配合得好，看得出来是趁墨汁未干时就蘸着余墨题诗，一气呵成，墨色匀称。诗、书、画，浑然成为一体。四君子加上画家，应该是五君子了。画成于一九六三年、一九六四年间，我最初记得是在七友画展中见到的，印象极深。如今张在壁上，我乃能朝夕相对，令人翛然心远，俗虑顿消。画的题识是这样的：

最是傲霜菊亦残，更无雁字报平安，
少年意气消沉尽，自写梅花共岁寒。

故园清芬久寂寞，滋兰九畹不为多，
殷勤护得灵根旧，我欲飞投向汨罗。

高节临风夏亦寒，虚心阅世始能安，
于今渐悟修身法，日日砚前种万竿。

篱下寄居非得计，瓶中供养更堪哀，
何如大野友寒翠，迎接霜风次第开。

山杜鹃

　　山杜鹃，英文作rhododendron，字首rhodo表"玫瑰"之意，字尾dendron表"树"之义，故亦可译作"玫瑰树"，事实上这植物开花时节真是花团锦簇，而躯干修伟，可达三十几英尺之高，蔚为壮观，称之为树亦甚相宜。是石南属常青灌木之一，叶子是互生的，春夏之交枝端绽出色彩鲜艳的伞状花，光彩照眼，如火如荼。花的颜色种类繁多，有红的、白的、粉红的、淡紫的，浓淡深浅各极其致。品种也很多，据说马来群岛、澳洲北部、中国高山及喜马拉雅山上都有分布。可是我从来没有看见过它。我们在四月底匆匆就道，就是生怕误了这个花季。

　　还好，我们到达西雅图，正赶上这个花季的尾声。这种花，华盛顿州引以自傲，奉为州花，其实西维吉尼亚州也是视为州花的。西雅图地处美国的西北角，在太平洋的边缘，在冬天有暖风向西南吹，在夏天有阿拉斯加海湾的冷气从西北方袭来，所以终年不冷不热，不湿不燥，正适于山杜鹃的生长。市区本身约九十平方英里，人口五十多万人（包括郊区则有一百一十多万人），和许多其他地方比较起来称得上是地广人稀。美国的住宅方式和我们的不同，他们好像是不喜欢围墙，每家门外都是或大或小的花园，一片草地，几堆花丛，家与家之间偶然也有用矮矮的篱笆隔离的，但是永远遮不住行人的视线，那万紫千红争奇斗妍好像是有意邀行人的注目。西雅图是建立在七座山头之上，全市的地势都是上上下下，我们住的地方有高屋建瓴之势，所以我从窗户望出去，到处是花树扶疏，蓊蓊郁郁。山杜鹃好像是每家都有几棵，或栽在房檐下，或植在草地中间，或任其在路边生长。我清晨散步，逐户欣赏那无数的山杜鹃，好像都在对着我笑。这里住家的主人主妇，在整理庭园上谁也不甘落后，你剪草地，我施肥，你拔莠草，我浇水，大概就是为了赢得行人一声赞叹吧。人与人，家与家……本来何必要隔上那么一堵墙？我译过一首美国诗人弗罗斯特的诗，不禁想起了它：

补墙

有一点什么，它大概是不喜欢墙，
它使得墙脚下的冻地涨得隆起，
大白天的把墙头石块弄得纷纷落；
使得墙裂了缝，二人并肩都走得过。
士绅们行猎时又是另一番糟蹋：
他们要掀开每块石头上的石头，
我总是跟在他们后面去修补，
但是他们要把兔子从隐处赶出来，
讨好那群汪汪叫的狗。我说的墙缝
是怎么生的，谁也没看见，谁也没听见，
但是到了春季补墙时，就看见在那里。
我通知了住在山那边的邻居；
有一天我们约会好，巡视地界一番，
在我们两家之间再把墙重新砌起。
我们走的时候，中间隔着一垛墙。
落在各边的石块，由各自去料理。
有些是长块的，有些几乎圆得像球，
需要一点魔术才能把它们放稳当：
"老实待在那里，等我们转过身再落下！"
我们搬弄石头，把手指都磨粗了。
啊！这不过是又一种户外游戏，
一个人站在一边。此外没有多少用处：
在墙那地方，我们根本不需要墙：
他那边全是松树，我这边是苹果园。
我的苹果树永远也不会踱过去
吃掉他松树下的松球，我对他说。
他只是说："好篱笆造出好邻家。"
春天在我心里作祟，我在悬想
能不能把一个念头注入他的脑里：

"为什么好篱笆造出好邻家？是否指
有牛的人家？可是我们此地又没有牛。
我在造墙之前，先要弄个清楚，
圈进来的是什么，圈出去的是什么，
并且我可能开罪的是些什么人家。
有一点什么，它不喜欢墙，
它要推倒它。"我可以对他说这是"鬼"，
但严格说也不是鬼，我想这事还是
由他自己决定吧。我看见他在那里
搬一块石头，两手紧抓着石头的上端，
像一个旧石器时代的武装的野蛮人。
我觉得他是在黑暗中摸索，
这黑暗不仅是来自深林与树荫。
他不肯探究他父亲传给他的格言，
他想到这句格言，便如此的喜欢，
于是再说一遍："好篱笆造出好邻家。"

因西雅图家家户户不设围墙，我想起了这首诗，但是我也想起了我们的另一句俗话："亲兄弟，高打墙！"

季淑爱花成癖，在花厂看到大片大片盆栽的山杜鹃，流连不忍去，我怂恿她买下最小的一盆，再困难我也要把它携回台湾。不料放在阳台上，雨露浸润，个把月的工夫，抽芽放叶，枝条挺出，俨然成了一棵小树，我们只好把它移植到庭园的一角，还它自由，不必勉强它离乡背井地在炎方瘴地去受流落之苦了。

哀 枫 树

　　我每至西雅图，下榻士耀、文蔷家。我六楼上的寝室有两个窗子，从南窗远眺，晴朗时可以看到的高一万四千余英尺的瑞尼尔山峰清清楚楚地浮现在天空中，山巅终年积雪，那样子很像日本的富士山，而其悬在半空的样子又有一点像是由我们的岳阳楼之遥望君山。西窗外，则有两棵大树骈立，一棵是杉，一棵是枫，根干相距约有十英尺，枝叶则纠结交叉，相依相偎如为一体。两棵树都高约五丈，虽非参天古木，亦甚庄严壮观。尤其是那株枫树，正矗立在我窗前，夕阳西下，几缕阳光从树叶隙处横射过来，把斑斓的叶影筛到窗幕上面。窗外的树，窗内的人，朝夕相对，默然无语。

　　枫树的种类很多，据说一百五十种以上。我们这棵枫树是最普通的一种，自阿拉斯加至南加州一带无处无之，是属于大叶枫的一类。叶厚而大，风过飒飒作响，所以此树从木从风。能制枫糖的是属于另外一种。"霜叶红于二月花"的则又是一种。我们中国诗人所常吟咏的是丹枫，又名霜枫，亦谓江枫。张继的《枫桥夜泊》中的"月落乌啼霜满天，江枫渔火对愁眠"，以及刘季游的《登天柱冈诗》中的"我行谁与报江枫，旋摆旌旗一路红"，都是有名的诗句。其实，红叶不限于枫，凡是树根吸取土中糖分过多，骤遇霜寒即起化学作用而呈红色，既非红颜娇艳取悦于人，亦非以憔悴之容惹人怜惜。

　　落叶乔木，到了季节，叶子总要变色脱落的。西雅图植物园里枫树很多，入秋红叶缤纷，有人认为景色甚美，我驱车往观，只是有一股萧瑟肃杀之气使人不快。我们这棵枫树，叶子不变红，变黄，一夜北风寒，黄叶纷纷落。我曾有好几个秋季给它扫除落叶。接连十天八天，叶子扫不尽。一早起来，就发现很厚的一层黄叶遮盖了一大块草地。我用大竹篾做的耙子，用力地耙拢成堆。从土壤里来的东西还让它回到土里去。扫叶工作相当累人，使人遍体生温，和龚半千扫叶楼的情景不大相同。扫叶楼是南京名胜之一，是我于一九二六年最喜欢盘桓的一个地方。那里庭院不大，树也不大，想半千居士所扫的落叶也不过是一种情趣的象征而已。我扫枫叶乃纯粹的劳动，整理庭除，兼为运动。

枫树不仅落叶烦人，春天开的小花，谢后散落如雨，而且所结的果实有翅，乘风滴溜溜地到处飞扬，落到草地上、石缝里、道路边，随地萌芽生长，若不勤加拔除，不久就会成为一片枫林。《易经》说："天地变化，草木蕃。"枫树之雄厚的蕃息力量，正是自然之道。不过由萌芽而滋长，逃过多少灾难，然后才能成为一棵几丈高的大树。枫树在我们需要阴凉的时候，它给我们遮阳，到了冬天我们需要温暖的时候它又迅速地脱卸那一身的浓密大叶，只剩下干枝光杆在半空寒风中张牙舞爪。它好知趣，好可人！

但树也有旦夕祸福。我这次回到西雅图来，隔窗一望那棵枫树不见了！再探头望下来，一块块的大木橛子、大木墩子，横七竖八地陈列在木栅边。一棵树活生生地被锯成了几十段！那棵杉，孤零零地立着，它失掉了贴身的伴侣，比我更难过。

原来是今年春天，树该发芽的时候，这棵枫树突然没有发出芽来，有气无力地在顶端冒出几片小叶。请了三位树医，各有不同的诊断。一位说是当年造房子打地基伤了树根，一位说是草地施肥杀莠使它中了毒，一位说是感染了无名的疾病。有一点三位完全同意：树已害了不治之症。善后是必须立即办理，否则恐难久立，在风雪怒号之中它会訇然仆地。邻居测量形势，所受威胁最大。于是三家比价，以二百五十元成交，立即伐木丁丁的。言明在先，只管锯成短橛，不管运走。木橛的最大圆周是八英尺有余，直径约二英尺半。唯一用途是当柴烧，分期予以火化。可是斧劈成柴，那工程不小，怕只好出资请人把它一块块地运走了。

现在我的窗前没有东西遮望眼，一片空虚。十年树木，只能略具规模，像这棵枫树之枝叶扶疏，如张巨盖，至少是百年以上的。然而大千世界，一切皆是无常，一棵树又岂是例外？"树犹如此，人何以堪？"

寒梅着花未

《中国文学史论集》卷一刘延涛先生作《王维》，有这样一段话：

> 维二十一岁举进士，调大乐丞，从此开始做官，直至尚书右丞。弟缙，更是官运亨通。维虽然在五十六岁时陷贼，但仍获优遇。事后也未遭受严厉处分。陷贼以前，他生活在大唐盛世，贼平以后，弟弟的官做得更大了。他这样的家庭环境，时代背景，对于民间疾苦和社会黑暗方面的体认，当然没有杜甫那样深刻。但像刘大杰在《中国文学发展史》内说他对于民生漠不关心，则是重大的错误！刘氏引了他一首杂诗："君自故乡来，应知故乡事。来日绮窗前，寒梅着花未？"便说他"见了乡人，不问民生的疾苦，不问亲友的状况，只关心到窗前的梅花，可知这派诗人，除了他个人以外，对于现实的社会，是完全闭着眼了！"……实在责备得太过。我可以说在我们的历史上从没有不关心人民疾苦而能成为伟大诗人的！我们读王维的诗，有很多地方是对社会不平现象而发议论的。如……都充分暴露贵族的奢华与民生的憔悴，而造词则极其婉约。

刘延涛先生之言，是也。刘大杰的《中国文学发展史》在坊间一般中国文学史中算是比较好的之一，不过他批评王维也堕入了一般庸俗的邪见，以为凡是文学作品皆应千篇一律地反映民间疾苦，否则便是无视于现实社会。殊不知文学范围很广，社会现象复杂，文学创作不能限于某一单独题材。我们评论作家，也不应单凭一首小诗来论定作者全部的性格。

单就这一首杂诗而论，也有可以研讨的地方。一首诗，作于何年，作于何地，有无本事可考，都是很重要的。《赵松谷笺注王右丞集》，谓"叙诗之法，编年最上"是有见地的话，可惜，"拟欲编年，苦无所本"。《赵注王右丞集》卷十三《杂诗》共列三首，是否同时同地所作，不得而知。细绎三首内容，又好像是不无关联。因此我猜想，王维这首小诗也许不是自抒乡思，而是揣摸远客心理，发为关切家乡的殷勤问讯。案王维太原人，其父徙家于蒲，遂为河东人（见刘昫唐书本传），王维一生足迹所至未出京兆、济州、凉州、洛阳一带，都是属于寒冷的北方。北地也有梅花，究竟是盛于江南江北。《梁书·何逊传》："何逊作扬州法曹，廨舍有梅花一株，花盛开，逊吟咏其下。后居洛思梅花，再请其任，从之。抵扬州，花方盛，逊对花彷徨终日。"是旅居北地之人萦怀家乡之梅花，甚至千里迢迢专诚访视，已成为历史上的佳话。王维此诗，我猜想是代一个旅居北地的人透露其怀念江南家乡的情思。《杂诗》之另一首："家住孟津河，门对孟津口。常有江南船，寄书家中否？"同样是写寄居北地的江南人的乡思。故乡是指江南，而王维的故乡不是江南。

假如我的猜想不错，即使这首小诗不是自摅胸臆，而是假托虚构，我们依然可以问：客自故乡来，为什么不问别的，单问窗前的寒梅着花未？王维写此诗是在什么年代固无从考证，据唐书本传，代宗好文，于王维故后对他的弟弟王缙说："卿之伯氏，天宝中，诗名冠代，朕尝于诸王座闻其乐章。今有多少文集，卿可进来。"王缙说："臣兄开元中诗百千余篇，天宝事后，十不存一。"很可能这首小诗作于开元中。王维陷贼是在天宝十五载，时王维五十六岁，他六十一岁便死了。所以此诗作于比较太平的时期，大概是可能的。他不可能问出"来日朱门前，有无冻死骨"之类的话。再说，诗不比闲话散文，要特别讲究情趣格调。四友斋丛说："五言绝句当以王右丞为绝唱。"评价实在很高。五言绝句，局面很小，容不下波澜壮阔的思潮，只好拈取一星半点的灵机隽语，既不可失之凝滞，亦不可过于庄严。像王维这首杂诗，温柔潇洒，恰如其分，不愧为绝唱。凡是有过离乡羁旅的经验的人，谁不惦念其家园中的一草一木，人情所系，千古无殊。

一位作者的气质永远是多方面的，说他是田园诗派，他有时也神游八表；说他是隐逸一流，他有时也表露用世的雄心，似不宜轻加类别。王维有《请回前任司职田粟施贫人粥状》一文，见《右丞集》卷十八，似常为读者所忽略，如今读之想见王维对于现实社会并非"完全闭着眼"——

　　右臣比见道路之上，冻馁之人，朝尚呻吟，暮填沟壑，陛下圣慈怜愍，煮公粥施之，顷年以来，多有全济，至仁之德，感动上天，故得年谷颇登，逆贼皆灭，报施之应，福佑昭然。臣前任中书舍人，给事中，两任职田，并合交纳。近奉恩敕，不许并清。望将一司职田，回与施粥之所，于国家不减数粒，在穷窘或得再生，庶以上福圣躬，永宏宝祚。仍望令刘晏分付所由讫，具数奏闻，如圣恩允许，请降墨敕。

王维愿把他所得的两份京官的"职分田"捐出一份作为施贫人粥之用。千载而下，读之犹感仁者之所用心。至于他晚年屏绝尘累，以禅诵为事，自谓"晚年惟好静，万事不关心"，那是另一回事，兹不赘。

盆　景

　　我小时候，看见我父亲书桌上添了一个盆景，我非常喜爱。是一盆文竹，栽在一个细高的方形白瓷盆里；似竹非竹，细叶嫩枝，而不失其挺然高举之致。凡物小巧则可爱。修篁成林，蔽不见天，固然幽雅宜人，而盆盎之间绿竹猗猗，则亦未尝不惹人怜。文竹属百合科，当时在北方尚不多见。

　　我父亲为了培护他这个盆景，费了大事。先是给它配上一个不大不小的硬木架子，安置在临窗的书桌右角，高高地傲视着居中的砚田。按时浇水，自不待言，苦的是它需阳光照晒，晨间阳光晒进窗来，便要移盆就光，让它享受那片刻的煦暖。若是搬到院里，时间过久则又不胜骄阳的肆虐。每隔一两年要翻换肥土，以利新根。败枝枯叶亦须修剪。听人指点，用笔管戳土成穴，灌以稀释的芝麻酱汤，则新芽苗发，其势甚猛。有一年果然抽芽蹿长，长至数尺而意犹未尽，乃用细绳吊系之，使缘窗匍行，如薜萝然。

　　此一盆景陪伴先君二三十年，依然无恙。后来移我书斋之内，仍能保持常态，在我凭几写作之时，为我增加情趣不少。嗣抗战军兴，家中乏人照料，冬日书斋无火，文竹终于僵冻而死。丧乱之中，人亦难保，遑论盆景！然我心中至今戚戚。

　　这一盆文竹乃购自日商。日本人好像很精于此道。所制盆栽，率皆枝条掩映，俯仰多姿。尤其是盆栽的松柏之属，能将文理盘错的千寻之树，缩收于不盈咫尺的缶盆之间，可谓巧夺天工。其实盆栽之术，源自我国，日人善于模仿，巧于推销，百年来盆栽遂亦为西方人士所嗜爱。bonsai一语实乃中文盆栽二字之音译。

　　据说盆景始于汉唐，盛于两宋。明朝吴县人王鏊作《姑苏志》有云："虎邱人善于盆中植奇花异卉，盘松古梅，置之几案，清雅可爱，谓之盆景。"当时姑苏不仅擅园林之美，且以盆景之制作驰誉于一时。刘銮《五石瓠》："今人以盆盎间树石为玩，长者屈而短之，大者削而约之，或肤寸而结果实，或咫尺而蓄虫鱼，概称盆景，元人谓之些子景。"些子大概是元人语，细小之意。

我多年来漂泊四方,所见盆景亦夥,南北各地无处无之,而技艺之精则均与时俱进。见有松柏盆景,或根株暴露,做龙爪攫拿之状,名曰"露根"。或斜出倒挂于盆口之外,挺秀多姿,俨然如黄山之"蒲团""黑虎",名曰"悬崖"。或一株直立,或左右并生,无不于刚劲挺拔之中展露搔首弄姿之态。甚至有在浅钵之中植以枫林者,一二十株枫树集成丛林之状,居然叶红似火,一片霜林气象。种种盆景,无奇不有,纳须弥于芥子,取法乎自然。作为案头清供,诚为无上妙品。近年有人以盆景为专业,有时且公开展览,琳琅满目,洋洋大观。盆景之培养,需要经年累月,悉心经营,有时甚至经数十年之辛苦调护方能有成。或谓有历千百年之盆景古木,价值连城,是则殆不可考,非我所知。

盆景之妙虽尚自然,然其制作全赖人工。就艺术观点而言,艺术本为模仿自然。例如图画中之山水,尺幅而有千里之势。杜甫望岳,层云荡胸,飞鸟入目,也是穷目之所极而收之于笔下。盆景似亦若是,唯表现之方法不同。黄山之松,何以有那样的虬蟠之态?那并不是自然的生态。山势确荦,峭崖多隙,松生其间,又复终年的烟霞翳薄,风雨飕飕,当然枝柯虬曲,甚至倒悬,欲直而不可得。原非自然生态之松,乃成为自然景色之一部。画家喜其奇,走笔写松遂常作龙蟠虬曲之势。制盆景者师其意,纳小松于盆中,培以最少量之肥,使之滋长而不过盛,芟之剪之,使其根部坐大,又用铅铁丝缚绕其枝干,使之弯曲作态而无法伸展自如。

艺术与自然本是相对的名词。凡是艺术皆是人为的。西谚有云:Ars estcelare artem(真艺术不露人为的痕迹),犹如吾人所谓"无斧凿痕"。我看过一些盆景,铅铁丝尚未除去,好像是五花大绑,即或已经解除,树皮上也难免有皮开肉绽的疤痕。这样的艺术制作,对于植物近似戕害生机的桎梏。我常在欣赏盆景的时候,联想到在游艺场中看到的一个患侏儒症的人,穿戴齐整地出现在观众面前,博大家一笑。又联想到从前妇女的缠足,缠得趾骨弯折,以成为三寸金莲,作摇曳婀娜之态!

我读龚定庵《病梅馆记》,深有所感。他以为一盆盆的梅花都是匠人折磨成的病梅,用人工方法造成的那副弯曲佝偻之状乃是病态,于是他解其束缚,脱其桎梏,任其无拘无束地自然生长,名其斋为病梅馆。龚氏之文,常在我心中出现,令我憬然有悟,知万物皆宜顺其自然。盆景,是艺术,而非自然。我于欣赏之余,真想效龚氏之所为,去其盆盎,移之于大地,解其缠缚,任其自然生长。

虹

英国诗人华次渥兹于一八〇二年作了一首小诗，仅仅九行，但是很概括地表明了他对自然的看法，大意是这样的——

我的心跳了起来，当我看见

天上有彩虹一条；

我生命开始有此经验，

如今长大成人仍是这般；

但愿还是这样，当我到了老年，

否则不如死掉！

孩子是成年人的父亲；

我愿我以后一天天的时间，

借崇拜自然而得以连接不断。

在自然现象中，虹是很令人惊奇的一项。我在儿时，每逢雨霁，东方天空出现长虹，那一条庞大的弧形，红、橙、黄、绿、蓝、靛、紫，色彩鲜明如带，就不免惊呼雀跃，我的大姐总是警告我说："不要手指，否则烂掉指头！"不知这宗迷信从何而起。古时虹蜺二字连用（蜺亦作霓），似乎是指近于龙的一种动物，雄为虹，雌为蜺，色鲜盛者为雄，暗者为雌。《尔雅》是这样说的。宋人刘敬叔《异苑》是一种神怪小说。有这样一条："晋陵薛愿，有虹饮其釜，嗡响便竭，愿辈酒灌之，随咽便吐金满器，于是灾弊日祛，而丰富数臻。"能虹饮的龙好像体型并不太大，而且颇为吉利。《史记·五帝纪》注："瞽叟姓妫，妻曰握登，见大虹意感，而生舜于姚墟。"虹还能使妇人意感而孕，真是匪夷所思。凡此不经之谈，皆是说明我们古人一直把虹看作为有生命的动物，甚至为有神通的精灵。华兹华斯的泛神思想也就不足为异了。

我以前所见的虹都是短短的一橛，不是为房脊所遮，便是被树梢所掩，极目而望，瞬即消逝。近来旅游美洲，寄寓于西雅图，其地空旷开朗，气候特佳。一日午后雨霁，凭窗而望，"螮蝀在东"，心中为之一震，犹之华兹华斯的"心跳了起来"。因为在我眼前的虹，不但色彩鲜艳，在广阔无垠的天空之中从陆地的一端拱起到另一端，足足的是个一百八十度的半圆弧形，像这样完整而伟大的虹以前从未见过，如今尽收眼底。我童心未泯，不禁大叫起来，惊动家人群出仰视，莫不叹为奇景。

华氏小诗末行公然标出"崇拜自然"四个字，是甚堪玩味的。基督徒崇拜的是上帝，而他崇拜的是自然，他对自然的态度有过几度的转变，幼时是纯感官的感受，长而赋自然以生命，最后则以外界的自然景象与自己的内心融为一体。他对自然的认识，既浪漫又神秘，和陶渊明所谓的"此中有真意，欲辩已忘言"像是有些相近。

求　雨

一九八三年九月二十五日报纸报道，桃园县"新屋、观音两乡农民跪行祈雨六个小时"。仪式很隆重。上午八点不到，穿麻衣的两乡乡长、水利站长、村长代表等十余人，以及一千余名农友，齐集观音乡保生村博济宫前，向保生大帝表明求祝的意旨后，转往茄冬溪进行"赤手摸鱼"。如摸得鲫鱼则求雨得雨，如摸得虾则求雨无雨，神亦莫能助。摸了二十分钟果然得鲫。众大欢喜。于是一路跪拜返回博济宫，宣读求雨的祷告文。随后就"出祈"，一路跪拜，沿公路到新屋乡的北湖村，三步一拜，五步一跪，到北湖村后折返，一路大喊"求天降下雨"，返抵博济宫已过下午四时。

天久不雨是一件大事。《春秋》就不断地有记载，例如文公二年"自十有二月不雨，至于秋七月"，半年多不下雨，当然很严重。《水浒传》里的一首山歌："夏日炎炎似火烧，野田禾稻尽枯焦，农夫心内如汤煮，公子王孙把扇摇。"其实我们靠天吃饭，果真大旱，把扇摇也不能当饭吃。

求雨之事，古已有之。旱而求雨之大祭曰雩。《公羊传·桓公五年》："大雩者何，旱祭也。"何休注："雩，请雨祭名。君亲之南郊，以六事谢过自责曰：'政不一与？民失职与？宫室崇与？妇谒盛与？苞苴行与？谗夫倡与？'使童男女各八人，舞而呼雩，故谓之雩。"旱祭之时，君王谢过自责，虽然是一种虚文，究竟是负责知耻的表现，并不以灾祸完全诿之于天。天灾人祸是两件事，借天灾而反躬自省，不也很好吗？

"东山霖雨西山晴"，雨究竟是地方的事，所以求雨也不能专靠君王。《礼记·月令》：仲夏之月，"命有司为民祈祀山川百源，大雩帝，用盛乐。乃命百县，雩祀百辟卿士有益于民者，以祈谷实"。这就是要地方官主持雩祭求雨，不但要祭上帝，还要祭造福地方的先贤。多烧香，多磕头，总没有错。下雨不下雨，究竟归谁管，实在说不清楚。桃园县农民请雨，祭的是"保生大帝"，我不晓得他是何方神圣，大概是一位保境安民的地方神吧。不知他是能直接命令雷公电母兴云作雨，还是要转呈层峰上达天庭做最后的核夺。

　　无论如何，桃园县这两乡的官民人等实在很聪明，在"出祈"之前，先在一条溪里做赤手摸鱼的测验，测验一下天公到底肯不肯下雨。测得相当把握之后，再三步一拜五步一跪地往返祈雨。"杀头的生意有人做，亏本的生意没人做。"若无相当把握，谁肯冒冒失失地就跪拜起来？那岂不是成了亏本生意？不过他们百密一疏，他们似乎没想到摸鱼测验的方法未必可靠。摸到鱼，还是不下雨，怎么办？三步一拜，五步一跪，往返八公里，耗时六小时，这种自虐性的运动不简单。不信，你试试看。人不到情急，谁愿出此下策？这是苦肉计，希望以虔诚的表示来感动上苍。

　　天旱，又好像不是有好生之德的上帝的意思。《诗·大雅·云汉》："旱魃为虐。"疏："神异经云，南方有人，长二三尺，袒身，而目在顶上，行走如风，名曰魃，所见之国大旱，赤地千里。一名旱母。"旱神简直是个小妖精。目在顶上，所以目中无人。顶上三尺有青天，所以他也许还知道畏上帝。所以我们求雨来对付他。

　　唐段成式《酉阳杂俎》："太原郡东有崖山。天旱，土人常烧此山以求雨。俗传：崖山神娶河伯女，故河伯见火，必降雨救之。"烧山求雨是合于"祈祀山川百源"的古礼，但河伯是水神不知何时和崖山神扯上一门亲事，遂能腾云致雨？天神好像也会徇私。

　　《春秋左传·僖公二十一年》："夏大旱，公欲焚巫尪，臧文仲曰：'非旱备也。修城郭，贬食，省用，务穑，劝分，此其务也。巫尪何为？'"女巫据说能兴妖作怪，呼风唤雨，当然也能制造大旱，所以僖公要烧死她，这使我们联想到两千二百多年后的一五八九年苏格兰王哲姆斯一世之为了海上遇风而大战巫婆的一幕。鲁大夫臧文仲说的话颇近于我们所谓兴水利筑水库的一套办法，两千六百多年前我们就有明白人。

　　神也有时候吃硬不吃软。只有红萝卜而不用棍子是不行的。我记得从前有人求雨，久而无效，乡人就把城隍爷的神像搬出来，褫其衣冠，抬着他在骄阳之下游街，让他自己也尝尝久旱不雨的滋味。据说若是仍然无效，辄鞭其股以为惩。软硬兼施之后，很可能就有雨。

　　说老实话，久旱之后必定会有雨，久雨之后也必定会天晴。这是自然之道，与求不求没有关系。如今我们有人造雨，虽然功效很有限，可是我们知道水利，可使大旱不致成为大灾。现在沙漠里也可以种菜了。于今之世，而仍三步一拜五步一跪地去求雨，令人不无时代错误之感。可是我们也不能以愚民迷信而一笔抹杀之，因为据报载，桃园求雨之役有"立法委员×××及准备竞选立委的政大副教授×××师大教授×××等，昨天也都到场跪拜求雨"。这几位无论如何不能列为愚民一类。他们双膝落地，所为何来？

雷

　　"风来喽，雨来喽，和尚背着鼓来喽。"这是在我们家乡常听到的一个童谣，平常是在风雨欲来的时候唱的。那个"鼓"就是雷的意思吧。我小的时候就很怕雷，对于这个童谣也就觉得颇有一点恐惧的意味。雨是我所欢迎的，我喜欢那狂暴的骤雨，雨后院里的积水，雨后吹胰子泡，雨后吃咸豌豆，但是雷就令我困扰。隐隐地远雷还无伤大雅，怕的是那霹雷，咔嚓一声，不由得不心跳。

　　我小时候怕雷的缘故有二。一个是老早就灌输进来的迷信思想。有人告诉我说，雷有两种，看那雷声之前的电闪就可以知道，如是红的，那便是殛妖精的，如是白的，那便是殛人的。因此，每逢看见电火是白色的时候，心里就害怕。殛妖精与我无关，我知道我不是妖精，但是殛人则我亦可能有份。而且据说有许多项罪过都是要天打雷劈的，不孝父母固不必说，琐细的事如遗落米粒在地上也可能难逃天诛的。被雷打的人，据说是被雷公（尖嘴猴腮的模样）一把揪到庭院里，双膝跪落，背上还要烧出一行黑字，写明罪状。我吃饭时有无米粒落地，我是一点把握也没有的。所以每逢电火在头上盘旋，心里就打鼓，极力反省吾身，希望未曾有干天怒。第二个怕雷的缘故是由于一点粗浅的科学常识。从小学课本里知道雷与电闪是一件东西，是阴阳电在天空中两朵云里吸引而中和，如果笔直地从天空戳到地面便要打死触着它的人或畜。不要立在大树下。这比迷信的说法还可怕。因为雷公究竟不是瞎眼的，而电火则并无选择，谁碰上谁倒霉。因此一遇雷雨，便觉得坐立不安，无所逃于天地之间。后院就有一棵大榆树，说不定我就许受连累。我头痒都不敢抓，怕摩擦生电而与雷电接连！年事稍长，对于雷电也就司空见惯，而且心想这么多次打雷都没有打死我，以后也许不会打死我了。所以胆就渐壮起来，听到霹雳，顶多打个冷战，看见电闪来得急猛，顶多用手掌按住耳朵，为保护耳膜起见张开大嘴而已。像小时候想在脑袋顶上装置避雷针的幼稚念头，是不再有的了。

　　可是我到了四川，可真开了眼，才见到大规模的雷电。这地方的雷比别处的响，也许是山谷回音的缘故，也许是住的地方太高太旷的缘故，打起雷来如连珠炮一般，接连地围着你的房子转，窗户玻璃（假如有的话）都震得响颤，再加上风狂雨骤，雷闪一阵阵地照如白昼，令人无法安心睡觉。有一位胆小的太太，吓得穿上了她丈夫的两只胶鞋，立在屋中央，据说是因为胶鞋不传电。上床的时候，她给四只床腿穿上了四只胶鞋，两只手还要牵着两个女用人，这才稍觉安心。我虽觉得她太胆小了一点，但是我很同情她，因为我自己也是很被那些响雷所困扰的。我现在想起四川的雷，还心有余悸。

我读到《读者文摘》上一篇专谈雷的文章，恐怖的心情为之减却不少。他说："你不用怕，一个人被雷打死的机会是极少的，比中头彩还难，那机会大概是一百万分之一都还不到。"我觉得有理。我彩票买过多少回，从没有中过头彩，对于倒霉的事焉见得就那么好运气呢？他还有一个更有力的安慰，他说："雷和电闪既是一件东西，那么在你看见电火一闪的时候，问题便已经完全解决，该中和的早已中和了，该劈的早也就劈了，剩下来的雷声随后被你听见，并不能为害。如果你中头彩，雷电直落在你的脑瓜顶上，你根本就来不及看见那电闪，更来不及听那一声雷响，所以，你怕什么？"这话说得很有理。电光一闪，一切完事，那声音响就让它响去好了。如果电闪和雷声之间的距离有一两秒钟，那足可证明危险地区离你还有百八十里地，大可安心。万一，万一，一个雷霆正好打在头上，那也只好由它了。

话虽如此，有两点我仍未能释然。第一，那咔嚓的一声我还是怵。过年的时候顽皮的小孩子燃起一个小爆仗往我脚下一丢，我也要吓一跳。我自己放烟火，"太平花"还可以放着玩玩，"大麻雷子"我可不敢点，那一声响我受不了。我是觉得，凡是大声音都可怕，如果来得急猛则更可怕。原始的民族看见雷电总以为是天神发怒，虽说是迷信，其实那心情不难了解。猛不丁地天地间发生那样的巨响，如何能不惊怪？第二，被雷殛是最倒霉的死法。有一次报上登着，夫妻睡在床上，双双被雷劈了。于是人们纷纷议论，都说这两个人没干好事。假使一个人走在街上被汽车撞死，一般人总会寄予同情，认为这是意外横祸，对于死者之所以致死必不再多作捉摸，唯独对于一个被雷殛的人，大家总怀疑他生前的行为必定有点暧昧，死是小事，身死而为天下笑，这未免太冤了。

如 意

近得暇到故宫博物院，其中特辟一室陈列如意，使我大开眼界。幼时见家里藏有两具如意，一大一小，大者制作颇精，柄为木质，顶端是一块很大的白玉，雕有云纹，做灵芝草状，中间及尾端又各镶较小的一块白玉，系有很长的丝线穗带。这一具如意装在玻璃锦匣里，放在上房条案的中央，好像很神圣的样子，当时不知道是做何用的。后来家里办喜事，文定之日致送聘礼，第一件即是这具如意，随后才是首饰、食物之类。后来又随同妆奁而又送了回来。这当然是取其吉祥如意的意思。我们中国人就是喜欢文字游戏，所以枣子、花生、桂圆、栗子四种干果，缝在被褥的四角里，便是象征"早生贵子"的吉祥话。可是如意本来是做什么的我还是不知道。

《琅嬛记》有一段说："昔有贫士多阴德，遇道士，送与一物，谓之如意，凡心有所欲，一举之顷，随即如意，因即以名之也。"如此说来，如意是道士手中的一种道具，其作用仿佛据说是《天方夜谭》中的阿拉丁神灯了。人生不如意事常八九，哪里会有这样随心所欲的宝贝？《琅嬛记》一书姑妄言之。不过如意是道士所用的一种道具大概是不假。

《世说新语·汰侈》："石崇与王恺争豪……武帝，他之甥也，每助恺，尝以一珊瑚树高二尺许赐恺，枝柯扶疏，世罕其比。恺以示崇，崇视讫，以铁如意击之，应手而碎。……"原来如意是铁做的。《晋书·王敦传》，记王大将军酒后高歌"以如意打唾壶为节，壶口尽缺"。可见如意也是手边常备的一件东西，不仅是道士的道具。而且最早的如意是铁做的，玉如意显然是后来的变化，由实用之物变为装饰品。所以宋人高承所撰《事物纪原》什物器用部所说："吴时，秣陵有掘得铜匣，开之得白玉如意，所执处皆刻螭彪蝇蝉等形。胡综谓，秦始皇东游埋宝，以当王气，则此也。盖如意之始，非周之旧，当战国事尔。"这一段话恐不足信。《图书集成考工典》的解释较为近情，"如意，古人用以指画向往，或防不测，链铁为之"。佛家讲演所持曰如意杖，同时背部搔痒之具亦曰如意。《释氏要览》谓："梵名阿那律（Anuruddha），秦言如意。《指归》云，古之爪杖也，云云。用以搔抓，如人之意，故曰如意。"所谓《指归》，系《音义指归》，其原文是"如意者，古之爪杖也，或用竹木削作人手指，爪柄可长三尺许。或背脊有痒，手不能到，用以搔爬如人之意"。总之，如意原是日常用具，以后逐渐变质，变成为繁复珍奇之陈设或馈赠品。可惜的是故宫博物院所展出者全是大内收藏的近代之较华丽者，而较古朴原始之如意概付阙如，览者未能窥见如意形式之演变。幸室中备有中英文之"如意特展说明"，叙述简要明了，可使览者略知梗概。

看了那么多的如意，金玉、翡翠、玛瑙、珊瑚，有美皆具，无丽不臻，有感于我们以往典章文物之盛，装饰工艺之精，不禁兴起思古之幽情，但是这一切皆已成为陈迹，而且保留至今的这些样品也只能放在玻璃里供人欣赏，目前与广大民众实际生活发生关系的工艺作品，其粗陋恶劣在国际上已不复为人所重视。现在台湾也有搔背之具，竹制的、塑胶的到处都有，但是能说那是工艺品吗？

清华的环境

一、清华园的邻里

我们由北京西直门乘车向西北走，沿着广植官柳的马路，穿过海淀的市街，或是穿行乡间的小径，经由清华园车站，有十里多路的光景，便到了清华园了。

清华的校门是灰砖砌的，涂着洁白的油质，一片缟素的颜色反映着两扇虽设而常开的铁制黑栅栏门。门前站立着一名守卫的警察。门的弯弧上面镶嵌着一块大理石，石上镂着清那桐写的"清华园"三个擘窠大字。

一条小河绕着园墙的东南两面，正对着校门就是一座宽可十步的石桥，跨在这条汩汩不息的小河上面。桥头是停放车辆的地方，平常有二三十辆人力车排齐了放着，间或也有几匹蹇驴拴在木桩上。校门是南向的。我们逆溯着小河西行，便是一条坦直的小马路，路的两旁栽着槐柳，一棵槐间着一棵柳。这些棵树，因为人工修削的缘故，长得异常的圆整高大，树枝子全都交接起来，在夏天的时候，马路上洒满了棋盘块似的树荫。路的左面是小河，右面便是清华的园墙。墙不是砖砌的，却是用石块堆成的，一片灿烂黑黄的颜色就像一张斑斓虎皮一般。枝蔓的"爬山虎"时常从墙里面爬过了墙头，垂在墙外。我们走尽了路头，正是到了园墙的西南角。再走过几步，便到了那断垣摧井瓦砾盈场的圆明园的大门了。这个寂静的颓废的圆明园，便是清华园最密切的西边的近邻。

清华的东北两面，全是农田了——麦田最多，高粱、玉蜀黍、荞麦次之。间或我们也可以看见几块稻田，具体而微地生长着，时常滋生满了三角叶片的粗豪的慈姑。麦田有时又种着瘫睡不起的白薯——哦！一片一片的尽是白薯。在这种田家风景当中，除了农人的泥舍和收获以外，最触人眼帘的要算是那叠叠的茔冢和郁郁的墓林了。

清华的四邻，不过如此：南面是一条小河，西面是圆明园遗址，东北两面是一片茫茫的农田。而清华的比较远些的邻里也颇有几处名胜的地方。过圆明园迤西，飞阁栋宇宏伟瑰丽的颐和园巍然雄立；再往西走，我们可以看见"天下第一泉"的玉泉山，高塔建瓴，插入云霄；再西去，则是翠微矫险的西山了。由清华至西山，有十余里。由清华南行，直趋车站，再南行数里可抵大钟寺，内有巨钟，列世界巨钟第四。由清华乘火车北行，三小时的工夫可以到八达岭，岭上有万里长城，蜿蜒不断。

清华园是在这样的邻里中间卜居。

二、入校门的第一瞥

我们跨进校门的头一步，举目一望，但见：一条马路，两旁树着葱碧的矮松；马路歧处，一片平坦的草地，在冬天像一块骆驼绒，在夏天像一块绿茵褥，草地尽处便是庞然隆大圆顶红砖的大礼堂。我们且把直射的视线收回，向上面看：离校门十步的所在，立着两棵细高直挺的灌木，好像是守门的两尊铜像；校门西面又是两棵硕大的白杨。且说这两棵白杨，有六丈多高，干有三人合抱那样的粗；在夏秋之交，树叶籁籁的声音像奔涛，像瀑布，像急雨，像万千士卒之鼓噪——我们校内的诗人曾这样唱道：

有风白杨萧萧着，
没风白杨也萧萧着——
萧萧外园里更没有些个什么。

实在，我们才跨进校门，假如鸦雀若不作响，除了白杨萧萧以外，我们简直听不见什么样的声音了。园里的空气是这般寂静，这般清幽！

紧把着校门，一边是守卫处，一边是稽查处和邮政局。守卫处里面有二十几名保安警察，我们从这里经过，时常可以听见警笛的声音吹得呜呜地响，接着便可以看见许多警察鱼贯而出，手里持着短小的黑漆木棒，到晚上就肩着枪，带着灯了，他们的白布裹腿和他们的黑色制服反映着显着格外白净。邮政局外面挂着一个四方的绿漆信箱，门旁钉着"邮政储金处""代收电报""代售印花税票"的招牌。我们时常可以看见穿着绿衣服的邮差乘着绿色的自行车，带着绿油布的信口袋，驼着背捐着无数的包裹邮件，走进邮局。我们隔着窗子可以看见稽查室里面的样子，桌上放着签名簿、假条等，墙上有置放假牌的木板一块；有时还可以看见一位岸然老者在里面坐着吸水烟。

才跨进校门的人，陡然看见绿葱葱的松，浅茸茸的草，和隆然高起的红砖建筑，不能不有身入世外桃源的感觉。再听听里面阒无声响的寂静，真足令人疑非凡境了。

三、大学和高等科

我们沿着矮松做篱的小马路北行，东折，途经庚申级建的石座银盘的日晷，便可看见一座红顶灰砖白面的楼，上面横嵌着"清华学堂"四个大字的一块大理石。我们推开大门，便看见挂着一个电表，大如面盆。在楼梯底下立着一个玻璃柜，柜里面放着无数的灿烂琳琅的银杯——大的、小的、高的、矮的、圆的、方的，各式各样的银杯，银杯的光芒直射得令人眼花缭乱。这全是清华运动健儿历年来在运动场上一滴一滴的血汗换来的战利品！

且说这一座楼是凵形的，大门就在左面的角上。这座楼的西边一半是大学和高等科的教室，东边一半是大学学生和高三级学生的寝室。楼有上下两层，但是东边一半又有一个地窖。

我们先看看教室。教室全是至少有两边的窗户，所以光线是异常的充足，空气也极其新鲜。教室大者可容五六十人，小者可容二三十人。这楼上楼下的教室一共有十三间，全是社会科学和文科各部的教室；所以屋里面布置很简单，除了一些排齐的桌椅、讲台、讲桌、绿漆的黑板、字纸篓以外，别无长物。但是历史学的教室却又不然，各种的模型、画片、图像点缀得令人目不暇给——我们可以看见罗马建筑和万里长城的模型、武士戕杀白开特主教和凯撒被害的图像、圣罗马和维也那会议后之欧洲的地图。总之，历史学教室简直是一个"上下数千年，纵横几万里"的世界的缩本。教室里的桌椅并不一律：有的是一桌一椅作为一个座位；有的是只有一个椅子，但在右手扶手的地方安着一块琵琶形的木板，这块木板的职务便是代替桌子，据说这样的座位是为防学生曲背的危险。教室墙上大概是涂着蓝色的粉，因为这种颜色是合于目光的。汽炉、电灯、窗帘等一应俱全。

在教室外甬路的两旁墙壁，悬挂着无数的画片：一半是珂罗版印的中国艺术画，如山水羽毛之类，附以说明标注；一半是西洋古今大建筑之相片，如各著名之礼拜堂及罗马之半圆剧场之类。紧对着楼梯，悬着大总统题颁的"见义勇为"的匾额。楼梯下悬着校长处及各部的通告板。

在这些教室中间夹杂着的楼上有学生会会所，楼下有童子军事务所。学生会会所很宽敞，中间一间会客厅，两边两间小屋供干事部办事之用。童子军事务所里点缀得很热闹，各种小玩意儿大概是应有尽有了。

我们离开教室，向东走，就到了寝室了，楼上是大一级学生寝室，楼下是高三级一部分学生寝室。寝室的门上，有学生的名牌，写着一个或二、三、四、五、六、八个学生的名字，因为寝室有大小的不同。我们试推开寝室的门，可以看见：几张铺着雪白的被单的铁床，一个衣服架子，几把椅子，几张带着三个抽屉的桌子，一个痰盂，一个字纸篓和一些各式各样大大小小的书架子，几盏五十烛的电灯，几幅白布的窗帘，几个"云片糕"似的汽炉。大概寝室墙上很少是一片空白的，差不多总有些点缀，例如清华校旗、会旗、西洋画、中国名人的字迹、电影片中的明星照片，等等。电灯上若不覆以中国式之绣幂，大约总用蓝绸围起来。墙是白色的，但是下半截敷以白油漆。楼上楼下的寝室大致相同。

紧对着楼梯悬着直隶省长题赠的"惠泽旁敷"的匾额，和教室那面的匾额遥遥相对。楼上墙上绘着箭形，指着那从未尝用过的太平梯。楼上楼下都有盥室厕所。紧挨着楼梯，楼上有大一级会所，楼下有高三级会所和周刊编辑部经理部。

寝室楼下还有一层地窖。里面的光线和空气，若说不适于人类生活，未免骇人听闻，因为里面除了照相暗室、汽炉蒸锅室以外，还有很多的会所，如孔教会等。

我们现在离开这座楼了。我们已经说过，这座楼是三面的，这三面中间环抱着的是一片草地，草地中间有几块方圆的花圃，沿边植着几株梨树和几株柳槐。草地上除了插着"勿走草地"的木牌以外，还在重要的地方围起带刺的铁丝来。在此处一边就是手工教室、斋务处办公事、信柜室、旧礼堂，自东而西的一排，紧紧地把三面的大楼衔接起来，做成一个四方形，把草地圈在中间。

手工教室只有木工的设备，有十几份木工的器械，锯木机等各一。介乎手工教室与斋务处之间有戏剧社、美术社、军乐队的会所。信柜室和斋务处通着，内有几百个小信箱，信箱的玻璃门上贴着学生的名号。旧礼堂是可容三百余人的一间屋子,讲台在西首,列着十几排的黄色椅子,墙上悬着几幅图片。

我们再往北走,便看见高等科各级的寝室,寝室一共四排,中间一条走廊,所以每排又分东西两段。向北数第一排是大寝室,可容十余人,第二、三、四排是小寝室,可容四人。青年会和青年报社的会所也都在第一排。寝室里面的样子和适才说过的楼上寝室略有不同,这里没有汽炉,这里没有钢丝的铁床,这里的桌子没有三个抽屉,这里的房门镶玻璃,如是而已。

在各排寝室中间,栽着高大的杨柳或洋槐,在夏天的时候,从浓绿的树荫里发出咝咝的蝉声。各排寝室的前檐底下种着一排芍药,花开的时候恰似一队脂粉妖娆的女郎;后檐下种着一排玉簪花,落雨的时候叶上发出清脆的声音。仲春时候,柳絮漫舞,侵入寝室的纱窗。

走廊的北头尽处便是高等科食堂。食堂门前,有七八块木质的布告板。食堂里面分两大部分,中间一大部分是普通学生会餐的地方;西边一部分是运动队员会餐的地方,名曰“训练桌”。食堂里摆着红漆八仙桌子,每个桌子贴着八个学生的名条。中间有一个颇易令人误会的柜台,这是庶务处特派员办公的所在。厨房在东面,紧接着食堂。

在寝室的东边,还有一排房间,就是役室、厕所、行李室、理发室、学生盥室。理发室里面有四个座位,所有理发设备,除了香料化妆品以外,一应俱全。

小寝室里面,有些个是会所,如书报社、文学社等。斋务主任办公室和斋务员宿舍也在里面。走廊的北首,悬着斋务主任特办的“暮鼓晨钟”的格言板。

四、图书馆

我们离了大学和高等科,走过一座灰色的洋灰桥,劈头便是一座壬戌级建的喷水池。这喷水池是铜质的,虽然没有任何的雕刻,但是喷起水来好像三炷香似的喷着,汩汩不绝的水声,却也淙然可听。图书馆的两扇铜门便正对着这喷水池。

图书馆的建筑是文艺复兴时期的样式。门前站立着两个铁质的灯台,上面顶着梅花式的电灯。我们拉开铜门进去,便是一个石刻的楼梯。拾级而上,但见四壁辉煌,完全镶着云纹式的大理石。中间是借书柜,前面列着两个玻璃柜保存着美术画片；南面是西文阅书室，四壁布满各种字典、百科全书及各种类书杂志；北面是中文阅书室，四壁也是满布类书及杂志。阅书室里摆着长可一丈宽可三尺的楠木桌子，配着有靠背的楠木椅子，每个桌子可坐六个人，两个阅书室共可容两百人。桌上放着硬纸的牌示，上面印着"你知道否在图书馆里说话要低声的规矩？""你若找不到你要看的书，图书管理可以帮助你"等字样。地板完全是用棕色的软木——就是用来做酒瓶塞的软木——铺着。三面全有很大的罗马式的窗子，挂着蓝绒的窗帘。

我们下楼，转到楼梯底下，中间有一个饮水池，只要扳动机关，一突清泉便汩汩地涌上来，其味清冽无比。两边是男女厕所各一。对面，一间是装订室，一间是阅报室。装订室里面放着装订的书籍，堆着无数的待订的书籍、报纸。阅报室放着两张大桌子，四个报纸架子，有中文报二十几份、英、法文报十几份。就在饮水池的地方，南北向有一条甬道，甬道的两旁全是各部教授的公事房，房门玻璃上写着"方言研究室""数学研究室"等字样。共有二十几间。

此外还有一个重要的部分，就是书库。书库紧贴着借书楼后面，我们一上楼梯就可看见。书库联起两间阅书室来恰成一个丁字形。书库共有三层，中、西文书籍各半，中文书籍在北边一半，西文书籍在南边一半。最底下一层是装订成册的杂志、报纸，中间一层是通常用的各种参考书，上面一层是新到的西文书籍、西文小说、德、法文书籍及中文图书集成一部。书架子完全是铁质，地板完全是厚玻璃砖做成的。书架前置有电灯，白昼可用。安排书籍悉照杜威氏之十大分类法。

五、中等科

我们出了图书馆，向北望，但见一片木制的房舍，在密杂的树草中间掩映着，这便是美国教员住所（内中却有一个是中国人）；向西望，便是中等科的房舍。

中等科的正门是南向的，正对着东流的小河，一条马路直通到校门。我们进了中等科的正门，便看见校长处通告板，接着是东西向一条雨路，共有教室十二间。教室里的情形和大学高等科的差不多，只是桌子上涂的墨迹刻的刀痕比较多些罢了。离开这一排教室，北行，便是一个庭院。两旁有两行逶迤的走廊，中间一条人行路。院里满种着花草树木，有两个芍药的花圃，几株桃、杏、丁香、海棠、紫荆之类，花开的时节简直是和遍缀锦绣一般。走路尽处又是一排房舍，当中一间是会客厅，西边两间是教室，东边三间是庶务斋务办公室和信柜室，沿着两边的走廊再往北走，便是三排寝室。头排寝室大些，可容八人一间；后两排则可容四人。但是现在前排没有人住，后两排只是两人一间。寝室门镶着玻璃，屋里布置得都很整齐——或者比高等科的还要齐整。墙上点缀品很多，总不出字画相片之类，间或也有悬着关帝像的。屋中间两套自修的桌椅，临窗又有一张桌子，贴墙两床。很多桌上放着从大钟寺买来的金鱼。

在第三排寝室中间，便是食堂，门前也有木质的布告板，屋里也有庶务先生特制的一座柜台，八仙桌子只有十几张；所谓"训练桌"者不在食堂里面，在第二排寝室的西头。

寝室的西边还有一排南北向的房舍，就是厕所、役室和消防队办公室。消防队办公室里面，放着灯笼、水枪、水龙、皮带之类；我们时常在下午看见校内警察率领着校役整队地从这里出入。

在第二、第三排寝室中间是学生盥室。在第一排寝室中间有饮茶处。第二排东首有学生储蓄银行，规模和营业的银行相仿，只是具体而微罢了。

六、体育馆

我们出了中等科，往西去，便是运动场。运动场的东边有四个网球场，两个手球场，一个箭术场。南边临河有两个篮球场，浪木，秋千。中间是一块空地，在冬天用作足球场，在夏天用作棍球场和田径赛场。西边便是一座庞大的体育馆。

体育馆的前面有用十几根云母石柱建的一座阳台，台上可容百余人站立，上边伸着四根长长的旗杆。在云母石上刻着"纪念罗斯福体育馆"几个金字。阳台底下，中间是正门，两边是上阳台的楼梯。门的一边悬着罗斯福半面像的铜牌；一边悬着清华历来各项运动成绩优者的名牌。阳台的两边，各有一个旁门。我们先从南面的一个旁门进去，迎面便是楼梯，梯旁通着更衣室，里面有几百个铁柜子，为大学和高等科学生更衣之处。从北边的旁门进去，也是有楼梯和更衣室，为中等科学生用的。铁柜子是每人一个，各有钥匙，柜门凿孔，以流空气。两排铁柜中间，有一条宽六英寸的条凳。更衣室各有饮水池，味较图书馆者尤美。由更衣室可通健身房、浴室、泅水池、厕所。

健身房的位置在体育馆的中央。四面有门，南北门通更衣室，东门即体育馆正门，西门通泅水池。地板是木质的。房的大小恰好可做一个篮球场，哑铃、木棒、木马、跳板、平行架、水平棒等运动器械都在四壁放着；爬绳、飞环、铁杠等等，则在房顶上悬着。屋角有两个螺旋楼梯，上面便是跑轨。

浴室内分两部：汽浴和淋浴。汽浴室是一间小屋，四周有大理石的条凳，凳下有热气管。淋浴室各有喷水龙头八个。泅水池紧挨着浴室，推开浴室门便是泅水池。池长六十英尺，宽二十英尺。一边水深两三英尺，一边深十几英尺。池的壁底全是大理石，一片白色，注满了水的时候，和海水一般的蓝，但是清可见底。池旁有跳板、跳台。

体育馆的北边楼上有拳术室，里面有刀、枪、剑、戟以及中国几百年前用的各种武术器械，一应俱全。南边楼上有一间房子，大约是供铜乐队练习——练习音乐——用的。楼上还有一个楼梯，直达一个窗口的地方，从此可以俯览健身房里的动作，了如指掌。

体育馆的西邻便是荒芜不治、大小与清华园相埒的近春园，内有一个足球场、几个篮球和网球场，紧靠近体育馆。且说这个近春园，面积甚大，预备将来大学建筑之用，所以用围墙圈入了清华园。北部有土山隆起，登高一望，清华园全部尽在眼前，树木葱蘢，郁郁勃勃；西望则西山蜿蜒起伏，一带是青碧，一带是沉紫，颐和园的楼阁，玉泉山的尖塔，宛然如画；北望则圆明园的遗迹，焦土摧墙，杂然乱列；南望则只是近春园的一片芦草荆棘。南部辟作花窖，培养校内使用的花卉树木。园墙上栽着爬山虎，长得异常茂盛，沿墙又种针松，隔十几步一株。现在这园里还有一些从前学生发园艺狂牧畜狂的遗迹。从前搭起茅屋，种起白菜，养起蜜蜂鸡鸭，现在只看见几堆倾斜的破屋和土上开辟过的痕迹而已。从前学生在土山上挖的地洞，曾在里面做令人猜疑的举动，现在也倾圮了。

七、医院

出体育馆南行，我们要首先看到一座喷水池；池作五角形，灰色的坚石做的，中间矗立石柱，顶上有灯，灯下有孔，水向下喷，池的角上有饮水的水管。

这个喷水池是己未级建的。过了喷水池，便到了入天堂必经之路的医院。

医院门东向。里面中间是医药房，房里不消说是小瓶小罐应有尽有。附带着有手术室。在这房里我们可以看见一位忠厚长者美国医生和两位笑容可掬的男看护。斜对门，是眼口鼻耳科的诊疗室。在这房里，有一位短小和蔼的中国医生在小刀小剪中间周旋。

病人的卧室在两旁，分普通病室与传染病室两种，共有十几间。传染病室大概是每人一间，普通病室大概数人一间。房里除床桌以外，别无长物。靠近每个床，墙上置有电铃。传染病室门上时常发现"禁止探视"的条子；在普通病室里桌子上，时常可以看见象棋子、围棋子之类的玩意儿。牛奶、豆浆的瓶子，大概哪一个病室里都有。在病床栏上挂着一张诊视单子。

病室里死过人的几间，总多少带几分鬼气，当然这是主观的现象，但是多少人却都是这样地感觉着。

医院南边临河的地方，辟有一块草地，有几个包树皮的椅子，略微种些花草，这大概是预备病人散坐的意思了，但是阒无人迹的时候为多。

八、大礼堂

出医院门是一条笔直的马路，我们沿着路东走到了中等科正门的时候，向南折，便看见一座洋灰桥。桥上有四个壮丽美观的铁灯，这是癸亥级建的。我们过了桥，便到了大礼堂。

礼堂是面向南的，我们初进校门便首先望到了。是罗马式与希腊式的混合建筑。礼堂的正面（facade）是四根汉白玉制的石柱，粗可二人合抱，高两三丈。四根柱子中间，是三个闪亮的铜门。门前左右两个灯台，两根高六七丈的旗杆在两边立着。建筑的上面是一个铜质的圆顶。这个礼堂外面并没有任何的装饰，如雕刻石像花纹等，但是却也有一种雄伟的气象。

我们进了门，左右两边有售票的窗口，还有上楼的楼梯。前面是三个皮门，我们进了这二重门便到了礼堂的内部了。一间广大的会场！楼下可容千余人，楼上亦可容千人。地板是软木做的，后面高，前面低，呈倾斜形。硬木的椅子摆成整齐的行列，椅子底下安着热气管。

讲台正对着大门，宽四五丈，深一丈。台上悬着二十几匹褐色纺绸缀成的幕帘。台的里面全是赭色木雕的板墙。讲台后面，左右各有空屋几间，可做演戏化妆室用。在对面楼上，有电影机室，光线直射到台幕上。

在礼堂里，我们看不见柱子，只见四个大弯弧架着上面覆盖的圆顶。圆顶里面作蓝色，在四个角上安置着千余盏的反射电灯。夜晚时候，灯光齐射到圆顶上去，再反照下来，全场明亮。

在台幕上边的墙上，雕着一个圆形的图像，里面写着几个隶书大字，这便是清华的校训："厚德载物，自强不息。"

九、科学馆

我们出了礼堂，在东边看见高等科，在西边就看见科学馆了。且说科学馆因为太科学的缘故，所以便不怎样美观，远远望过去，只像是一个养鸽子的巢房——一个一个的小窗洞。这是一座三层楼的建筑，红砖上略微有些绿"爬山虎"的叶子，倒还可以减少一点单调。屋顶是石板做的，在阳光底下照得很亮。门是铜质的，上面门框上刻着"科学"二字，门旁墙上有两盏铜灯。一进门墙上有气象报告的牌子，前边便是楼梯，旋绕着可以直上第三层楼。不远，我们可以看见升降机所在的地方，但是只有一个空隙，机器还不知在哪里哩。

最底下一层的房间，和科学不发生密切的关系，因为只是校长室、文案处、庶务处、中西文主任处、文具室、注册部、会计处等办公的所在。紧挨着校长室，是一间会客厅，里面陈设很整齐，一盆文竹几盆花卉点缀在桌上，墙上悬着校内风景片。会计处俨然有银行的神气，柜台上立起铜栏，"付款处""交款处"……小牌子挂在上边。在房门上都各标明了其办公处的字样。打字机的声音大概在那一个门外都可听见。在甬路中间，立着校长特置的学生建议箱，听说箱里面发现东西的时候很少。

第二层楼是一间讲演室，一间绘图室，两个物理试验室。讲演室是物理学与普通科学用的。绘图室里中间一个大桌子，周围有些个小圆凳子，这是供用器画和几何画用的。物理试验室一个是初级的，一个是高级的。里面摆满了各种声光电学的试验器械。还有一间测量学教室。

第三层楼上是两间讲演室，一个生物学试验室，两个化学试验室。讲演室一为化学用，一为生物学用。生物学试验室免不了二十几个显微镜和一些酒精浸着的标本。化学试验室，一是初级的，一是高级的。我们只消在门外经过一回，嗅着各种不妙的气味，就要掩鼻而走，想来屋里面也不外乎一些玻璃瓶、玻璃管、玻璃灯、玻璃片、玻璃盆之类罢了。

科学馆楼下有风扇室，里面的风扇活动起来，全科学馆的空气都可以流通，可以彻底地把各个屋里的空气淘换干净。

十、工字厅与古月堂

科学馆的西边，隔着一条小河，便是工字厅，工字厅的西边便是古月堂。工字厅是西文部教授住的地方，古月堂是国文部教授住的地方。

工字厅的大门面向南，完全是中国旧式的建筑。门上悬着清咸丰御笔"清华园"三字的匾额，金字朱印，辉煌可观。门前两尊石狮，狞目张口，栩栩欲活。门旁一边张挂着布告板，一边钉着"纪念校长唐国安君"的铜牌。我们踱进门去，只听得啾啾的山雀在参天的古柏上叫着，静悄悄的没有动静。西行便到了校内电话司机处。左右有厢房，有跨院，都是教员住的地方。我们照直北进，穿过穿堂门，便到了一个很美丽的庭院。院里有一座玲珑的假山石，上面覆满了密丛丛的"爬山虎"。假山石前栽着两池硕大的牡丹，肥壮无比。院子东西两旁全是曲折的回廊。我们穿过这个院子北走，就真到了名实相符的工字厅了。几间殿宇式的房间，两排平行，中间用一段走廊连起来，恰好成为"工"字，故名。前工字厅东边一半是音乐教室，里面有一个钢琴，许多椅子，一张五线的黑板。西边一半是教员的阅报室。我们穿过走廊北去，便是后工字厅，这是学校各机关团体俱乐部，里面有西式的讲究的布置。推开后工字厅的窗子北望便是荷花池了。

后工字厅的西边有西工字厅，这是来宾暂住的地方，从前梁任公担任讲师时即住于此。屋前有两棵紫藤树，爬满了阖院子大的架子。此外还有些个小跨院，全是教员住所了。

古月堂比工字厅小。门旁有几棵马尾松长得非常的葱茏。门前有一个篮球场，里面是中间一个大院，左右各有小院。油印讲义的地方就附属在这里的役室里。古月堂的后边有两个网球场。

工字厅前面，是一条小河，过了石桥便是一条马路，马路的两旁是一片浓密的树林，林里的草长得可以到一人多高。马路尽处，西折，便是校长住宅、从前的副校长住宅和工程师住宅。

十一、电灯厂与商店

电灯厂在清华园的东南角上，我们在园外就可以望到那耸入天际的烟囱了。这个烟囱是砖制的，高有五六十尺；傍晚的时候我们可以听见汽机突突的声音从这个角上发出来，烟囱顶上开出一朵一朵的黑牡丹。厂里面有发电机四部，计开14K.V.A.一部、70K.V.A.二部、140K.V.A.一部，可供六千盏电灯之用。现在校内共有大小电灯四千三百八十四盏，每天约用煤五吨。

离电灯厂不远，西去几十码的地方便有一所房子，里面有售品公社、京华教育用品公司、鞋铺、成衣铺、木厂。售品公社是学生教职员集股办的，里面大概分四部分：食品部、用品部、文具部、兑换部。食品部贩卖点心、水果、饮料之类，用品部有日用之牙粉、手巾等。京华公司由北京分来，承办各种课本书籍，附售文具。鞋铺专做皮鞋、帆布鞋和体育馆用的鞋。成衣铺则以竹布衫、白帽子为营业大宗。木厂则似乎集中精力于制造桌椅。

在中等科厨房后面，还有一个木厂和成衣铺，在营业上无形中有了竞争。

十二、荷花池

工字厅的背后就是荷花池，这里是清华园里最幽绝的地方。

池宽东西有两百尺，南北有一百尺。工字厅后面展现出一座石台，做了池的南岸，北岸西岸是一带土山，东岸是一座凉亭。池的四围全栽着摇曳的杨柳，拂着水面。荷花池的景象，四时不同，各臻其妙。在冬天，池水凝冰，光滑如镜，滑冰的人像燕子似的在上面飞擢，土山上的树全秃了，松柏也带了一层暗淡的颜色。在春天，坚冰初融，红甲纱裙的金鱼偶尔地浮到水面，池水碧绿得和油一般，岸上的丁香放了蓓蕾，杨柳扯了绿线。在夏天，满池荷花，荷叶大得像车轮似的，岸上草茵茸茸，蝉在树上不住地叫，一阵一阵的蒸风吹送着沁人的荷香。在秋天，残荷萧瑟，南岸上的两株枫树，叶红如荼，金风吹过池面，荷叶沙沙作响。四时的景象真是变化不绝。

四角的凉亭，周围全是堆砌的山石，几株丁香、凤尾草环绕着。亭里面有木座，我们在月明风清之夕，或是夕阳回射的时候，独在这里徜徉徘徊运思游意，当得到无穷尽的灵感与慰藉。对岸伞形的孤松，耸入云际，倒影悬在水里，有风的时节，像蚯蚓一般地动摆起来。翘首西望，一带青山在树丛顶线上面横着。翻跃的鲤鱼在池心不时地跳动。这是何等清幽的所在哟！

亭子的东边是一条小河，河的对岸土丘上便是钟阁。里面悬着一口径有四尺余的巨钟，钟上生满了一层绿色，古色斑斓。这是清华园报时辰的钟，每半小时敲一次，钟声远及海淀。钟上刻着这几个字：

大明嘉靖甲午年五月□日阜成门外三里河池水村御马监太监麦监造。

我们离开凉亭，踱过小板桥，登土山。土山上生满高可参天的常青树，径上落了无数的柏实松针之类。假山石在土山上错落地堆着，供行人息足之用。西行尽处，一根独木桥横跨在小河上。过了独木桥，仍是土山，从这里向东望，只见绿荫的树影里藏着一座玲珑剔透的冷亭，映着礼堂的红墙铜顶。

我们若要描述这荷花池的景象，只消默记工字厅后廊上悬着的一个匾额，上面是四个大字：

水木清华

后廊柱上悬着的一副楹联，这样的两句：

槛外山光，历春夏秋冬，万千变化，都非凡境；
窗中云影，任东西南北，去来澹荡，洵是仙居。

老憨看跳舞

听说世界上有跳舞这么一回事。我不但没跳过，看还不曾看过。人家说我是老憨，我也不觉得十分冤枉。

有一天晚上八爷实在看不下去了。他说："你看看跳舞去吧，你不敢去，我领你去。"

我同八爷二人浩浩荡荡地从北四川路往南走。我心里又惊又喜，惊的是破题儿第一遭不知怎样办法，喜的是见见世面，也不枉到上海了一场。

行行重行行，到了一个不三不四的去处，招牌上写着Mascot Cafe，据说这是一个带跳舞的咖啡店。招牌上是洋字，我心里就先着慌。我望望八爷，八爷望望我。他说："进去吧。"我说："进去啵！"

"这道儿真黑！"

"可不是吗，八爷，这道儿是真真黑！"

街上没有一盏灯，天上没有一颗星。

弯弯曲曲地走进去了。八爷想在我后面走，但是我也不想在他前面走。结果是，两人并着肩走。然而我心里还是慌。

走进一个酒吧间，所谓Bar者，有两个白衣白裙的侍者向我狞笑，做吃人状。我心想，这大概是凶多吉少了。八爷不语，我只见他的牙齿咬紧了嘴唇，两手握着拳头。

又一转弯，又一拐角，又向右数步，又向左一转，哎哟天啊！我已走到了那间挤满了人的、堆满了肉的跳舞厅。东是一块肉，西也是一块肉，这里是一条擦粉的胳臂，那里是一条擦粉的大腿！还有一张一张的血渍似的嘴，一股一股醉熏死人的奇香奇臭。还有宰猪似的琴声歌声。我敬告不敏，我已昏了！

伸手摸了一下，八爷还在我的身旁，稍微放心一些，我定了一定神，举目四望，迷迷糊糊地看出些人形了，似乎全是外国人，并且男的都是洋兵。

我顿然觉察，只我们两个是中国人。想到此处，打了一个冷战，再举目看时，只见有几十上百条视线全集中在我们两个身上，觉得这些视线刺得有点痛起来！

　　"我们走吧！"

　　"走吧！"

　　我们像被猎人追着似的走了出来，三步并两步地走出街上。"这就叫跳舞吗？"我喘着问。

　　八爷说："哪里，我们去太早了，他们还没跳呢！"我说："够了够了。今天领教不少，真正的跳舞，等到我休养几天以后再说吧。"我回家去了，做了一夜的噩梦，梦见的只是嘴、胳臂、大腿，等等。

雅 人 雅 事

　　顶高顶白的一垛山墙，太没有意思，太不雅观，我们最好在上面题一首诗。在山清水秀的风景所在，题诗在壁上尤其是一件不可少的举动。然而这一件雅事只能在我们雅人最多的中国举行。谓余不信，请你环游全球的风景所在，然后再回到我们中国来，比较比较看，什么地方壁上题的诗多。

　　我说壁上题诗，是雅人雅事。第一题诗非要诗人不可，这一来我们中国人就占便宜，随便张三李四都可以作两首诗。用心一点的，作出诗来有时平仄还可以调。上海街旁告地状的朋友，哪一位不是诗中圣手？他们能够把衷肠积愫千言万语，都编成七个字一句，七个字一句的，不多不少，整整齐齐，这就不容易。他们既能告地状，便可以告墙状。我们中国诗人之多，似乎也就不难想象了。

　　第二，题诗要求其历久不灭。于是在工具上不能不讲求，我们中国的笔墨是再好不过。外国人里也有一两个平仄尚调的诗人，但是一管自来水笔如何能在墙上题诗，诗兴来时只得嘴里哼哼两声了事，所以题壁的雅事不能不让我们中国人独步了。还有，题诗要题在高不可攀、深不可探的地方，才能历久不灭。寺殿上的匾额，我们若能爬上去题上一首五言绝句，别人一定不易拂拭磨灭，说不定这首诗就许传了下来。山谷间的摹崖，谁也不去损伤它，也是最妙的地方。所以题诗要题得满坑满谷，愈奇特的地方愈妙。然而这攀高寻幽的举动，又非雅人不办。

　　壁上题诗的雅人，最要紧的是胆大。诗的好坏没有大关系，只要能把墙壁上空白的地方补满，便算功德。据说有一位刻薄的人，游某名胜，看看墙上题诗甚多，皆不称意，于是也援笔立题一绝曰："放屁在高墙，如何墙不倒？细看那边时，原来抵住了！"这位先生一定是缺乏鉴赏文学的力量，才做此怪论。题诗雅人，大可不必理他。

　　天性不近乎诗的人，想来也不少，但是中国的墙壁的空白还有不少，为雅观起见，非要涂满不可的。很多读书识字的人早就有鉴于此，所以往往不题诗而题尊姓大名，并记来游之年月日。我们游赏名胜的时候，借此可以知道时贤足迹所之，或者也可以增加这名胜地方的历史价值，也未可知。所以壁上题名，间接着也是保存名胜的一点意思。

雅人雅事，不止一端，壁上题诗名，还是一件小事。

赛珍珠与徐志摩

《联副》发表有关赛珍珠与徐志摩一篇文字之后，很多人问我究竟有没有那样的一回事。兹简答如下：

男女相悦，发展到某一程度，双方约定珍藏秘密不使人知，这是很可能的事。双方现已作古，更是死无对证。如今有人揭发出来，而所根据的不外是传说、臆测，和小说中人物之可能的影射，则吾人殊难断定其事之有无，最好是暂且存疑。

赛珍珠比徐志摩大四岁。她的丈夫勃克先生是农学家。南京的金陵大学是教会学校，其农学院是很有名的，勃克夫妇都在那里教书，赛珍珠教英文，并且在国立东南大学外文系兼课。民国十五年秋我应聘到东大授课，当时的外文系主任是张欣海先生，也是和我同时到校的，每于教员休息室闲坐等待摇铃上课时，辄见赛珍珠施施然来。她担任的课程是一年级英文。她和我们点点头，打个招呼，就在一边坐下，并不和我们谈话，而我们的热闹的闲谈也因为她的进来而中断，有一回我记得她离去时，张欣海把烟斗从嘴边拿下来，对着我和韩湘玫似笑非笑地指着她说："That woman…"这是很不客气的一种称呼。究竟"这个女人"有什么足以令人对她失敬的地方，我不知道。我觉得她应该是一位好的教师。听说她的婚姻不大美满，和她丈夫不大和谐。她于一八九二年生，当时她大概是三十六岁的样子。我的印象，她是典型的美国中年妇人，肥壮结实，露在外面的一段胳臂相当粗圆，面团团而端庄。很多人对于赛珍珠这个名字不大能欣赏，就纯粹中国人的品位来说，未免有些俗气。赛字也许是她的本姓Sydenstricker的部分译音，那么也就怪不得她有这样不很雅的名字了。

徐志摩是一个风流潇洒的人物，他比我大七八岁。我初次见到他是通过同学梁思成的介绍以清华文学社名义请他到清华演讲，这是民国十一年秋的事。他的讲演"艺术与人生"虽不成功，他的风采却是很能令人倾倒的。梁思成这时候正追求林徽因小姐，林长民的女儿，美貌顾顾，才情出众，二人每周邀约的地点是北海公园内的松坡图书馆。徐志摩在欧洲和林徽因早已交往，有相当深厚的友谊。据梁思成告诉我，徐志摩时常到松坡图书馆去做不受欢迎的第三者。松坡图书馆星期日照例不开放，梁因特殊关系自备钥匙可以自由出入。梁不耐受到骚扰，遂于门上张贴一字条，大书：Love wants to be 1eft alone（情人不愿受干扰）。志摩只得怏怏而去，从此退出竞逐。

我第二次见到志摩是在民国十五年夏他在北海公园董事会举行订婚宴，对方是陆小曼女士。此后我在上海遂和志摩经常有见面的机会，说不上有深交，并非到了无事不谈的程度，当然他是否对赛珍珠有过一段情不会对我讲，可是我也没有从别人口里听说过有这样的一回事。男女之私，保密不是一件容易事，尤其是爱到向对方倾诉"我只爱你一个人"的地步，这种情感不容易完全封锁在心里，可是在志摩的诗和散文里找不到任何隐约其词的暗示。同时，社会上爱谈别人隐私的人，比比皆是，像志摩这样交游广阔的风云人物，如何能够塞住悠悠之口而不被人广为传播？尤其是现下研究志摩的人很多，何待外国人来揭发其事？

如今既被外国人揭发，我猜想也许是赛珍珠生前对其国人某某有意无意地透露了一点风声，并经人渲染，乃成为这样的一段艳闻。是不是她一方面的单恋呢？我不敢说。

赛珍珠初籍籍无名，一九三八年获诺贝尔奖，世俗之人开始注意其生平。其实这段疑案，如果属实或者纯属子虚，对于双方当事者之令名均无影响，只为好事者添一点谈话资料而已。所以在目前情形下，据我看，宁可疑其无，不必信其有。

感情的动物

也不知是谁，说过一句："人是感情的动物。"说人是动物，我倒不恼，因为人的确是近乎动物的一类，无论他的血是凉的还是热的，在动物的范围以内人总有他应得的位置。不过把人当作"感情的动物"，便时常足以发生一种影响，其结果足以使人露出人的本来面目来。

人的本来面目，不大好看。假如今有四五个于此，把衣服剥了去，把体面礼法惯例通通破除，然后再有人把一块带肉的骨头抛到他们中间，你看吧，是一出全武行！再譬如，一个人浑身都是感情，你不触动他倒也罢了，你万一误碰了一根毫发，他能疯了似的回过头来给你一口。"人是感情的动物"，这句话没有说错。

可是我们总是希望人能从"感情的动物"进化到"理性的动物"，由感情从事进化到诉诸理性。有人告诉我说："你不觉得吗？我们是正在进化着呢。"

清福出小语

记诗人西湖养病

有一位诗人，姑隐其姓氏，当今文坛知名之士也。前几天饭后咳嗽，居然呕出一口痰来，而痰里隐隐约约地有类似血丝的附带的东西，并且这种东西有七八条之多，诗人大恐，马上作出一首诗来：

> 这景象是多么古怪多么惨！
> 这到底，到底是怎么一回事！

吟声未罢，打了一个寒战，揽镜自照，脸色发白。于是一则以喜，一则以惧，友朋闻说，争来问询，议论纷纷，莫衷一是。"易不食鱼肝油乎？""何妨试试自来血乎？"有某君者，爱才心切，力劝赴杭一游，以为消遣，谆谆劝驾，声泪俱下，诗人不得已，遂成行焉。

诗人到杭，寓湖滨旅馆，诗兴大发，饮食俱进。不数日，病有起色，吐痰渐成清一色，不复有红色之点缀，然病体犹虚，每餐只能啖饭五六碗耳。

有一天，天气清和，诗人摇摆而出，曰："咦！我要到湖边走走。"诗人蓬其首，垢其面，宽衣博带，行动生风。俯仰之间，口占一首：

> 啊！水这样的绿，山这样的青！
> 这样的一个诗人生这样的病！

似乎短一点。然而诗人倦了，额际有一股热气冉冉上升，两颗汗珠徐徐下流。诗人长太息曰："我要买一把扇子。"

行行重行行，到了一家扇庄，柜台上聚着许多大腹贾，选购纨扇，叫嚣不已。诗人曰"此俗人也，不可与同群"，不顾而去。又到了一家，有赤背者一，立于肆首，诗人疾驰而过，愤甚。

最后，到了一家小扇庄。肆主乃一妙龄女郎也，诗人莞尔而笑曰："得其所哉！得其所哉！"游目四视，乐不可支。忙里偷闲，选购扇子一把，价绝昂，较普通之价加倍，而诗人购扇，固不在扇，更不在扇之价也。

翌日，挈友游湖，至龙井，见有售斯提克（英语"stick"的音译。——编者注）者，诗人曰："此物甚雅，可入诗。"遂购一柄。又有售顽石者，诗人曰："此物甚雅，可入诗。"遂购一块。于是一杖一石一诗人，日暮而返。

以手探囊，羞涩殊甚。急搭四等车返沪，囊中尚余大洋一角，铜币十余枚。诗人病已霍然愈矣。

好容易过了端午节

好容易过了端午节！我昨天一天之内，因为受了精神上压迫，头部和背部流出来的汗，聚在一起，恐怕要在一加仑以上。为什么要在端午节那天出这些汗呢？这就一言难尽了，容我分作许多言来说吧。

过端午节，吃粽子，喝雄黄酒，悬菖蒲，这些事都很足以令人乐观，做起来也无须出汗，但是除此以外，还有一件极重大的事，先生小姐们，这件事在你们也许不大理会，但是在我就是一件性命交关的事，这件事便是还账！柴、米，两项大宗的账，不能不还的。但是店铺也真太不原谅人，还账只准用钱还，而我所缺乏的只是钱。

一清早，叩门声甚急。我战战兢兢地开了门，只见一位着短衣的人，手里拿着一个字条，问我："这里是姓王吗？"我登时面无人色，吞吞吐吐地从喉咙深处哼出一声："是的！"我伸手把字条接过来，心里想着也不必看了，一定是来要钱的。我懒洋洋地走上楼，像是小孩子上学似的，一步一步地挨着走，心里真有一点悲哀。前天到当铺里当得五块钱，这一笔账还可以付，第二笔便无法付了。我把钱拿在手里，低头一看账单，咦！哪里是一个账单，上面分明写着："王兄：兹送上枇杷一筐，诸希哂纳是幸。弟李思缘拜。"原来李先生送节礼来了。我笑了。

"喂，你把那筐枇杷拿进来吧……这是给你的酒力钱……回去谢谢李先生啊！……"

那个人笑嘻嘻的，我也笑嘻嘻的。那个人看了我一眼，我可是没有敢望他。他走了。我也上了楼，把那五块宝贝钱重新收起，把一颗枇杷塞进口内。

嗒！嗒！嗒！又有人叫门了。我自己明白，这一回恐怕逃不过去。我怕吓破了胆子，力求我的太太下楼去开门，她倒胆大，把门开了，只见挤进了半个戴绿帽穿绿衣的人。因为我的太太只开了半尺来宽的门缝，所以只挤进了半个人，还有半个在门外。"你有什么事？"

那半个人说："我来拜节。"

一角钱从我的太太的衣袋里走了出去；那半个人从大门缝退了出去。

平平安安地又过了半点钟。忽地又有人叩门了！大门开处，只见又有半个戴绿帽穿绿衣的人挤了进来。他说他也是来拜节的。我心里猜想，一定是方才没有挤进来的那半个人。经我严重质问之后，才知道他是送快信的，与方才来的那半个人不是一回事。于是乎我又付了一角钱的拜节账。

我的太太曰："讨账的虽尚未来，而拜节者则纷至不已，呜呼，此地岂可久居？"

我曰："然则走乎？"

我们走了。走到一个顶远的地方，走出了许多的时候，天黑了，我们回来，娘姨表示热烈的欢迎，她说："哎哟哟！柴店和米店的伙计自从你们走后就来了，守候了一天，饿不过才走的……"

我就这样战胜了端午节。

是 热 了

我疑心我是得了什么病，身体里面的水分不从平常的途径发泄，而在周身皮肤的孔里不住地分泌。并且我不知是因为什么不喜欢在太阳光下走路，而喜欢在阴凉的地方坐着。我的家人告诉我，这是因为天热的缘故。后来我看见我家养的那条大黄狗，伸出半尺来长的红舌头，呼呼地喘，我这才有一点疑心，大概是热了。

但是真理就怕研究。一研究，真理就出来。我尝细心研究了，知道现今天气热，确是真的。并且证据很多，除了黄狗伸舌以外，还有许多旁的证明。

有一天我在晚上去看朋友，方要踏进弄堂口，似乎觉得鞋底与一块肉质的东西接触了。我当时心想，在这种时候在这种地方，除了野狗以外，或者没有别的肉质的东西。然而我竟错了。那一块肉忽然发出一种声音，我敢起誓，绝不是犬吠，并且我听上去有点耳熟。细一辨察，哎哟！真罪过，这块肉原来是和你和我一样的一个活人。既是活人，为什么铺块凉席，睡在弄堂口呢？这很简单，是热了！

我走到朋友家门口，敲了几下门，从门缝里漏出一声隐隐约约的"啥人？"紧接着又是好几嗓子的严厉的质问。我赶紧声明，一不是抢匪，二不是讨债，三不是收捐，那扇门才呀的一声开了半扇，我斜着肚子挤进去了。谈话不久，忽然间听见百代公司有人大声宣布："约请什么什么老板唱卖马的二段！"我知道我这位朋友是不谙乐理的，为什么忽然发愤？再说这声音之大，迥非凡响，芳邻似乎也绝不至于把留声机搬到他家里来唱。我的朋友说："李先生府上又放焰口了！"

我知道所谓放焰口者，大概就是留声机里的"卖马"。我说："声音为何这样大？"

他说："在晒台上唱呢，这焰口真不小，前后左右二三十家的邻居全都算是预约了死后的超度。"

我问："为什么在晒台上唱？"

他说："是热了！"

随后又听到清脆可听的洗牌声，就好像是他们正在改葬祖坟、收拾残碎骨头的声音。

我的朋友说："晒台上又打起牌来了！"

我说："是热了！"

我谈完了话，马上告辞，我的朋友送我到门口，我仔细地用慧眼观察，发现我的朋友并未穿起长衫，送客（尤其是在礼教之邦送客）为什么不穿长衫？我想："是热了！"

有以上这些证据，我暂时相信，大概是热了。

忙什么?

在文明的城市里,你若是能从马路这边平平安安地跨到马路那边,在中间不发生命案,你至少可以说是有一技之长了。因为稍微浑厚一点的人,在车水马龙的街道上,东张西望,不是车碰了你,就是你碰了车。车碰了你,那还好办,即是碰死了也只是照例罚车夫几个钱;若是你碰了车,这一笔损失你就许赔一辈子也赔不清。所以在下初来上海时,看见汽车之多,就深深地感到一种乡下人之悲哀,虽然我很明白上海还不是最文明的城市。

从汽车夫的眼睛看来,在街道上行走的芸芸众生是很有碍交通的。汽车夫所以要快驶的缘故,也不难索解,因为有时候坐在车厢里的不完全是我们中国人,更有时简直不是我们中国人。所以汽车疾驶是由于必要,而这种必要是在打倒帝国主义的走狗以前永远存在的。现在若有汽车和行人冲撞,我不怪汽车开得太快,我只怪行人躲得太慢。

听说在很文明的纽约城,警察常张贴布告,警告开汽车的人说:"忙什么?你只是想赶到你自己的殡前去!"上海的警察应该换个口吻说:"忙什么?你只是想送别人的殡!"

挤

　　我最怕到公众的地方去，因为我怕挤。买火车票的时候，你就是不想挤，别人能把你挤进去，能把你挤得两脚离地一尺多高。买邮票的时候，会有十几只胳臂从你的头上、肩上、嘴巴下、腋肘下伸过来。你下电车的时候，会常有愣头愣脑的人逆水行舟似的往里撞，撞了你的鼻尖，他还怪你碍他的事。总之，有人的地方就要挤。挤是个人的自由，神圣不可侵犯的；被挤是中国国民的义务，不可幸免的。并且要挤大家挤，挤是一种民众运动，没有贵贱老幼之别。至于没有力量挤的人，根本就是老朽分子，不配生在革命的时代。

　　据到过帝国主义国邦的人说，帝国主义者却不爱挤，他们买车票的时候，或其他人多杂乱的地方，往往自动地排成一长列，先来者居首，后来者殿后，按序递进，鱼贯而行。他们的这种办法，还是没有我们的好，我们中国的办法有多么热闹，何等的率真！如其我们要学他们的办法，也要从下一代学起，我们这辈的中年人，骨头都长成了，要改也改不了！

司 丹 康

有一天我去理发，在将要理完的时候，理发匠向我说："阿要司丹康？"

我从鼻孔里发出一种怀疑的声音来。

他还是说："阿要司丹康？"

我没奈何，冒险点了一下头。他从很远的一张台子上取来一罐Stacomb，没头没脑地在我的头发上乱抹了一阵。

我出来和朋友说，朋友笑我没见过世面。他们说某某国货店早就出售，某某要人在演说对英美经济绝交时头上擦的就是司丹康，某某小姐也是用这个……我孤陋寡闻，望尘莫及了。然而我有感慨焉。

中国人用外国货，不稀奇；用外国货而给他一个中国译名，说的时候还十分顺口，这就有些奇了。当理发匠说"司丹康"三字时，他万没想到这三个字有解释的必要，更没想到年轻轻的一个人会不知道司丹康为何物。

司丹康是美国货，用用何妨？"美国货用用何妨"的哲学成立之后，于是美国橘子、美国苹果、美国冰激凌、美国的什么克尔伯屈克……一齐都用用何妨。司丹康是否比广生行的油黏，美国橘子是否比福州橘子甜，美国冰激凌是否比上海冰激凌凉……你不必管，你只管买美国货就是。因为凡是美国货就是好的！

麻　雀

听说美国闹过一阵子"麻雀狂"，三教九流以及似是而非的人，没有不打麻雀的，有几位留而不学的留学生，还因着传授麻雀术，居然致富了呢。曾几何时，麻雀之风，已成过去，这就可见美国人做事，没有我们中国人这样的有恒心，我们的一副麻雀牌，自从曾祖高祖的时候打起，到现在那般曾孙玄孙就许还没有打完。中国之有悠远的历史，岂偶然哉！

有人说：时间即是金钱，不可虚掷在打牌上面。对于这种非议，有两种解释：上流的解释就是，我们大国的国民，自是雍容闲适，不把金钱放在心上；下流的解释就是，我们打牌，正是为钱，或输或赢，总不曾脱离钱的范围。由此观之，打麻雀是无可非议的了。好，再来八圈！

一个五官四肢头脑胸脏大致齐全的人，若不幸而没有秉受喜打麻雀的遗德，我们也无须十分惋惜了。因为他还可以把时间用在旁的事业上去。一般的人我倒希望他们打一辈子的牌，虽无大益，亦无大害。设若麻雀制度，一旦废除，我们中国将凭空添出成千成万的无业游民。如何使得？

阴　历

我们中国有两种历法，一是阳历，一是阴历。这阴历虽然不能当作正式的日历用，然而革了好几次命总是革不掉它。阳历新年，不管你怎样地悬灯结彩，不相干，大家不起劲。非要到了阴历年，大家才一个一个地乐观起来。习惯之于人，真可说是甚矣哉了！

脑筋稍微简单一些的人，徘徊于阴阳二历之间，时常闹出大事来，譬如说：今天是阳历二十一，阴历二十二。假如我曾订在二十一晚上请客，而客人误以为我说的是阴历，在昨晚就去赴宴，这岂不是笑话？假如朋友订在二十二晚上请我，而我误以为阳历，等到明天才去，这在我一方面的损失，岂不大甚？

房东没有不赞成阴历的，房客没有不赞成阳历的。因为照阴历算，过几年过出一个闰月，房东可以多收一月的房钱。所以就资本家观察，阴历也实在有阴历的好处。苦的是我们房客。还有一层，假如阴历一旦废除，我们从何处去寻黄道吉日？更从何处去查考今天是否宜沐浴，宜出行，宜动土，宜婚丧？

打　架

我们江浙的下等社会的人，打架是有一定的方式的。譬如说：张三得罪了李四，在两人不在一处的时候，张三可以起誓要杀李四，李四也可以赌咒要杀张三。等到两人遇到，也不见得闹出什么命案来。顶多打一架。

打架就要有打架的方式。两方先怒目相视，然后口出秽言，双方由妹妹骂起，骂到外祖母为上，声音越来越高，小脸越来越红，最后，双方同时卷袖口，同时摘眼镜，同时向后退，距离愈来愈远。这时节，和解的人应运而生。劝架的人越热心，打架的人越凶猛，结果是双方距离太远，无结果而散。

听说在夷狄之邦，打起架来是没有人劝的，总要你死我活，见个高低。由这一端看来，也就可见我们中国人的确是文明多了，虽在打架的时候，也以人命为重，绝不轻易流血。所以善于打架的人，总是按照我上面所说的方式，危险比较少些。至于一言既出，拳头随之，闹到头破血出，在聪明人眼里看来那是笨伯！

小 德 出 入

有一种人的哲学是："大德不逾闲，小德出入可也。"这种哲学实在要不得，因为"小德"的范围太广，包括的东西太多了一点。根据这种哲学，一个人只消不去杀人放火，便算是"大德不逾闲"，此外无论什么事都好归在"小德"里面，并且随便"出入"都还"可也"。

譬如打呵欠一事，也是我们人所常常有的，然而在大庭广众之间，纵然不能把呵欠消灭于无形，也要设法不要太使旁人注意。在下有一次，在电车里遇见一位先生，只见他忽然张开血盆似的巨口，做吃人状，并且发出一声弯弯曲曲的大声音，真有旁若无人之概。我看他的意思，是很希望有人在电车里给他支起一张床铺。

随地吐痰、到处便溺、深夜喧哗……种种不顾公德的事，都是"小德出入"。有人若加以批评，那算是在他的人格上过事苛责，未免多事。一个人若是大德既不逾闲，小德复不出入，那就可以说是一个完全的人了。然而谁肯这样地委曲求全？

半 开 门

　　"打折扣"是商人的习惯。哪怕他们宝号的墙上悬起"言无二价"的金字黑漆的匾额，你只消三言两语，翻翻白眼，管保在价钱上有个商量的余地。可是习惯之于人，甚矣哉，除了吃饭之外，处处就许喜欢打个折扣。

　　天有不测风云，商店也有不测的罢市。这时节，老板的心理，真需要我们的同情和安慰。果然，所有的商店都关门大吉了，黄金万两川流不息地想往商店里流，但是流不进去。这景象可有多惨！然而关门也未曾不可打个五折，两扇大门，关上一扇，如何？平常大门洞开，招财进宝，如今罢市，半开门足矣。

　　中庸之道，大概就是"打折扣"的哲学吧？半开门的罢市，也总算是圣人之教了。不知道在吃饭的时候，有没有这允执厥中的精神？

缠　足

报载："江苏省党部特别委员会，昨通令各县市特派员，协同各县县知事，严禁妇女缠足。"这实在是一件极大的德政。我们拼命地宣传缠足有害，哪怕说破了几张嘴皮，也收不了多大的效果，因为缠足的那般人，多半是乡下人，轻易听不到我们的宣传，听到了也不容易听懂。现在明令严禁，倒可事半功倍。不可理喻，只得威临了。

本来是，好好的一只脚，缠它做什么？不管你多大的身躯，一身的重量至少也有百十来斤，都靠那两只脚来支持，已是辛苦了，再把脚缠得像一颗粽子似的，未免欺脚太甚！

未缠足的，当然是不该再缠。已缠足的，也可以酌量地解放。解放后的脚，也许僵挺硬凸，不大雅观，然而究竟走起来方便些是真的。

现今时髦女子，虽然不缠足了，但是同样地不肯让脚自然发展。好好的两只又肥又软的脚，偏偏要穿上一双瘦小的镂花漆皮鞋，高底细尖，脚面上的肉一块一块地从镂花中间凸出来，好像是一个玉蜀黍。何苦来哉！

束　胸

本报八日香港电……有人提议禁女子束胸及青年男女吸食烟酒，经省务会议通过，云云。这是德政，可佩之至。

女子束胸，实在应该禁，只是实行起来，恐怕要很费苦心，譬如，一位胸部稽查员，巷头伫立，见一女郎姗姗而来，胸部隐约坟起少许，稽查人员若是胆怯一些，或客气一些，单凭眼力，便很难断定这位女郎是否犯束胸的罪。并且女子身体，参差不齐，有的胸部完全是一块平阳之地，实在不曾束胸；亦有胸部的肉像气垫子似的，东一块凸，西一块凹，而事实上胸部已经五花大绑地捆了好几道。这怎么办？

青年男女吸食烟酒，也实在应该禁。我想这烟一定不是专指鸦片，酒也一定不是专指火酒。老年男女，就和旧报纸似的，不值什么，就是烟熏死，酒毒死，都不要紧。唯独娇嫩的青年男女，用处大，保护得要特别周到，不能不禁止他们吸食烟酒。

如今是个解放的年头儿，头发解放，缠足解放，如今又是胸部解放，但是烟禁和酒禁，却又解放不得。

虎　烈　拉

年年到夏天，要闹一顿虎烈拉（"cholera"的中文音译名，现常译作"霍乱"。——编者注）。幸亏我们中国人多，你死了，还有我，不至于剩出粮食来没有人吃。并且人多就命贱，死一个两个的，无关宏旨。因此，虎烈拉不住地拉人，而制造虎烈拉的总批发所——垃圾桶，仍是盖虽设而常开。

我们中国人也就真有耐心。不计数的蚊子苍蝇，从垃圾堆里把细菌整批零趸地送到府上，然后时运不济，就许祸延给无论哪一位，府上要大热闹一阵。但是，并不曾听说尚未死亡的人有什么预防的方法。只有医药界的先生们，不晓得为什么，对于虎烈拉，一个个的不是讲预防，就是讲急救。

本来制药救人，不算是甚大的罪恶。不过世界上怕死的人太多，制药的人实在忙不及，所以热心过度的朋友往往别出心裁，一杯凉水，半匙红糖，也算作是药水了。在没病的时候喝下去，甜滋滋的，并无大碍。

我若患虎烈拉，可不敢乱喝药水。因为患虎烈拉而死，究是天灾，乱喝药水而死，便是人祸了。

铅角子与新角子

　　我们中国的币制，听说是很复杂的。即以上海一隅而论，市上流行的钱币至少有六种之多：（一）纸币，（二）银圆，（三）银角子，（四）新角子，（五）铅角子，（六）铜板。新角子与铅角子，都是很神秘的东西，不知究竟价值几许，但是在我们的币制里占一很重要的位置。纸币与银圆，有时也有不大地道的，最可靠最有信用的要算铜板了。你付铜板给电车卖票人，他绝不一个一个地敲出声音来听听，这就可见铜板在社会上之信用卓著了。

　　从乡下来的朋友，他们的脑筋不像上海人这样发达，所以他们常常地收新角子和铅角子。等到要用掉的时候，他们才有机会觉悟到上海的角子有许多不同的种类。但是乡下来的朋友，你们不必着急，还有比你们后来的乡下朋友，包管你有机会可以不折不扣地用掉。原来市面上就有这样多的铅角子和新角子。来无踪去无迹的，不知将要传到几代下去吧！

　　还有新从比上海更大的城市里来的人，他们也无心中有收集铅角子和新角子的嗜好。我曾亲见这样的一个人，把一只新角子给黄包车夫，车夫拿在手里，望了一眼，在地上摔了一下，频频摇头，极力表示不甚欢迎的意思。但是那个人扬长而去，只惹得车夫破口大骂，骂到那位先生的高祖以上五六代的样子方止。我当时心里颇有一点说不出来的感想。

铜　板

铜板者，北方人叫它做铜子儿，乃是中华民国的最通行的最有信用的一种泉币，并且"当制钱十文"之多者也。洗澡过的洋钱，涂改过的钞票，以及什么"新角子""铅角子"，我们总都见识过，而不地道或不够分量的铜板却还少见。并且使用铜板的人，似乎都很明理，所以不拘是云南贵州铸造的铜板，在上海行使都可以不用贴水。这真是太便了。

北方通用的一种大铜板，每一枚值铜板二枚，在江南是不通行的。据精通金融情形的人说，这是因为一个大铜板的分量恐怕抵不过两个小铜板的缘故。由此观之，铜板的重量还是减不得的。十个八个铜板放在衣袋里，还不算什么；可是四五十个铜板，一大概子，放进衣袋去，身体孱弱一点的人便不能不认为是一种压迫了。

我虽然不敢说是资本家，然而几十个铜板，却天天带在身边。我的单薄的骨头架子，还担得起那死沉沉的一概子，可是如今大热的天，薄薄的一层衣裳，便有点支持不住，大襟上的纽扣时常坠到腋下去了。而且铜板之为物，不禁招惹，一五一十地数一遍，手上会落一层臭铜锈。

我谁也不怨。我只默祝：我们中国的历史走得快些，快把这铜器时代过去。

此文刊后，得K.V.先生来函，云："将来大作印行单本时，此文请勿选入，因大马路一带卖铜板袋者甚多。我想买一只送给先生……"

但K.V.先生之铜板袋始终不曾送来。谨志于此，以存真相。

哀 挡

昨日报载："近有一种骗匪肩一破馄饨担，满装破瓶破碗，行至弄内人丛中，做误踏香蕉皮状。咔嘟一声，连人带担，打得粉碎，伏地呜咽，其惨不可名状。同时必有一人出，向众大发其慈悲心，创议捐资助之……果然银元铜元满握，乃即收拾破担称谢而去。……个中人谓之哀挡。"这样新颖的骗法，果然令人惊异，然而既发生在上海，便又无足怪了。假如有一种骗法，在别处发生，而在上海独付阙如，那才是怪事。

这哀挡的骗法，是根据孟子人性善的哲学而来的。假如人性不善，你卖馄饨的真个"连人带担打得粉碎"，与我何干？然而天下还是善人多，情愿把无限制的同情心拿出来凑成一件骗案。那骗匪对于人性也真抱乐观，并且自己也真肯牺牲，不惜做误踏香蕉皮状，以凑成仁君子的慈善事业！

乐　户　捐

昨日北京电："警厅通令严禁妓女退捐歇业，免影响乐户捐。"这一段电文翻成我们日常通用的语言，就是："当妓女的，无论在身体上、精神上、经济上受什么压迫，也不准停止营业，以免影响北京警厅的收入。"再干脆些："北京警厅逼迫妓女继续卖淫。"

妓女通常被叫作摇钱树，北京摇钱树的大老板便是警厅，因为乐户捐是警厅最大的收入的一项。所以近年来妓女生意萧条，纷纷歇业，警厅收入大受打击，为维持薪饷来源计，不得不勒令禁止。妓女与警厅的关系之深，有若是者。真可以说，警厅与妓女，相依为命。

"饭大家吃"这句话，只是说说而已。即如北京警厅的人要吃饭，便管不得妓女有没有饭吃了。其实北方人还是太忠厚，禁止妓女歇业，大可不必说明是为乐户捐的缘故，至少也可以想出几条冠冕堂皇的理由，例如，（一）妓寮里面服务的男女人员甚多，一旦歇业，生计断绝，影响地方治安；（二）妓寮是娱乐场所，也是文化机关，北京中外观瞻所系，须臾不可离。这样讲来，多么体面，多么好听！

撒　网

我们通常有婚丧大事，不敢自秘，总是要印许多帖子，分送亲友。这也是一种很正大的举动。但是分送帖子，与施舍粥食略有不同，绝不可抱多多益善的决心。否则你这一张帖子送到一个不相干的人的手里，他的心里不免要生出一种非常的感想，有时竟把你的婚帖当作丧帖看，或是把你的丧帖当作婚帖看。

北京人把乱送请帖这件事唤作"撒网"，那意思是说：送帖的人不分畛域，到处送帖，是希望多收几份礼物，如同撒网捞鱼一般。其实如今的鱼，比撒网的人要聪明些，有时候他们会从网缝里钻出去，让你白撒一网；有时候你只捞起一点点的东西，倒赔上许多撒网的费用。

有些撒网的人，并不是从经济方面着眼，他们是想多请几位客人，撑撑场面。于是乎赵大娶媳妇，赵大的亲戚的朋友邻居李四也接着请帖了。于是乎王二平常认为最没有人格的孙五，也接着王二的结婚帖子了。掉在网里的人，有时费了许多周折，才能知道究竟谁是撒网的人。

但是天道好还，你这回撒一个大网，不久你就要掉在许多人的网里。

信 纸 信 封

　　凡是开办一个铺子，创立一个学校，组织一个机关，或发起一切其他大家吃饭的团体，第一件要紧的事，据有经验的人说，就是印制信纸信封。有许多机关，干脆直说吧，唯一的事务就是印制信纸信封，此外不必更下什么资本。说也奇怪，社会人士真有眼光，看见你用的信封信纸印着机关的名字，顿时对你增加三分信仰。信纸上要是再印上几个英文字，你的人格就算是有了担保。因为这个理由，在无论什么像样的机关，信纸信封的费用都是一笔很大的开销。

　　然而（一个很使劲儿的然而），公家的信纸信封，用在公家的事务上者，可不算多；用到私人的事务上者，可不算少。这在用信纸信封的人想来，不是没有充分理由的。理由是：用几张信纸信封，在公家损失无几，在我一方面节省良多。奉行俭德的人，就没有话说了。

　　有一天我接到一封从外国邮局寄来的信，那封信是免贴邮票的信封，在贴邮票的角上印着："如有以此信封做私用者，处以二百元之罚金。"从字面上看来，公私似甚分明，然而帝国主义者做的事，当然是不足为训了。我们中国人盗用公家信纸信封者，恐怕还不多，还没有到惹人注意或特颁刑律的地步。大可乐观。

名　片

　　名片不是什么特殊阶级所特有的，人人都可享用。上自达官贵人，下至妓娼走贩，只消你有一个名字，再只消你有几角钱，你便可印一盒名片。

　　名片的种类式样之多，就如同印名片的人一样。有足以令人发笑的，有足以令人害怕的，也有足以令人哭不得笑不得的。若有人把各式的名片聚集起来，恐怕比香烟里的画片还更有趣。

　　官僚的名片，时行的是单印名姓，不加官衔。其实官做大了，人就自然出名，带官衔的名片简直用不着。唯独有一般不大不小的人物，印起名片来，深恐自己的姓名太轻太贱，压不住那薄薄的一张纸，于是把古往今来的官衔一齐印在名片上，望上去黑乎乎的一片，就好像一个人的背上驮起一块大石碑。

　　身通洋务，或将要身通洋务的先生，名片上的几个英文字是少不得的，"汤姆""查利"都成，甚而再冠上一个声音相近的外国姓。因为名片者，乃是一个人的全部人格的表现。

招　　聘

　　古代的人有时候求才若渴，只消你真有一点本领，往往不惜三顾茅庐，求你指教。如今这个时代，茅庐一天比一天的多起来，但是很少有人来光顾。住在茅庐里的人不免发急，因发急而看报，有时候竟在报上发现招聘经理、招聘书记等的广告。

　　若非自己的夫人没有兄弟，谁肯登报招聘经理？这是很明显的事。然而世界上不肯"以小人之心度君子之腹"的人尚未绝迹，所以有人招聘贤才，就有人欣然而往。

　　当经理有当经理的规矩，须要先交出多少的押款；做书记也有做书记的手续，须要先交出多少钱的报名费。这押款和报名费如数交付之后，你的责任就算尽了，不必再希望有什么下文。如其真有了下文，那也是足以令你哭一场的下文。

　　思想顽固的人，常常不明了现代社会的组织法，动辄曰：人心不古。其实不尽然。人心不古者，只一部分人而已；即如看见招聘广告而欣然应征的人们，他们的心仍是很古的。

拳　战

　　我现在所要谈的拳战，不是外国鬼子立在一个方坛上打得你死我活的那种拳战，乃是我们中国的文明人在喝酒的时候"五魁呀！""七巧呀！"那种拳战。

　　我曾走进中国饭馆，里面的声音之大，有如万千士卒之鼓噪，我总以为里面至少也应该有一两位头破血流，才能与这么大的声音相称。俟我入座之后，金樽酒满，只见有人卷袖口，有人伸拳头，桌面上登时发生一种很剧烈的运动。并且种种的声音随与俱来，忽而声若洪钟，忽而不绝如缕，高下疾徐，不可究状，若用五线谱来记录下来，十五条线也未必够用。

　　深得人生之趣的人告诉我说：吃饭无酒，固然不乐，喝酒不猜拳，也还不能尽兴。我独不解者，是为什么一定要把嗓子喊得像破锣一般？有时候我看见上了年纪的人，手伸出来直哆嗦，并且从丹田（耻骨缝最高点）里弯弯曲曲地喊出一声公鸡叫似的音调。我就觉得危险。

　　拳战不能不喊，不过我们总该要顾虑到人的喉咙究竟是人的喉咙。

第六辑
寂寞生滋味

家　世

　　我没有什么辉煌的"家世"可谈。

　　我的远祖在河北（直隶）沙河一带务农。我的祖父到了北京谋生，后来得到机会宦游广东，于是家道小康。返棹北归，路过杭州小住，因家父入学应考，遂落籍钱塘。从此我的籍贯一直是浙江钱塘。事实上我是前清光绪二十八年（民国前十年）夏历十二月八日生于北京。民国四年（一九一五）我小学毕业，投考清华学校，清华是由各省摊派庚子赔款而设立的，所以学生由各省考送。为了籍贯的关系，我在直隶省京兆大兴县署（北京东城属大兴县）申请入籍，以便合法地就近在天津应考，从此我的籍贯就是北平了。我的母亲是杭州人。

　　老家在北京东城根老君堂。祖父自南方归来，才买下内务部街二十号的房子。那时不叫内务部街，叫勾栏胡同。不知道为什么取这样的一个地名（勾栏本是厅院的意思，元以后妓院亦称勾栏）。这是一栋不大不小的房子，有正院、前院、后院、左右跨院，共有房屋三十几间，算是北平的标准小康之家的住宅。"天棚鱼缸石榴树"都应有尽有了。我曾写了一篇《"疲马恋旧秣，羁禽思故栖"》，是怀念我的这个旧居之作，这篇文字被喜乐先生看见了，他也是老北京，很感兴趣，根据我的描写以及他对北平式房屋构造的认识，画了一幅我的旧居图送给我。他花了好多天的工夫，用了七十多小时，才完成这一幅他所最擅长的界画，和我所想念的旧居实际情形可以说是八九不离十，只是画得太漂亮了一些。现在的内务部街二十号不是这个样了。

　　大陆开放后，我的女儿文蔷曾到北平探亲，想要顺便巡视我的旧居，经过若干周折，获准前去一视。大门犹在，面貌全非。里面住了十九家人，家家檐下堆煤举火为炊，成为颇有规模的"大杂院"。鱼缸仍在，石榴、海棠、丁香则俱已无存，唯后跨院屋中一个"隔扇心"还有我题的几个字。她匆匆照了不少张相片，我看了觉得惨不忍睹。她带回了一样东西给我，我保存至今——从旧居院中一棵枣树上摘下来的一个枣子，还带着好几个叶子，长途携来仍是青绿，并未褪色，浸在水中数日之后才渐渐干萎。这个枣子现在虽然只是一个普通干皱的红枣的样子，却是我唯一的和我故居之物质上的联系。

我的家不是富有之家，只是略有恒产，衣食无缺。北平厚德福饭庄不是我家产业，在此不妨略加解释。我父亲是厚德福的老主顾，和厚德福的掌柜陈莲堂先生自然地有了友谊。陈莲堂开封人，不但手艺好，而且为人正直；只是旧式商人重于保守，不事扩张，厚德福乃长久局限在小巷中狭隘的局面。家父力劝扩展，莲堂先生心为之动，适城南游艺园方在筹设，家父代为奔走接洽，厚德福分号乃在游艺园中成立，生意鼎盛。从此家父借箸代筹，陆续在沈阳、哈尔滨、青岛、西安、上海、香港等地设立连锁分店，家父与我亦分别小量投资几处成为股东。经过两次动乱，一切经营尽付流水，这就是我家和厚德福关系之始末。

本来我家属于中产阶级，民元袁世凯嗾使曹锟部下兵变，大肆劫掠平津，我家亦遭荼毒，从此家道中落。我自留学归来，立即就教职于国立东南大学，我父亲不胜感慨，他以为我该闭户读书，然后再出而问世。知子莫若父，知己也莫若自己。父母的训导与身教，使我知道"勤俭"二字为立身处世之道，终身不敢逾。

父 母 的 爱

父母的爱是天地间最伟大的爱。一个孩子，自从呱呱坠地，父母就开始爱他，鞠之育之，不辞劬劳。稍长，令之就学，督之课之，唯恐不逮。及其成人，男有室，女有归，虽云大事已毕，父母之爱固未尝稍杀。父母的爱没有终期，而且无时或弛。父母的爱也没有差别，看着自己的孩子牙牙学语，无论是伶牙俐齿或笨嘴糊腮，都觉得可爱。眉清目秀的可爱，浓眉大眼的也可爱，天真活泼的可爱，调皮捣蛋的也可爱，聪颖的可爱，笨拙的也可爱，像阶前的芝兰玉树固然可爱，癞痢头儿子也未尝不可爱，只要是自己生的。甚至于孩子长大之后，跛行荡检，贻父母忧，父母除了骂他恨他之外还是对他保留一份相当的爱。

父母的爱是天生的，是自然的，如天降甘霖，霈然而莫之能御。是无条件的施与而不望报。父母子女之间的这一笔账是无从算起的。父母的鞠育之恩，子女想报也报不完，正如诗经《蓼莪》所说："父兮生我，母兮鞠我。拊我畜我，长我育我，顾我复我，出入腹我。欲报之德，昊天罔极。"父母之恩像天一般高一般大，如何能报得了!何况岁月不待人，父母也不能长在，像陆放翁的诗句"早岁已兴风木叹，余生永废蓼莪篇"正是人生长恨，千古同嗟!

古圣先贤，无不劝孝。其实孝也是人性的一部分，也是自然的，否则劝亦无大效。父母子女间的相互的情爱都是天生的。不但人类如此，一切有情莫不皆然。我不大敢信禽兽之中会有枭獍。

父母爱子女，子女不久长大也要变成为父母，也要爱其子女。

所以父母之爱像是连锁一般，代代相续，传继不绝。易云："天地之大德曰生。"维护人类生命之最大的、最原始的、最美妙的、最神秘的力量莫过于父母的爱。让我们来赞颂父母的爱!！还是写打油诗感之!！！

父母之爱是大爱，

高于蓝天深似海；

父母之爱无私爱，

不图表彰不为财；
父母之爱天然爱，
血肉相连割不开；
父母之爱特殊爱，
不管儿女好与赖；
父母之爱深沉爱，
发自本心不露外；
父母之爱传承爱，
传了一代又一代；
儿女也对父母爱，
再爱难报之一半；
儿女也会成父母，
大都先将儿女爱；
有时爱子胜爱老，
此乃正常不足怪；
父母老了尤需爱，
儿女千万别慢待！
树欲静而风不止，
子欲养而亲不待；
行孝愈早你越好，
后悔之药没处卖！

母　亲　节

　　5月6日，星期三，晨起看报才知道美国的母亲节快要到了。报上有一篇短文这样说：

　　　　一位母亲躺在床上吃早点，由她丈夫与孩子们一旁伺候，那便是母亲节的一份礼物，和稀奇的珠宝一般受人欢迎。

　　　　可能在洗槽里留有几只盘碗，但是她不介意。

　　　　就是在中古时候，许多国家也指定一天向母亲致敬。

　　　　但是直到1872年Julia Ward Howe才首先提议在美国设母亲节。过了些时候，许多别的妇女开始举行母亲节的庆祝。

　　　　1907年，费城的Anna Jarvis开始努力建立全国性的母亲节，她成了母亲节的创立者。1915年，威尔逊总统公布每年5月的第二个星期日为母亲节。

　　　　母亲节那一天，致送礼品，或采Anna Jarvis佩戴康乃馨（母在则佩有色康乃馨，母殁则佩白色康乃馨）的习惯。

　　如今的趋势是致送母亲节卡片与礼物，并且于是日解除母亲操持家务的工作。

　　母亲节这一天，母亲不必烧饭，不必洗盘、洗碗、洗衣裳，所以上述短文的标题是"妈妈难得休息一天，纵容她一下罢"。一年当中只被这样地"纵容"一天，真是怪可怜的，何况这一天丈夫孩子在厨房里忙得团团转，乱得一团糟，不是打烂了盘子，就是烧焦了锅，她躺在床上未必能心静。不过在精神上也许有一点点满足，象征性的满足。

　　母亲节那一天，我的两个外孙君达、君迈清早起来就鬼鬼祟祟地捧着一点东西，东藏西掖，不知放在哪里好。等他们的妈妈一露面，他们就上前给她一个惊喜，各自掏出一份礼物——在学校里经老师指点自制的一幅贴纸花卉图画，上面蜡笔写着："妈妈，我爱你！"我们中国人最讲究孝道，所谓"孝者德之本"，不过那份孝心通常都是藏在心里，可以见诸行动，例如负米、卧冰、尝粪、埋儿等，就是不能放在嘴上明说。西洋人的脾气不同，心有所感便要直说出来。他们的小学教师老早就有准备，据说足足准备了一星期，让每个学生亲自动手制作大幅贺卡，作为母亲节的礼物，虽然是秀才人情，谁说美国人不注意孝道？

美国有母亲节，没有祖母节。祖母嘛，让她坐在门前阳台上的摇椅上，或是公园的木凳上，晒晒太阳算了。外婆嘛，她只合做漫画家挖苦讽刺的资料！

晒 书 记

《世说新语》："郝隆七月七日，出日中仰卧，人问其故，答曰：""'我晒书。'"

我曾想，这位郝先生直挺挺地躺在七月的骄阳之下，晒得浑身滚烫，两眼冒金星，所为何来？他当然不是在做日光浴，书上没有说他脱光了身子。他本不是刘伶那样的裸体主义者。我想他是故做惊人之状，好引起"人问其故"，他好说出他的那一句惊人之语"我晒书"。如果旁人视若无睹，见怪不怪，这位郝先生也只好站起来拍拍衣服上的灰尘而去。郝先生的意思只是要向侪辈夸示他的肚子里全是书。书既装在肚子里，其实就不必晒。

不过我还是很羡慕郝先生之能把书藏在肚里，至少没有晒书的麻烦。我很爱书，但不一定是爱读书。数十年来，书也收藏了一点，可是并没有能尽量地收藏到肚里去。到如今，腹笥还是很俭。所以读到《世说新语》这一则，便有一点惭愧。

先严在世的时候，每次出门回来必定买回一包包的书籍。他喜欢研究的主要是小学，旁及于金石之学，积年累月，收集渐多。我少时无形中亦感染了这个嗜好，见有合意的书即欲购来而后快。限于资力、学力，当然谈不到什么藏书的规模。不过汗牛充栋的情形却是体会到了，搬书要爬梯子，晒一次书要出许多汗，只是出汗的是人，不是牛。每晒一次书，全家老小都累得气咻咻然，真是天翻地覆的一件大事。见有衣鱼蛀蚀，先严必定蹙额太息，感慨地说："有书不读，叫蠹鱼去吃也罢。"刻了一枚小印，曰"饱蠹楼"，藏书所以饱蠹而已。我心里很难过，家有藏书而用以饱蠹，子女不肖，贻先人羞。

丧乱以来，所有的藏书都弃置在家乡，起先还叮嘱家人要按时晒书，后来音信断绝也就无法顾了。仓皇南下之日，我只带了一箱书籍，辗转播迁，历尽艰苦。曾穷三年之力搜购杜诗六十余种版本，因体积过大亦留在大陆。从此不敢再做藏书之想。此间炎热，好像蠹鱼繁殖特快，随身带来的一些书籍竟被蛀蚀得体无完肤，情况之烈前所未有。日前放晴，运到阶前展晒，不禁想起从前在家乡晒书，往事历历，如在目前。南渡诸贤，新亭对泣，联想当时确有不得不如此的道理在。我正在佝偻着背，一册册地拂拭，有客适适然来，看见阶上阶下五色缤纷的群籍杂陈，再看到书上蛀蚀透背的惨状，对我发出轻微的嘲笑道："读书人竟放任蠹虫猖狂乃尔？"我回答说："书有未曾经我读，还需拿出曝晒，正有愧于郝隆；但是造物小儿对于人的身心之蛀蚀，年复一年，日益加深，使人意气消沉，使人形销骨毁，其惨烈恐有甚于蠹鱼之蛀书本者。人生贵适意，蠹鱼求一饱，两俱相忘，何必戚戚？"客嘿然退。乃收拾残卷，拖入室内。而内心激动，久久不平，想起饱蠹楼前趋庭之日，自惭老大，深愧未学，忧思百结，不得了脱，夜深人静，爰濡笔为之记。

火

忽然听得人声鼎沸，门外有跑步声。如果我有六朝人风度，应该充耳不闻，若无其事，这才显得悠闲高旷，管宁、华歆割席的故事我们不该忘怀。但我究竟未能免俗，"风声鹤唳草木皆兵"，这些年来离乱的经验太多，听见一点声响就悚然而惊，何况是嘈杂的人声发于肘腋，焉能不蹙然而作，一探究竟呢？

走到户外，只见西南方一股黑烟矗立在半天空，烧烤的味道扑鼻而来，很显然的，是什么地方失火了。

我打开街门，啊，好汹涌的一股人流！其中有穿长袍的，有短打的，有趿着拖鞋的，有抱着吃奶的孩子的，有扶着拐杖的，有的是呼朋引友，有的是全家出发，七姑姑八姨姨，扶老携弱，有说有笑地向着一个方向疾行。

我随波逐流地到了巷口。火势果然不小。火舌从窗口伸出来舐墙，一团团的火球往天空迸射，一阵阵的白烟间杂着黑烟，烟灰被风吹着像是香灰似的扑簌而下。

街上挤满了人，黑压压一片，凡是火的热气烤不着的地方都站满了人，人从四面八方赶了过来。有一家茶叶铺搬出好几条板凳，招待亲友，立刻就挤满了，像兔儿爷摊子似的，高高的，不妨视线，得看。

有一位太性急的观客，踩了一位女客的脚，开始"国骂"。这是插曲，并不被人注意。

有一个半大的小子爬上树了，得意地锐叫起来，很多的孩子都不免羡慕。

邻近的屋顶上也出现了人，有人骑在屋脊上。

火场里有人往外抢东西，我只见一床床的被褥都堆在马路边上了。箱笼、木盆、席子、热水壶……杂然并陈。

一面是表演，一面是观众，壁垒森严。观众是在欣赏，在喝彩。观众当然不能参加表演。

一阵哗唧哗唧的响声，消防队来了，血红的车，晶亮的铜帽，崭新的制服，高筒的皮靴，观众看着很满意，认为行头不错。

皮带照例是要漏水的。横亘在马路上的一截皮带，就有好几处喷泉，喷得有丈把高。路上是一片汪洋。

水像银蛇似的往火里钻，咝咝地响。倏时间没有黑烟了，只剩了白烟，又像是云雾。看样子，烧了没有几间房。

"走吧！没有什么了。"有人说。

老远的还有人跑来，直抱怨，跑一身大汗，没看见什么，好像是应该单为他再烧几间房子才好。

观众渐渐散了，像是戏园子刚散戏。

让　座

　　男女向例是不平等的，电车里只有男子让女子座，而没有女子让男子座的事。但是这一句话，语病也就不小。听说在日本国，有时候女子就让座给男子；在我们这个上海，有很多的时候男子并不让座给女子，这不单是听说，我并且曾经目睹了。

　　据说让座一举，创自西欧，我曾潜心考察，恐系不诬。因为电车上让座的先生们，从举止言谈方面观察，似乎都是出洋游历过的，至少也是有一点"未出先洋"的光景。所以电车上让座，乃欧风东渐以后的一点现象。又据说，让座之风在西欧现已不甚时髦，而在我们上海反倒时兴，盖亦"礼失而求诸野"乎？一个年逾半百而其外表又介乎老妈子与太太之间的女人，和一个豆蔻年华而其装束又介乎电影明星与大家闺秀的女人，这在男子的眼里，是有分别的。对于前者，大半是不让座，即使是让，也只限于让座，在心灵上不起变化。

　　我们若把让座当作完全是礼貌，这便无谓；若把让座当作心灵上的慰藉，这便无聊。最好是看看有无让座的必要。譬如说，一位女郎上车了，她的小腿的粗细和你的肚子的粗细差不很多，你让座做甚？叫她站一会儿好了。又一位女郎上车了，足部占面积甚小，腰部占空间甚多，左手拉着孩子，右手提着一瓶酱油，你还不赶快让座？

钥　匙

扃门之锁曰钥，而启锁之器亦曰钥，二义易混，故又名后者为钥翠。翠音匙，今谓之钥匙。

大同之世夜不闭户，当然无须乎锁，从前人家，白昼都是大门敞开，门洞里两条懒凳，欢迎过往人等驻足小坐。到夜晚才关大门，门内有上下插关，此外通常还有一根粗壮的门闩，或竖顶，或横拦，就非常牢靠。只有人口少的小户人家，白天全家外出，门上才挂四两铁。

锁与钥匙最初的形式是简单而粗大，后来逐渐改良，乃有如今精致而小巧的模样。西洋锁有悠久的历史，古埃及和希腊都早有发明。晚近的耶鲁锁风行世界。锁与钥匙给人以种种方便，不仅可以扃门，钱柜、衣柜、书柜、货柜，都可以加锁。如果不嫌烦，冰箱、电视、抽屉、手提箱也可以加锁，甚至于有一种日记本也有锁，藏情书、珠宝的首饰箱也有锁。这种种方便，对于有意做贼的人却是不方便，而且对于主人有时也会引起不大不小的不方便。

最尴尬的情形之一是出门忘了带钥匙，而砰的一声弹簧锁把自己关在门外。我平均两年之内总有一次这样的蠢事。我没有忘记自己健忘，我为自己建立良好的习惯，把一束钥匙常串着放在裤袋里。自以为万无一失。有时候换服装，忘了掏出裤袋里的钥匙，而家人均已外出，其结果是只好在门口站岗，常是好几小时。找锁匠来开门也不是可以立办之事。费时、误事、伤财之外还不能不深自责悔，急出一头大汗。人孰无过，但是屡犯同样过失，只好自承为蠢。记得有一回把自己关在家门外，急得团团转，好不容易请到一位锁匠，不料他向门上瞄了一眼便掉头而去，他说："这样的锁，没法开。"我这才发现我们的门锁有一点古怪，钥匙是半圆形的，钥匙孔也是半圆形的，不知是哪一国的新产品。在这尴尬的情况中有一点沾沾自喜，我有一把不容易被人盗开的锁。

有一种不需钥匙的锁，所谓暗码锁。挂锁上面有四排字，四四十六个字，全无意义相连，转来转去把预定的四个字连成一排，锁就可以打开。这种锁已成古董了。保险箱式的暗码锁则是左转几下，右转几下，再左转几下，再右转几下，锁者然打开。我曾有一个铝质衣柜就有暗锁，我怕忘了暗号，特把暗号写在日记本上。其实柜里没什么贵重东西，暗号锁的装置反倒启人疑窦。如果其中真有什么贵重东西，大力者负之而走，又将奈何？听说有一种锁设有电子装置，不需犬牙参差的钥匙，只要一个录有密码的磁带，插进去引动了锁中小小的电子发动机，锁自然打开。如今西方许多家庭车房大门之遥控电锁，当是这种锁之又进一步的发明，人坐在车里，老远地一按钮，车门自然地于隆隆声中自启或自闭。最新的发明是既不用钥匙亦不用按钮，只要主人大喊一声，锁便能辨出主人的声音，呀然而启。想《天方夜谭》四十大盗之"芝麻，开门！芝麻，开门！"亦不过如是。这都是属于尖端科技之类，一般大众一时尚无福消受，我们只好安于一束束的钥匙之缠身的累赘。

我相信每个人抽屉里都有一大把钥匙，大大小小，奇形怪状，而且是年湮代远，用途不明。尤其是搬过几次家的人，必定残留一些这样的废物。这与竹头木屑不同，保存起来他日未必有用。

把钥匙分组系在一起不失为良好的办法。钥匙圈尚焉。虽说是小玩意儿，但有些个制作巧妙，颇具匠心。我的钥匙圈十来个都是我的小宠物，还不时地添置新宠。常用的有下述几个：

一、照片框，心爱的照片两幅剪下装进框内。其中一幅少不得是我和白猫王子的合照。

二、英文字母，自己的姓氏第一个字L，菁清的姓氏第一个字母H。

三、铜铃一对，放在袋内，走路时哗铃哗铃响。

四、小刀、折刀很有用，裁纸、削水果都用得着它。

五、指甲刀，指甲随时需要修剪，不可一日无此君。

六、小梳，有时候头发吹乱，小梳比五根手指有用。

七、饼干，方方的一块苏打饼干，微有烤焦斑痕，秀色可餐。

八、红中，一块红中麻将牌，可能是真的，角上穿孔系链。虽无麻将瘾，看了也好玩。

九、钱包，可以容纳硬币十枚八枚，打电话足够用。花样繁多，不备载。

奖　券

"人无横财不富，马无夜草不肥。"这道理谁不知道？靠了一点微薄的收入，维持一家的温饱，还要设法撙节，储备不时之需，那份为难不说也罢。可是各种形式的巧取豪夺，若是自己没有那种能耐，横财又从哪里来呢？馅饼会从天下掉下来吗？若真从天上掉下来，你敢接吗？说不定会烫手，吃不了兜着走。

有人想，也许赌博可以带来一笔小小的横财。"舍不得孩子套不着狼"，筹得一点赌资，碰碰运气，说不定就有斩获。打麻将吧，包括卫生的与不卫生的两种在内，长期地磨手指头，总会有时缔造佳绩，像清一色杠上开花什么的，还可能会令人兴奋得大叫一声而亡，或一声不响地溜到桌下。不过这种奇迹不常见。推牌九吧，一翻两瞪眼，没得说的，可是坐庄的时候若是翻出了"皇上"，通吃，而且可以吃十三道的注子，这笔小财就足够折腾好几天了。常言道，久赌无赢家，因为赌资只有那么多，赌来赌去总额不会多，只有越来越少，都被头家抽头拿去了。赌博不是办法，运气不好还可能被捉将官府里去。

无已，买彩票吧。彩票，今称奖券。买奖券也是撞大运，也是赌博的一种，花少量的钱，希冀获得大奖。奖，是劝勉的意思。

《左传·昭公二十二年》："无亢不衷，以奖乱人。"买奖券的人不一定是乱人，但也绝不一定是善人。花几十块钱买彩票，何功何德，就会使老天爷（或财神爷）垂青于你？或者只能说那是靠坟地的风水，祖上的阴功。但是谁都愿试一试看，看坟地风水如何，祖上有无阴功。一试不成，再试，试之不已，也许有一天财气会逼人而来。若是始终不能邀天之幸，次次落空，则所失有限，也不必多所怨尤。

奖券既是赌的性质，赌是不合法的，难道不怕有人来抓赌？这又是过虑。奖券如公然发售，必然是合法的，究竟合的是什么法，民法、刑法、银行法，就不必问。奖券所得如果是为了拨作公益或充裕国帑，更不妨鼓励投机，投机又有何伤？从来没听说过什么人因买奖券而倾家荡产，也从来没听说过什么人因买了奖券就不务正业。

　　我没买过奖券，不是不想发财，是买了奖券之后，念兹在兹，神魂颠倒，一心以为大奖之将至，这一段悬宕焦急的时间不好过。若是臆想大奖到手之后，如何处分那笔横财，买房好还是置地好，左思右想地拿不定主意，更增苦痛。其实中奖的机会并不大，猫咬尿泡的结果不能免，所以奖券还是由别人去买，这笔财由别人去发，安分守己，比较妥当。人非横财不富，看着别人富，不也很好吗？

　　如今时尚是处处模仿西方国家，西方国家有专靠赌博维持命脉的，也有借赌博以广招徕的所谓赌城。各地人士趋之若鹜。我们的国家尚未沦落到这个地步，我们顶多在餐馆用膳的时候，常突然闯进不速之客，有男女老少，每个都低声下气地兜售奖券。他并不强销，他和颜悦色。他不受欢迎的时候多，偶尔也有拒绝买券而又慷慨解囊的人，那就像是施舍了。

　　统一发票是良好制度，而且月月开奖。除了观光饭店和书店之外，很少商家不费唇舌就开发票给我。我若索取，他会应我所求，但是脸上的颜色有时就不好看。所以我不强求，但是每月也积有若干张，开奖翌日报纸上揭露出来，核对号码的时候觉得心在跳。若干年来没有得过一次奖，最起码的尾字奖也不曾轮到过我，只怪自己命小福薄。后来经高人指点，我才知道统一发票的持有人需将发票的号码剪下来贴在明信片上寄交某处，然后才有资格参加摇奖，这是在发票的下端印得明明白白，然而那两行字体特别小，怪我自己昏聩没有注意。可是统一发票带给我无数次的希望，无数次的失望，我并没有从此厌恶统一发票。相反的，统一发票帮过我一次大忙。

　　我和菁清到一个饭店吃自助餐，餐毕付钱，侍者送来零头和发票。我们走到出口处就被人一把揪住了："怎么，没付账就走？"吃白食是我一辈子没想到要做的事。我没有辩白，拿出统一发票给他看。当场受窘的不是我。满脸通红的也不是我。奖券都不买，统一发票还兑什么奖？从此，发票一到手，一出商店门，便很快地把它投到应该投的地方去。

　　看样子，我是与奖无缘。

铜　　像

有人提议在某处山头给孔老夫子建立一座铜像，要高要大，至少在五丈以上，需价值一亿圆左右的铜，否则配不上这位"德侔天地，道冠古今"的伟大人物。还有人出花招，铜像中空，既省料，兼可设梯于其中，缘梯而上，可以登高瞩远。又有人说话了："不行。这样大的铜像，要遮住附近好几个人家的阳光。""不行！那一带常有酸雨，铜像不久就要被腐蚀。"议论纷纷。

孔子生于周灵王二十一年，公元前五五一年，距今两千五百多年，后裔递嬗至今第七十七代，受到历代君王士庶的敬礼。曲阜孔林占地两平方公里，衍圣公府拥有房屋四百六十余间，孔子墓碑有"大成至圣文宣王墓"几个篆字，但是不曾听说在什么地方有孔子铜像。孔子画像我们辗转约略看到的也只有晋顾恺之所绘的像，和唐吴道子所绘的像而已。据说曲阜孔庙大成殿原来奉孔子塑像，早不复存，无可考。

记得我小时候，宣统年间，初上一家私立小学，开学之日，提调莅临，率领一群员生在庭院中对着至圣先师的牌位行三跪九叩礼，起来之后拍拍膝头的尘土，这就是开学典礼了。孔子是什么模样，毫无所知，为什么要给他三跪九叩我也不大明白，现在我们见到的孔德成先生，方面大耳，仪表堂堂（最近减食显得清癯一些），也许可以想见他七十七代远祖当年"温而厉，威而不猛，恭而安"的风度。虽未见过孔子铜像，但是隐隐然在我心中却有一个可敬的印象。如果有人给他塑一个像，是否与我心中印象相合，我不敢说。

民初兴起过一阵子孔教会的活动，我的学校里一方面有基督教青年会，有查经班，另一方面就有孔教会。我参加了孔教会的阵营，当时的活动限于办刊物，举行演讲，为工友及贫民儿童开补习班。五四以后，怀疑之风盛起，对于"孔教"的信仰不免动摇，不久孔教会缺乏支援也就烟消火灭了。奇怪的是，从来没有人想起为孔子立个铜像，甚至于连一个木质的牌位也没有设立。也许幸亏大家不曾到处为孔子立铜像，否则后来"土法炼钢"那一浩劫未必能逃得过。

孔子不是没有幽默感的人。《孔子家语》："孔子适郑，与弟子相失，独立东郭门外，或人谓子贡曰：'东门外有一人焉，其长九尺有六寸，河目隆颡，其头似尧；其颈似皋陶，其肩似子产，然自腰以下不及禹者三寸，累累如丧家之狗。'子贡以告，孔子欣然而叹曰：'形状未也。如丧家之狗，然乎哉！然乎哉！'"这一段记载非常传神。孔子是大高个子，长脸。和弟子们走失了路，独立东郭门外，忧形于色，累然如丧家之狗。"丧家狗"如今是骂人的话，可是孔子听了欣然而叹说："对极了，对极了。"我们如今要是为孔子立铜像，当然只要那副九尺六寸的魁梧身躯，岸然道貌，不会让他带有几分生于乱世道不得行的忧时的气象。

美国西雅图的大学附近有一家日本杂货店，卖稻米、豆腐、瓷器，以及台湾制的蒸笼屉等，后门外有一小块空地做停车场，壁上用英文大书："孔子曰：'凡非本店顾客，请勿在此停车。'"这位日本老板很风趣，虽然是开玩笑，但没有恶意，没有侮辱圣人之意。我们从他的这场玩笑可以看出，若是把孔子当作一个偶像看待，那是多么令人发噱的事。给孔子建五丈多高的铜像，纯然出于敬意，但也近于偶像崇拜，如果征求孔子同意，我想他必期期以为不可。

计 程 车

观光客（包括洋人与华裔洋人）来此观光，临去时，有些人总是爱问他们有何感想。其实何需问。其感想如何，我们早已耳熟能详，其中有一项几乎是每人都会提到的："交通秩序太乱，计程车横冲直撞，坐上去胆战心惊。"言下犹有余悸的样子。我们听了惭愧。许多国家都比我们强，交通秩序井然，开车的较有礼貌。但是，我们自己的国家究竟是我们自己的国家。

尽管我们的计程车不满人意，但不要忘记计程车的前一代的三轮车，更前一代的人力车。居住过上海租界的人应能记得，高大的外国水兵跷起腿坐在人力车上，用一根小木棒敲着飞奔的人力车夫的头，指挥他左转右转，把人当畜生看待，其间可有丝毫礼貌？居住过重庆的人应能记得，人力车过了两路口冲着都邮街大斜坡向东疾行，猛然间车夫为了省力将车把向上一扬，登时车夫悬吊在半空中，两脚乱蹬而不着地，口里大喊大叫，名曰："钓鱼。"坐在车上的人犹如御风而行，大气都不敢喘，岂止是胆战心惊？三轮脚踏车，似乎是较合于人道，可是有一阵子我每日从德惠街到洛阳街，那段路可真不短，有一回遇到台风放雨尾，三轮车好像是扯着帆逆风而行，足足走了将近两个小时，进退不得，三轮车夫累个半死。如今车有四轮，而且马达代替人工，还不知足？

不知足才能有进步。对。不过进步是要一步一步走的，否则便是"跃进"了。不会走，休想跳。要追赶需从后面加紧脚步向前赶，"迎头赶上"怕没有那样的便宜事。

外国的计程车大抵都是较高级的车，钻进去不至于碰脑袋，坐下来不至于伸不开腿，走起来平平稳稳，不至于蹦蹦跳跳。即使不是高级车，多数是干干净净的。开车的人衣履整齐，从没有赤脚穿拖鞋或是穿背心短裤的。但是他们的计程车并不满街跑，不是招手就来的。如果大清早到飞机场，有时候还需前一晚预约，而且车资之高，远在我们的之上。初履日本东京的人，坐计程车由机场到市内，看着计程表由一千两千还往上跳，很少人心脏不跟着猛跳的。我们的计程车，全是小型低级的，且不要问什么自制率，就算它是国货吧，这不足为耻（我

们有的是高级大轿车，那是达官巨贾用的，小民只合坐小车）。一个五尺六寸高
的人坐在车里，头顶就会和车顶摩擦。车垫用手一摸，沙楞楞的全是尘土，谁知
道哪里来的这么多灰尘！不过若能佝偻着身子钻进车厢，蜷着腿坐下，这也就很
不错了。我们的计程车会进步的，总有一天会进步到数目渐渐减少，价格渐渐提
高到大家坐不起而不得不自己买车开车，现在计程车满街跑，应该算是畸形的全
盛时代，不会久。

　　计程车司机劫财施暴的事偶有所闻，究竟是其中的极少数。我个人所遇到的
令人恼火的司机只有下述几个类型。长头发一脸渍泥，服装不整。当然士大夫也
有囚首垢面的，对计程车司机也就不必深责。曾经有一阵子要司机都穿制服，若
要统一服装，没有希特勒一般的蛮干的力量能办得通吗？有时候他口里叼着一根
纸烟开车，风吹火星直扑后座，我请他不要吸烟，他理都不理，再请求他一遍他
就赌气把烟向窗外一丢，顺势啐一口，唾沫星子飞到我脸上来。又有些个雅好音
乐，或是误会乘客都是喜欢音乐的，把音响开得震耳欲聋（已经相当聋的也吃不
消），而所播唱的无非是那些靡靡之音。我请他把声音放小一些，他勉强从命，
老大不愿意地做象征性地调整，我请他干脆关掉，这下子他可光火了，他说：
"这车子是我的！"显然地他忘记了付车资的人暂时地也有一点权利可以主张。
但是我没有作声，我报以"沉默的抗议"。更有一回，司机以为我是人生地不熟
的外来客，南辕北辙地大兜圈子。我发现有异，加以指正。他恼羞成怒，立刻脸
红脖子粗，猛踩油门，突转硬弯，在并不十分空荡的路面上蛇行疾驶，遇到红灯
表演紧急刹车。我看他并没有与我偕亡的意思，大概只是要我受一点刺激，紧张
一下而已。为了使他满足，我紧握把手，故作紧张状，好像是准备要和他同归于
尽的样子。遇到这样的事，无须惊异，天下是有这等样的人，不过偶然让我遇到
罢了。从前人说，同搭一条船便是缘。坐计程车，亦然。遇上什么样的司机也是
前缘注定，没得说。

　　绝大多数司机是和善的。尤其是年纪比较大些的，胖胖墩墩的，一脸的老实
相，有些个还颇为健谈。

　　"老先生哪里人呀？"

　　"北平。"

　　"我一听就知道啦。"

　　"您高寿啦？"

"还小呢，八十出头。"

"嗬！"他吓一跳，"保养得好！"

就这样攀谈下去，一直没个完，到我下车为止。更有些个善于看相，劈头就问："您在什么地方上班？"

我没作声。他在反光镜中再瞄我一眼，自言自语地说："不像是做官的。"我哼了一声。他又补充一句："也不像做买卖的。"他逗起了我的好奇，我就反问："你说我像是干什么的呢？"

"大约是教书的吧？"我听到心头一凛，被他一语摸清了我的底牌。退休了二十年，还没有褪尽穷酸气。

又有一次我看见车里挂着一张优良驾驶奖状，好像是说什么多少年未出事故。我的几句赞扬引出司机的一番不卑不亢的话："干我们这一行的，唉，要说行车安全，其实我们只有百分之五十的把握，"说到这里话一顿，他继续说，"另外百分之五十是操在别人手里。"我深韪其言，其实无论干哪一行，要成功当然靠自己，然而也要看因缘。

健　忘

是爱迪生吧？他一手持蛋，一手持表，准备把蛋下锅煮五分钟，但是他心里想的是一桩发明，竟把表投在锅里，两眼盯着那个蛋。

是牛顿吧？专心做一项实验，忘了吃摆在桌上的一餐饭。有人故意戏弄他，把那一盘菜肴换为一盘吃剩的骨头。他饿极了，走过去吃，看到盘里的骨头叹口气说："我真糊涂，我已经吃过了。"

这两件事其实都不能算是健忘，都是因为心有所旁骛，心不在焉而已。废寝忘餐的事例，古今中外尽多的是。真正患健忘症的，多半是上了年纪的人。小小的脑壳，里面能装进多少东西？从五六岁记事的时候起，脑子里就开始储藏这花花世界的种种印象，牙牙学语之后，不久又"念、背、打"，打进去无数的诗云、子曰，说不定还要硬塞进去一套ABCD，脑海已经填得差不多，大量的什么三角儿、理化、中外史地之类又猛灌而入，一直到了成年，脑子还是不得清闲，做事上班、养家糊口，无穷无尽的阘茸事又需要记挂，脑子里挤得密不通风，天长日久，老态渐臻，脑子里怎能不生锈发霉而记忆开始模糊？

人老了，常易忘记人的姓名。大概谁都有过这样的经验：蓦地途遇半生不熟的一个人，握手言欢老半天，就是想不起他的姓名，也不好意思问他尊姓大名，这情形好尴尬，也许事后于无意中他的姓名猛然间涌现出来，若不及时记载下来，恐怕随后又忘到九霄云外。人在尚未饮忘川之水的时候，脑子里就开始了清仓的活动。范成大诗："僚旧姓名多健忘，家人长短总佯聋。"僚旧那么多，有几个能令人长相忆？即使记得他相貌特征，他的姓名也早已模糊了，倒是他的绰号有时可能还记得。

不过也有些事终生难忘的，白居易所谓："老来多健忘，唯不忘相思。"当然相思的对象可能因人而异。大概初恋的滋味是永远难忘的，两团爱凑在一起，迸然爆出了火花，那一段惊心动魄的感受，任何人都会珍藏在他和她的记忆里，忘不了，忘不了。"春风得意马蹄疾"的得意事，不容易忘怀，而且唯恐大家不知道。沮丧、窝囊、羞耻、失败的不如意事也不容易忘，只是捂捂盖盖的，不愿意一再地抖搂出来。

忘不一定是坏事。能主动地彻底地忘，需要上乘的功夫才办得到。《孔子家语》："哀公问于孔子曰：'寡人闻忘之甚者，徙而忘其妻，有诸？'孔子曰：'此犹未甚者也。甚者乃忘其身。'"徙而忘其妻，不足为训，但是忘其身则颇有道行。人之大患在于有身，能忘其身即是到了忘我的境界。常听人说，忘恩负义乃是最令人难堪的事之一。莎士比亚有这样的插曲——

> 吹，吹，冬天的风，
> 你不似人间的忘恩负义
> 那样的伤天害理；
> 你的牙不是那样的尖，
> 因为你本是没有形迹，
> 虽然你的呼吸甚厉……
> 冻，冻，严酷的天，
> 你不似人间的负义忘恩
> 那般的深刻伤人；
> 虽然你能改变水性，
> 你的尖刺却不够凶，
> 像那不念旧交的人……

其实施恩示义的一方，若是根本忘怀其事，不在心里留下任何痕迹，则对方根本也就像是无恩可忘无义可负了。所以崔瑗座右铭有"施人慎勿念，受施慎勿忘"之语。马可·奥勒留说："我们遇到忘恩负义的人不要惊讶，因为世界上就是有这样的一种人。"这种见怪不怪的说法，虽然洒脱，仍嫌执着，不是最上乘义。《列子·周穆王》篇有一段较为透彻的见解：

> 宋阳里华子，中年病忘。朝取而夕忘，夕与而朝忘；在途则忘
> 行，在室则忘坐；今不识先，后不识今。阖室毒之。巫医皆束手无策。
> 鲁有儒生自媒能治之。华子之妻以所蓄资财之半求其治疗之方。儒生
> 曰："此非祈祷药石所能治。吾试化其心，变其虑，庶几其瘳乎？"于

是试露之，而求衣；饥之，而求食；幽之，而求明。儒生欣然告其子曰："疾可已也，然吾之方密传世，不以告人。试屏左右，独与居室七日。"从之。莫知其所施为也，而积年之疾一朝尽除。华子既悟，乃大怒，黜妻罚子，操戈逐儒生。宋人执而问其以，华子曰："曩吾忘也，荡荡然不觉天地之有无。今顿识既往，数十年来存亡得失、哀乐好恶，扰扰万绪起矣。吾恐将来之存亡得失、哀乐好恶之乱吾心如此也。须臾之忘，可复得乎？"子贡闻而怪之，以告孔子。孔子曰："此非汝所及乎。"

然而健忘，自有诸多不便处。有人曾打电话给朋友，询问自己家里的电话号码。也有人外出餐叙，餐毕回家而忘了自家的住址，在街头徘徊四顾，幸而遇到仁人君子送他回去。更严重的是有人忘记自己是谁，自己的姓名、住址一概不知，真所谓物我两忘，结果只好被人送进警局招领。像华子所向往的那种"荡荡然不觉天地之有无"的境界，我们若能偶然体验一下，未尝不可，若是长久地那样精进而不退转，则与植物无大差异，给人带来的烦恼未免太大了。

签　字

　　一个人愿意怎样签他的名字，纯属于他个人的事，他有充分自由，没有人能
干涉他。不过也有一个起码的条件，他签字必须能令人认识，否则签字可能失了
意义，甚至带来不必要的烦恼。有一次，一个学校考试放榜前夕，因为弥封编号
的关系，必须核对报名表以取得真实姓名，不料有一位考生在报名上的签字如龙
飞凤舞，又如春蚓秋蛇，又似鬼画符，非籀非篆，非行非草，大家传观，各做了
不同的鉴定。有人说这样的考生必非善类，不取也罢。有人惜才，因为他考试的
成绩很好。扰攘了半晌，有人出了高招，轻轻地揭下他的照片，看看照片背面的
签字式是否可资比较。这一招，果然有分教，约略地看出了这位匠心独运的考生
的真实姓名。对于他的书法，大家都摇头。我没有追踪调查该生日后是否成了一
位新潮派的画家或现代派的诗人。

　　支票的签字可以任意勾画，而且无妨故出奇招，令人无从辨识，甚至像是一
团乱麻，漆黑一团亦无不可，总之是要令人难以模仿。不过每次签字必须一致，
涂鸦也好，墨猪也好，那猪那鸦必须永远是一个模式。在其他的场合就怕不能这
样自由。有不相识的人写信给我，信的本身显示他很正常，但是他的正常没有维
持到底，他的姓名我无法辨识，而信又有作复的必要。我无可奈何只好把他的签
字式剪下来贴在复信的信封上，是否可以寄达我就不知道了，这位先生可能有一
种误会，以为他的签字是任何读书识字的人所应该一看就懂的。

　　我们中国的字，由仓颉起，而甲骨、而钟鼎、而篆、而隶、而行、而草、
而楷，变化多端，但是那变化是经过演化而约定俗成的。即使是草书其中也有一
定的标准写法，并不是每个人都可以潦草地任意大笔一挥。所以有所谓"标准草
书"，草书也自有其一定的写法。从前小学颇重写字课，有些教师指定学生临写
草书千字文，现在没有人肯干这种傻事了。翻看任何红白喜事的签到簿，其中总
会有些令人啼笑皆非的签字式。有些画家完成巨构之后签名如画押。八大山人签
字式很怪，有人说是略似"哭之笑之"，寓有隐痛。画不如八大者不得援例。

　　签字式最足以代表一个人的性格。王羲之的签字有几十种样式，万变不离其

宗，一律的圆熟俊俏。看他的署名，不论是在笺头或是柬尾，一副翩翩的风致跃然纸上，他写的"之"字变化多端，都是摇曳生姿。世之学逸少书者多矣，没人能得其精髓，非太肥即太瘦，非太松即太紧，"羲之"二字即模仿不得。

有人沾染西俗，遇到新闻人物辄一拥而上，手持小簿，或临时撕扯的零张片楮，请求签名留念。其实那签字之后，下落多半不明，徒滋纷扰而已。我记得有一年，某省考试公费留学，某生成绩不恶，最后口试，他应答之后一时兴起，从衣袋里抽出小簿，请考试委员一一签名留念，主考者勃然大怒，予以斥退，遂致名落孙山。

雁塔题名好像是雅事，其实俗陋可哂。雁塔上题名者不仅是新进士，僧道庶士亦杂列其间。流风遗韵到今未已，凡属名胜，几乎到处都有××到此一游的题记，甚至于用刀雕刻以期芳名垂诸久远。三代以下唯恐其不好名，不过名亦有善恶之别。

我记得某家围墙新敷水泥，路过行人中不知哪一位逸兴遄飞，拾起一块石头或木棍之类，趁水泥湿软未干，以遒劲的笔法大书"王××"三个字，事隔二十余年，其题名犹未漫漶，可惜他的大名实在不雅。

制　服

学生要穿制服，就是到了大学阶段在军训的时间仍然要穿制服。我记得在若干年前，有一个学生在军训时间不肯穿制服，穿着一条破西装裤一件敞着领口的白衬衫就挤进队伍里去。教官点名，一眼就看出他来，严词申斥，他报以微笑，做不屑状。教官无可奈何，警告了事。下一次军训时间他依然故我，吊儿郎当，教官大怒，乃发生口角。事闻于当局，拟予开除处分。我主从宽，力保予劝诱使之就范。于是我约他到家谈话，坦告所以。

这位青年眉毛一耸，冷冷一笑，说："我以为梁先生是自由主义者，怎么，梁先生你也赞成穿制服吗？"

我说："少安毋躁，听我解释。我并不赞成我们学校的学生平时穿制服，可是军训有模拟军队的意味，你看古今中外哪一国的军队（除了便衣队或游击队）不穿制服？军队穿制服，自有其一番道理。所以军训时穿制服，也自有其一番道理。学校既然有此规定，而你不守规则，这便成了纪律问题。在任何一个团体里不守纪律是要处罚的。为今之计，你有两条路好走：一是服从规定，恪守纪律，此后军训穿起制服；一是坚持你的个人自由，宁愿接受纪律制裁。如果你选后者，大可自动退学，不过听候除名亦无不可。"

他的意思好像有一点活动，他说："你劝我走哪一条路呢？"我说："此事要由你自己决定。如果你肯委屈自己一下，问题就解决了。天下本来没有绝对的自由。为了纪律，牺牲一点自由，也是常有的事。如果你太重视自己的主张，甘愿接受后果也不肯让步，对你这份为了原则而不放弃立场的道德勇气，我也是很能欣赏的。"

他在沉思。我乘机又说了一个故事。英国哲学家罗素在第一次世界大战时，因为公然放言反对战争，被捕下狱，并处罚款。罗素一声不吭地付了罚款，走进监狱，毫无怨言。他要说的话，他说了；他该受的惩罚，他受了。言论自由没有受到损伤，国家的法律也没有遭到破坏。这就是民主政治之可贵的一面。一个有道德勇气的人是可钦佩的，但是他也要有尊重法律的风度。

　　他默默地站起来告辞而去，看那样子有一点悻悻然。

　　下次军训时间，他穿上了制服，虽然帽子歪戴着，领扣未结。教官注视了他一眼，他立刻发言道："不要误会，我不是遵从你的命令，我是听了梁先生的劝告！"

　　好一个倔强的孩子！

职　业

　　职业，原指有官职的人所掌管的业务，引申为一切正当合法的谋生糊口的行当。一百二十行，乃至三百六十行，都可视为职业。纤青拖紫，服冕乘轩，固然是乐不可量的职业，引车卖浆，贩夫走卒之辈，也各有其职业。都是啖饭，唯其饭之精粗美恶不同耳。

　　宋沈括《梦溪笔谈》："林君复多所乐，唯不能着棋，尝言：'吾于世间事，唯不能担粪着棋耳！'"一着棋与担粪并举，盖极形容二者皆为鄙事，表示不屑之意。在如今看来，担粪是农家子不可免的劳动，阵阵的木樨香固然有得消受，但是比起某一些蝇营狗苟的宦场中人之蛇行匍伏，看上司的嘴脸，其龌龊难当之状为何如？至于弈棋，虽曰小道，亦有可观，比饱食终日言不及义要好一些，且早已成为文人雅士的消遣，或称坐隐，或谓手谈。今则有职业棋士，犹拳击之有职业拳手。着棋也是职业。

　　我的职业是教书，说得文雅一点是坐拥皋比，说得难听一些是吃粉笔末。其实哪有皋比可坐，课室里坐的是冷板凳。前几年我的一位学生自澳洲来，贻我袋鼠皮一张，旋又有绵羊皮一张，在寒冷时铺在我房里的一把小小的破转椅上，这才隐隐然似有坐拥皋比之感。粉笔末我吃得不多，只因我懒，不大写黑板书。教书好歹是个职业，至于在别人眼里这是什么样的一种职业，我也管不了许多。通常一般人说教书是清高的职业，我听了就觉得惭愧。"清"应该作"清寒"解，有一阵子所谓清寒教授在逢年过节的时候可以轮流领到小小一笔钱，是奖励还是慰问，我记不得了，我也叨领过一两次，具领之际觉得有一丝寒意，清寒的寒。至于"高"，更不知从何说起了，除非是指那座高高的讲台。

　　有些心直口快的人对于教书的职业做了较彻底的评估。记得我在抗战胜利后返回家乡，遇到一位拐弯抹角的亲戚，初次谋面不免寒暄几句，他问我"在什么地方得意"，我据实以告，在某某学校教书，他登时脸色一变，随口吐出一句真言："啊，吃不饱，饿不死。"这似是实情，但也是夸张。以我所知，一般教授固然不能像东方朔所说"侏儒饱欲死"，也不见得都像杜工部所形容的"甲第纷纷厌粱肉，广文先生饭不足"，饭还是吃饱了的，没听说有谁饿死，顶多是脸上略有菜色而已。然而我听了这样率直的形容，好像是在人面前顿时矮了一截。在这"吃不饱、饿不死"状态之下，居然延年益寿，拖了几十年，直到"强迫退休"之后又若干年的今天。说不定这正是拜食无求饱之赐。

有一回应邀参加一次宴会，举座几乎尽是权门显要，已经有"衣敝缊袍，与衣狐貉者立"的感觉，万没想到其中有一位却是学优而仕平步青云的旧相识，他好像是忘了他和我一样在同一学校曾经执教，几杯黄汤下肚之后，他再也按捺不住，歪头苦笑睨我而言曰："你不过是一个教书匠，胡为厕身我辈间？"此言一出，一座尽惊。主人过意不去，对我微语："此公酒后，出言无状。"其实是酒后吐真言，"教书匠"一语夙所习闻，只是樽俎间很少以此直呼。按说教书而能成匠，亦非易事。必须对其所学了如指掌，然后才能运用匠心教人以规矩，否则直是戾家，焉能问世？我不认为教书匠是轻蔑语。

如今在学校教书，和从前不同，像马融"坐高堂，施绛纱帐，前授生徒，后列女乐"那样的排场，固然不敢想象，就是晚近三家村的塾师动不动拿起烟袋锅子敲脑壳的威风亦不复见。我小时候给老师送束脩，用大红封套，双手奉上，还要深深一揖。如今老师领薪，要自己到出纳室去，像工厂发工资一样。教师是佣工的性质。听说有些教师批改作文卷子不胜其烦，把批改的工作发包出去，大包发小包，居然有行有市。

尊师重道是一个理想，大概每年都有人口头上说一次。大学教授之"资深优良"者有奖，照章需要自行填表申请。我自审不合格，故不欲填表，但是有一年学校主事者认为此事与学校颜面有关，未征同意就代为申请了，列为是三十年资深优良教师之一。经层峰核可，颁发奖金匾额。我心里悬想，匾额之颁发或有相当仪式，也许像病家给医师挂匾，一路上吹吹打打，甚至放几声鞭炮，门口围上一些看热闹的人。我想错了，一切从简。门铃响处，一位工友满头大汗，手提一个相当大的镜框（比理发店墙上挂的大得多），问明主人姓氏，像是已经验明正身，把手中的镜框丢在地上，扬长而去。镜框里是四个大字（记不得是什么字了），有上款下款，朱印烂然。我叹息一声，把它放在我认为应该放置的地方。

教书这种职业有其可恋的地方。上课的时间少，空余的闲暇多，应付人事的麻烦少，读书进修的机会多。俗语说："讨饭三年，给知县都不做。"实在是懒散惯了，受不得拘束。教书也是如此，所以我滥竽上庠，一蹭就是几十年，直到有一天听说法令公布，六十五岁强迫退休。退休是好事，求之不得，何必强迫？我立刻办理手续，当时真有朋友涕泣以告："此事万万使不得，赶快申请延期，因为一旦退休，生活顿失常态，无法消遣，不知所措。可能闷出病来，加速你的老化。"我没听。今已退休二十年，仍觉时间不够用，一天只有二十四小时。

退休给我带来一点小小的困扰。有一年要换新的身份证。我在申请表格职业栏里除原有的"某校教授"字样下面加添一个括弧，内书"退休"二字。办事的老爷大概是认为不妥。新身份证发下，职业一栏干脆是一个"无"字。又过几年，再换身份证，办事的老爷也许也发觉不妥，在"无"字下又添了一个括弧，内书"退休"。其实职业一栏填个"无"字并不算错。本来以教书为业，既已退休，而且是当真退休，不是从甲校退休改在乙校授课，当然也就等于是无业，也可说是长期失业。只是"无业"二字，易与"游民"二字连在一起，似觉脸上无光。可是回心一想，也就释然。《大戴礼记·曾子立事第四十九》："其少不讽诵，其壮不论议，其老不教诲，亦可谓无业之人矣。"我是地地道道的一个"无业之人"。

书　　法

　　《颜氏家训》第十九："真草书迹，微须留意。江南谚云：'尺牍书疏，千里面目也。承晋宋余俗，相与事之，故无顿狼狈者。吾幼承门业，加性爱重，所见法书亦多，而玩习功夫颇至，遂不能佳者，良由无分故也。然而此艺不须过精。夫巧者劳而智者忧。常为人所役使，更觉为累。韦仲将遗戒，深有以也……'"

　　这一段话很有意思。颜之推教子弟留意书法，但无须过精，这就和他教子弟做官但不可做大官的意思一样，要合乎中庸之道，真不愧为"儒雅为业"的口吻。他说此艺不可过精，理由是怕为人役，他举了韦仲将的往事为戒。韦诞，字仲将，三国魏京人，工文善书，明帝时官侍中，凌云殿成，匠人一时糊涂，榜未题字就挂上去了，乃命诞上去补写。用辘轳引他上去，写完之后须发皆白。大概此人患有"高空恐惧症"，否则不至于吓成那个样子。可谓艺高而胆不大。然人为书名所累，其事亦大可哀。

　　这样尴尬的事，现在不会再有。世人重名，不大懂得书的工拙。而有一些自以为能书者，不知藏拙，遇有机会题匾书匾写市招，辄欣然应命。常在市肆间见擘窠大字，映入眼底，俨然名人墨迹，实则抛筋露骨，拘挛歪斜，如死蛇僵蚓，或是虚泡囊肿，近似墨猪，名副其实的献丑。

　　或谓毛笔式微，善书者将要绝迹。我不这样悲观。书法本来不是尽人能精的。自古以来，琴棋书画雅人深致，但是卓然成家者能有几人？而且善棋者未必都能琴，善画者未必皆精于书，艺有专长，难于兼擅。当今四五十岁一代，书法佳妙者亦尚颇有几位，或"驰驱笔阵""其腕似铁"，或大笔如椽，龙舞蛇飞。我都非常喜爱，雅不欲厚古薄今。精于书法者，半由功力，半由天分，不能强致。读书种子不绝，书法即不会中断。此事不能期望于大众，只能由少数天才维持于不坠。我幼时上学，提墨盒，捧砚台，描红模子，写九宫格，临碑帖，写白折子，颇吃了一阵苦头，但是不久，不知怎的毛笔、墨盒、砚台都不见了，代之而兴的是墨水钢笔、原子笔。本来写书信、写稿子都是用毛笔的，一下子改用了钢笔、原子笔。在我个人，现在用毛笔写字好像是介乎痛苦与快乐之间的一种活动。偶然拿起毛笔，顿时觉得往事如烟，似曾相识。而摇动笔杆，有如千钧之重，挥毫落纸，全然不听使唤，其笨拙不在"狗熊耍扁担"之下。在故宫博物院，看到名家书法，例如王羲之父子的真迹，如行云流水一般的潇洒，"纤纤乎似初月之出天涯，落落乎犹众星之列河汉"，我痴痴地看，呆呆地看，我爱，我恨，我怨，爱古人书法之高妙，恨自己之不成才，怨上天对一般人赋予之吝啬。

虽然书法不是不尽能精，也不一定要人人都能用毛笔，最低限度传统写字的方法是应该尊重的。仓颉造字，我们却不能随便地以仓颉自居。简体字自古有之，不自今日始，但是简也有简的道理，而且是约定俗成，不是可以任意乱来的。草书有用，并且很美，但是也有一定的草法，章草、狂草都有一定的结构格局。于右任先生提倡的标准草书可谓集大成。书法常能表现一个人的性格风度，郑板桥的字怪，因为他人怪，我们欣赏他的字而不嫌其怪。他的诗书画融为一体，三绝其实只是一绝。蒋心馀论板桥的几句诗："板桥作字如写兰，波磔奇古形翩翩。板桥写兰如作字，秀叶疏花见奇致。"他写竹也是如同作书。有板桥那样的情怀才能有那样的书画。有人看他写的"难得糊涂"四个大字便刻意模仿，居然把他的怪处模拟得有几分像是真的，这不仅是如东施之效颦，简直是如孙寿的龋齿笑，徒形其丑。孙过庭《书谱》说："初学分布，但求平正，既知平正，务追险绝，既能险绝，复归平正。"书家练过险绝的阶段还是归于平正的。初学的人求其分布平正，已经不易，不必一下手便出怪。我看见有些年轻人写字时常不守规矩，例如把"口"字一律写成为"人"字，甚至"田"字、"国"字也不例外，一律写成为尖头怪胎。颜之推所说："尺牍书疏，千里面目。"像这样的面目简直是面目可憎。

大 学 校 长

三月十六日美国的《新闻周刊》上有关于英国牛津大学校长的报道，很有趣。其说如下：

牛津大学校长是终身职务，没有薪给。他也不需要做多少事，只要偶尔披戴起中古流传下来的方帽长袍，用拉丁文发表一篇演说。任何人想谋求这个职位，不必做竞选那一套把戏。前首相麦克米伦担任这校长职达二十六年之久，去年十二月以九十二岁高龄逝世，他曾回忆说："当年没有选举演说，没有竞选运动，没有讲演，没有电视。"但是这职位有特殊的声望，因为它已有七百多年的历史。因此目前有三位英国政坛知名之士都想在本星期内的选举中做麦克米伦的继任者，英国报界竞相报道。

校长是经由选举而产生的，不是官派的。凡是牛津大学出身、拥有硕士学位者都有投票选举权，大约为数四万，实际参加选举的恐不过十分之一。候选者本人虽不竞选，其支持者则有代为奔走之事。现在校长出缺，有意继任者三人，而且带有政治意味，可视为现任首相撒切尔夫人声望之测量器。一位候选人是她的劲敌，前首相希兹，乃保守党中之自由派，撒切尔于一九七五年夺去其保守党领袖之位置。另一位候选人杰金斯乃社会主义者之中间派，过去在工党政府中担任过阁员，曾协助建立社会民主党。和这二位齐头并进竞取此职者是布雷克爵士，著名的牛津历史学者，和保守党有密切的政治联系，被人视为"撒切尔的人"。

杰金斯一派人士称他为"妇女界候选人"。他的拥护者包括朗福德夫人及其女弗雷塞，母女均为英国著名作家。布雷克的一位支持者斥私财三千元作为致函各处牛津人劝导投票的邮资。有人说："大学校长的位置不该作为失意政客的慰劳品。"

牛津大学第一位校长格罗塞台斯特于一二二四年当选，厥后有一大串著名人士继其职位，他们看了目前状况恐怕不免一惊。他们当中包括克伦威尔、威灵顿公爵、维多利亚女王之夫阿尔伯特亲王等。圣约翰斯提瓦斯，英国作家与政治家，是希兹的最有力支持者之一，他说这番大学校长之争不仅是个人资望之考验。目前英国大学面临政府补助锐减之际，牛津大学需要一位能设法抵抗吝啬政府的人物。"这次选举不会是英国的古怪习俗之又一次表演，"圣约翰斯提瓦斯说，"将是委任一位在国内外享有声望且能保卫牛津、剑桥一类伟大大学的人物。"牛津的下一位校长恐将有点事情要做了。

以上是《新闻周刊》驻伦敦的两位记者的报道。选举结果如何，尚不知悉。我们看了以上报道有何感想？

牛津大学是英国最古老的大学，创于一一六八年，由三十四个学院、五个私人办的讲堂组成。每个学院独立自主，早期以神学与人文科学著名，自从罗杰·培根加入，自然科学也受重视。目前学生在万人以上。我们中国现在尚无这样规模宏大历史悠久的大学。

大学校长不由官方委派，而由校友中有硕士学位者选举，由我们现在看来应该算是件新鲜事。大学校长而没有薪给且为终身职务，更是一件新鲜事。牛津大学校长虽不必做什么事，偶尔用拉丁文发表一篇演说，其事亦颇不简单。现在有几个人能说拉丁文？听众中有几个人能听得懂？大学校长所以肯做这样的事，恐怕其用意不外是维持传统。凡是传统，如果没有衍生出什么害处，都不妨维持。学校而能培养出一个传统，是很不容易的，要推翻一个传统往往易如反掌。

一位理想的大学校长应该具备什么条件，我想大家心里有数，虽不必尽同，可能大致不差。不必年高，但是一定要德劭。要学有专长，但是也要见多识广，器度恢宏。要精明强干，同时也要礼贤下士。要能广筹经费，也要取之有道……这样说下去，我们心目中一位理想的大学校长简直就是曾涤生所谓"有民胞物与之量，有内圣外王之业"的"天地之完人"。完人到哪里去找？

孔诞日与教师节

今天是孔诞日与教师节，两个好日子落到同一天，甚有意义。

其实孔子诞日究竟是哪一天，颇费推敲。据史书记载，孔子生于鲁襄公二十一年十一月庚子日，按照周历十一月算是正月，所以《史记》就把鲁襄公二十一年写成二十二年。十一月庚子日是八月二十七日，这是依阴历的说法。我们改用阳历后，却依旧以八月二十七日为孔子诞辰。按阳历推算，阴历八月二十七日应该是阳历九月二十八日，故从一九五二年起，乃改以每年阳历九月二十八日为孔子诞辰。

孔子德侔天地，万世师表，所以从一九五二年起台湾明定以孔子诞日为教师节。一面中枢祭孔，一面各地举行敬师的活动。可见孔子与教师的关系十分密切。

尊师重道是我国传统中很重要的一个项目。说得最透彻的我以为无过于《荀子》大略篇的这几句话："国将兴，必贵师而重傅。贵师而重傅，则法度存。国将衰，必贱师而轻傅。贱师而轻傅，则人有快。人有快，则法度坏。"（快是恣肆的意思）直把尊师当作国之兴衰的主要原因。所谓尊师并不仅是对于教师个人表示敬意与慰劳，更重要的是对于教师所传授的道表示重视。道是什么？道就是我国文化的传统，包括学术道德的全部。所以"尊师重道"四个字总是连起来说。因为重道，所以才尊师。

不要以为师的责任在传道，师便是泥古而且保守。孔子说："温故而知新，可以为师矣。"温故是熟习故旧的学问，知新是研讨新的知识。亦即所谓博古通今。能温故知新才合于为师之道。换言之，为师者本身需要不断地进修，随时充实自己，不但充实本身的学问，而且"学不厌，诲不倦"的精神也可以作为后生小子的楷模。自从近代教育趋重专业分科，一般学子以及教师渐有偏重新知疏于温故之势。王充论衡："温故知新，可以为师，古今不知，称师如何？"温故知新，应该并重。用现代语来说，我们需要专门知识，也要通才教育。博古通今的教师才能负起承上启下的重担。

"经师易遇，人师难遭。"（语见《后汉书·灵帝纪上》）所谓人师，乃德行才识并皆卓越，可以为人师表者，不仅专治一经，不必在朝在位。《荀子》儒效篇："近者歌讴而乐之，远者竭蹶而趋之，四海之内若一家，通达之属莫不从服，夫是之谓人师。"盖极形容德学俱隆之士之所以为大众所推崇。像这样的人师之最高的表率当然是孔子。

孔子一生的遭遇并不顺利，虽然他不是没有学而优则仕的机会。刘向《说苑》立即篇有一段关于孔子的故事：

> 孔子见齐景公，景公致廪丘以为养，孔子辞不受，出为弟子曰："吾闻君子当以功受禄。今说景公，景公未之行，而赐廪丘，其不知丘甚矣！"遂辞而行。

《吕氏春秋》也有同样的记载，并附以评语："孔子布衣也，官在鲁司寇，万乘难与比行，三王之佐不显焉，取舍不苟也夫！"这就是孔子的人格，不为利诱。就孔子不见阳货一事而论，也可看出他的操守。像他这样耿介的人，只好栖栖皇皇地周游列国之后专心教诲他的生徒了。孔子弟子三千余人，真是桃李满天下，虽然他周游的区域不广，大概不出今之河南、山东两省，在当时能拥有这样多的徒众，其声誉之隆可想而知。

设帐授徒是清苦的事，古今中外莫不皆然。子曰："士志于道而耻恶衣恶食者，未足与议也。"所以他就夸奖子路："衣敝缊袍，与衣狐貉者立而不耻者，其由也与？"孔子心目中的君子是"食无求饱，居无求安"，"发愤忘食，乐以忘忧"。孔子安贫乐道的作风，一直影响到如今许多人士。今之世有集体罢工要求加薪者、有集会提议自行调整待遇者，尚鲜闻教师有争取更多的束脩者。投身教师行列者，本应志不在此。

由于时代不同，今之师生关系和以往大有差异。孔子弟子三千，真及门而比较长期受教身通六艺者不过七十余人。孔子为人师大概有四十年的经验。如今我们的学校教师届退休年龄者有几位说得出七十几个学生的姓名？如今学校与教师之间有聘约，类似雇佣的关系，而学生近似顾客。学生人数众多，师生接触机会很少。中国学生素无发问的习惯，教师上课几乎全是一人表演性质。师生的关系渐渐其淡如水。

　　我想教师所能得到的真正的快乐，不是区区的一点奖金，也不是一纸奖状或一块匾额，更不是一席饮宴，或是被邀游园，而是看着一批批的青年学子健康地成长，而且其中很多能在学术事功上卓然有成。

　　孔子是一个谦逊的人。他说："我非生而知之者；好古，敏以求之者也。"他不是天才，但是他肯用功。而且"知之为知之，不知为不知"，他有所谓"知识上的诚实"，尤足为人师法。在这孔诞与教师节的今天，为人师者于欢欣鼓舞之余，恐不免要追思孔子的风范，而益奋发砥砺，以期教学相长。

超 级 市 场

　　埃及废王法鲁克在位时曾出游美国，觉得美国的厨房和厕所的设备最好，临行时各买了一全套带回去。我若是他，于厨房、厕所供自家享用之外还要搬回至少一个整个的超级市场给国人见识见识。

　　超级市场始于四十年代，目前在全美国有好几万个（一九六三年即已有三万零九百个）。从前几乎每个街角上都有的小型食品杂货店，如今好像是绝迹了。我相信一定有很多人怀念那些小店，顾主都是邻近居民，主客之间有亲切之感，打个电话即可送货到家，方便之至。现在社会结构变了，大规模的零售市场成为必需。不过超级市场的确是非常诱人的地方。

　　文蔷每星期四买菜，星期三晚细看报纸广告，看哪一家的货色比较价廉，哪一家有什么特别减价货，事实上总是照顾Safeway的时候多。我常陪她去买菜，所以对于超级市场也有一点认识。

　　超级市场的特色大家都知道，不过以我们中国人的眼光来看，其主要特色应该是它的清静整洁。里面空气清新，没有腥膻腐臭的味道，地上一尘不染，没有鸡毛蒜皮、污泥脏水，不漏雨，不飕风，不闷蒸。第二个特色是里面人多而不嘈杂。每件东西都标价，不二价，根本没有人和你讲价还价，你自己选，自己动手拿，自己推着车子，走到亮着灯的柜台前面排队付款。和任何人可以不交一语而交易完成。进市场是一件乐事，若不是时间宝贵，两条溜酸的腿不肯合作，真不想买完东西就匆匆离去。

　　美国的超级市场的产生是为适应他们的主妇的需要。主妇忙，不能天天买菜，不能在那里掂斤论两，不能在那里讲价杀价，所以自然生出这种简截了当的制度。在这里生杀活鸡、活鱼是办不到的，主妇在家里也没有那么多精力专用在烹调上面，营养无缺就算，无暇多费手脚。除了萝卜、白菜之类，一切都用塑胶纸包得紧绷绷的，三个桃子一包，五个李子一包，四根鸡腿一包，半斤咸肉一包……为了满足俭省的主妇起见，每个市场都有特价品，真的特价。还有削价品，例如昨天没有卖完的面包之类（反正新鲜面包也要存放冰箱里好几天才能吃完，买昨天的面包就等于在自家冰箱里多放一天）。除了食品之外，市场也兼营日常用品，诸如厨房用具，妇女化妆品，以及盆景、烟、酒、杂志之类，应有尽有，另外还附设小吃柜台卖些咖啡、点心。

假如这样的一个市场搬回到我们国内，与"国情"是否相合不无问题。讨价还价惯了的人，不争到脸红脖子粗是不能心安理得的。一看肉是冻的，鱼是死的，谁都会摇头而去。而且买完青菜之后顺便讨取的一块姜、几根葱恐怕也要落空。屋里空气调节，到夏天来乘凉的人必将多于顾客。大流氓、小流氓，必然地要在这里啸聚，想到这里，憬然于全盘西化之不可行，而超级市场搬回国内之议亦以暂缓为宜。

最初的一幕

记忆的泉

涌出痛苦的水，

结成热泪的晶！

回想我二十岁那年，竟做了我一生的关键，竟做了这篇小说的开场！

墙上挂着的日历，被我一张一张地撕下去五分之一了；和暖的春风把柳丝也吹绿了；池水油似的碧着；啾啾的雀儿，在庭前跳跃，代替了呱呱叫着的老鸦。明媚的春光啊！我的学校远在城外，没有半点的尘嚣；伴着我的只是远远的一带蜿蜒不断的青山，和一泓清澈的池水，此外便要算土山上的松与石了！陪着我玩的是几个比我年纪轻的小同学。

在我生辰的那天——三月八日——弟妹们凑出他们从糖果里撙节的钱，预备了酒筵，给我祝寿。

我很惭愧地陪着他们饮那瓶案下存了三年的红葡萄酒，因为这是犯学校规则的呀。父亲拈着胡须品酒，连说：“外国货是比中国货好！”母亲笑嘻嘻地凝视我，嘴唇颤动了好几次，最后说：“你毕竟长成人了！你的长衫比你哥哥的要长五分！”小兄弟、小妹妹只是拉拉扯扯地猜哑拳。

是啊！我自己也觉得不是小孩子了！小妹妹要我陪他踢毽子，我嗔着骂她淘气；她恼了，质问我：“你去年为什么踢呢？——对了！踢碎了厅前的玻璃窗还要踢？”我皱一皱眉，没得分辩。我只觉得我现在不是小孩子了！

学校的球场上，渐渐地看不到我的影子；喧笑的人堆里，渐渐地听不到我的声音。在留恋的夕阳，皎洁的月色里，我常独做荷花池畔的顾客，水木清华的主人。小同学们也着实奇怪，遇见我便神头鬼脸地议论，最熟悉的一个有时候皱着眉问我：“你被书本埋起来了？”别的便附和着：“人家快要养胡须了，还能同我们玩吗？”我只向他们点头、微笑，没有半句好话说。我只觉得一步跨出了小孩子的天真烂漫的境界。

玫瑰花蕾已经像枣核儿般大了。花丛里偶尔也看见几对粉蝶。无名的野草，发出很清逸的幽香，随风荡漾。自然界的事物，无时不在拨弄我的心弦；我又无时不在妄想那宇宙的大谜。

哦！我竟像大海里的孤舟，没有方向地漂泊了；又像风里的柳絮，失了魂魄似的飞了。我的生活的基础在哪里？一生的终结怎么样？快乐究竟是什么……这些问题全做了我脑海里的不速之客，比我所素来最怕的代数题还难解答。

我对课本厌倦了！我的心志再也不遵守上下课铃声的吩咐，校役摇铃，我们又何苦做校役的奴禁呢？教员点名，我还他一个"到"！教员又何尝问我答"到"的是我的身体，还是我的心？这全是我受良心责难时，自己撰出来的辩白。

想家的情绪渐渐地淡泊，也是出我意外的。我没有像从前思家的那样焦急，星期六早晨我不在铃声以前醒了；漱盥后，竟有慢慢用早餐的勇气——这固然省得到家烦母亲下厨房煮面，但是头几次竟急煞校门外以我为老主顾的洋车夫！

素嫌冗腻的《红楼梦》不知怎么也会变了味儿，合我的脾胃了；见了就头痛的《西厢记》竟做了我枕畔的嘉宾。泰戈尔的《园丁集》、但丁的《神曲》都比较容易透进我的脑海了。

若不是案头长期地摆着一架镜子，我不免要疑心我自己已然换了一个人；然而我很晓得，心灵上的变化，正似撼动天地的朔风、奔涛澎湃的春潮一般的剧烈。

粘在天空的白云，怎样瞬息间变化呢？

那天——四月里的一天——风和日煦，好鸟鸣春，我在夕阳挂在树巅的时候，独步踱到校门外边，沿着汨汨的小溪走去。春风吹在脸上，我竟像醉人一般，觉得浑身不可名状的舒泰。岸旁的小草，绿茸茸地媚人——绿进我的眼帘，绿进我的心田。我呆呆地望着流水，只汨汨地响着过去，遇着突起的几块石头，便哗嘟哗嘟地激起许多碎细的水点儿。我真是痴了！年年如此的小溪，有什么好看的呢？竟使我入了催眠的状态！

我只是无精打采地走去，数着岸旁的杨柳，一株，两株，三株……九株，十株……呀！忘了！唉！不数了也罢！

走过麦垄，步到一座倾圮的石桥，长板的石条横三竖四地堆着，有的一半没在水里，一半伸在水面，像座孤岛似的。这座桥已然失了它的效用：我是不想渡河的，看着它坍废的样子，倒也错综有致呢！

我往常走在这里，也就随步地过去了；这次竟停住了足，不忍离开。在对面的河岸，一个十五六岁的穿着淡红衫子的村女踞在一块平滑的石头上浣衣。夕阳射在她的脸上——没有脂粉的脸——显出娇漫的天真。她举着那洗衣的木杵七上八下地打衣服，在我的耳朵听来，有音乐的节奏似的；水面的波纹，一圈一圈地从她踞着的地方漾到河的这边坡岸。我只记得我从前对于女子并不怎样注意，这天却有些反常。我看着她慢慢地洗衣，心里觉得有一种不可言喻的愉快，虽然不交一语，未报一睐。

夕阳终于下山了，遗下半天的彩霞；她也终于带着衣服，沿着麦垄里的陌路，盈盈地去了，交付了我一幅黯淡的黄昏的图画。

我真是妇女的崇拜者啊！宇宙间的美哪一件不是粹在妇女的身上呢？假如亚当是美了，那么上帝何必再做夏娃呢？"女人的身是水做的；男人的身是泥做的。"是啊！尼采说："妇女比男子野蛮些。"我真要打他一个嘴巴子了！

"我看你终要拜倒石榴裙下！"一位同学这样不客气地预测我。我又何必不承认呢？

那群男同学们，整天的叫嚣，粗野的举动，凌乱的服饰，处处都使我厌弃他们了！然而怎样过我的孤寂的单调的生活呢？

满腔是怨，怨些什么？我问青山，青山凝妆不语；我问流水，流水呜咽不答。

……

我鄙夷那些在图书馆埋头的同学们，他们不懂什么叫作快乐。我更痛恨那些斗方的道学家，他们不晓得他们自己也是人。

我知道我已经不是小孩子了；但还不知道不是小孩子的悲哀。我步步地走进生命之网。这只是最初的一幕啊！

苦 雨 凄 风

一

那是初秋的一天。一阵秋雨淅淅沥沥地落了下来，发出深山里落叶似的沙沙的声音；又夹着几阵清凉的秋风，把雨丝吹得斜射在百叶窗上。弟弟正在廊上吹胰子泡，偶尔锐声地喊着。屋里非常的黑暗，像是到了黄昏；我独自卧在大椅上，无聊地燃起一支香烟。这时候我的情思活跃起来，像是一只大鹏，飞腾于八极之表；我的悲哀也骤然狂炽，似乎有一缕一缕的愁丝将要把我像蛹一般地层层缚起。啊！我的心灵也是被凄风苦雨袭着！

在这愁困的围雾里，我忽地觉得飘飘摇摇，好像是已然浮游在无边的大海里了，一轮明月照着万顷晶波……一阵海风过处，又听得似乎是从故乡吹过来的母亲的呼唤和爱人的啜泣。我不禁悲从中来，泪如雨下；却是帘栊里透进一阵凉风，把我从迷惘中间吹醒。原来我还是在椅上呆坐，一根香烟已燃得只剩三分长了。外面的秋雨兀自落个不住。我深深地呼吸了一口气。

母亲慢慢地走了进来，眼睛有些红了，却还直直地凝视着我的脸。我看看她默默无语。她也默默地坐在我对面，隔了一会儿，缓声地说："行李都预备好了吗？……"

她这句话当然不是她心里要说的，因为我的行装完全是母亲预备的，我知道她心里悲苦，故意地这样不动声色地谈话，然而从她的声音里，我已然听到一种哑涩的呜咽的声音。我力自镇定，指着地上的两只皮箱说："都好了，这只皮箱很结实，到了美国也不至于损坏的……"

母亲点点头，转过去望着窗外，这时候雨势稍杀，院里积水泛起无数的水泡，弟弟在那里用竹竿戏水，大声地欢笑。俄顷间雨又潇潇地落大了。

壁上的时钟敲了四下，我一声不响地起来披上了雨衣，穿上套鞋……母亲说："雨还在落着，你要出去吗？"

我从大衣袋里掏出陈小姐给我饯行的柬帖，递给她看；她看了只轻轻地点点头，说："好，去吧。"我才掀开门帘，只听见母亲似乎叹了一声。

我走到廊上，弟弟扯着我说："怎么，绿哥？你现在就走了吗？这样的雨天，母亲大概不准我去看你坐火车了！……"我抚弄他的头发，告诉他："我明天才走呢。你一定可以去送我的。今天有人给我饯行。"

我走出家门，粗重的雨点打到我的身上。

二

公园里异常的寂静，似是特留给我们话别。池里的荷叶被雨洗得格外碧绿，清风过处，便俯仰倾欹，做出各种姿态。我们两个伏在水榭的栏上赏玩灰色的天空反映着远处的青丽的古柏，红墙黄瓦的宫殿，做成一幅哀艳沉郁的图画。我们只默默地望着这寂静的自然，不交一语。其实彼此都是满腔热情，常思晤时一吐为快，怎会没有话说呢？啊！这是情人们的通病吧——今朝的情绪，留作明日的相思！

一阵风香，她的柔发拂在我的脸上，我周身的血管觉得紧涨起来。想到明天此刻，当在愈离愈远，从此天各一方，不禁又战栗起来。不知是几许悲哀的情绪混合起来纠缠在我心头！唉，自古伤别离，离愁果是"剪不断理还乱"的了。

我鼓起微弱的勇气，想屏绝那些愁思，无心地向她问着："你今天给我饯别，可曾请了陪客吗？"

她凝视了我一顷，似乎是在这一顷她才把她已经出神的情思收转回来应答我的问语。她微微地呼吸了一下，颤声地说："哦，请陪客了。陪客还是先我们而来的呢。"她微微地向我一笑，"你看啊，这苦雨凄风不是绝妙的陪客吗？……"

我也微微报她一笑，只觉一缕凄凉的神情弥漫在我心上。

雨住了。园里的景象异常的清新，玳瑁的树枝缀着翡翠的水叶，荷池的水像油似的静止，雪氅红喙的鸭儿成群地叫着。我们缓步走出行榭，一阵土湿的香气扑着鼻孔；沿着池边的曲折的小径，走上两旁植柏的甬道。园里还是冷清清的。天上的乌云还在互相追逐着。

"我们到影戏院去吧，雨天人稀，必定很有趣……"她这样地提议。我们便走进影戏院。里面的观众果似晨星的稀少，我们便在僻处紧靠着坐下。铃声一响，屋里昏黑起来，影片像逸马一般在我眼前飞游过去，我的情思也似随着像机轮旋转起来。我们紧紧地握着手，没有一句话说。影片忽地一卷演讫，屋里的光线放亮了一些，我看见她的乌黑的眼珠正在不瞬地注视着我。"你看影戏了没有？"

她摇摇头说："我一点也没有看进去，不知是些什么东西在我眼前飞过……你呢？"

我勉强地笑着说："同你一样的！……"

我们便这样地在黑暗的影戏院里度过两个小时。

我们从影戏院出来的时候，蒙蒙的破雨又在落着，园里的电灯全亮起来了，照得雨湿的地上闪闪地发光。远远地听见钟楼的当当的声音，似断似续的声波送过来，只觉得凄凉、黯淡……我扶着她缓缓地步到餐馆，疏细的雨滴——是天公的泪点，洒在我们的身上。

她平时是不饮酒的，这天晚上却斟满一盏红葡萄酒，举起杯来低声地说："愿你一帆风顺，请尽了这一杯吧！"

我已经泪珠盈睫了，无言地举起我的酒杯，相对一饮而尽。餐馆的侍者捧着盘子，在旁边惊诧地望着我们。

我们从餐馆出来，一路地向着园门行去。我们不约而同地愈走愈慢，我心里暗暗地慊恨这道路的距离太近！将到园门，我止着问她："我明天早晨去了！……你可有什么话说吗？……"

她垂头不响，慢慢地从她的丝袋里取出一封浅红色的信笺，递到我的手里，轻声地叹着，说："除纸笔代喉舌，千种思量向谁说？……"

我默视无言，把红笺放在贴身的衣袋里。只觉得无精打采的路灯向着我的泪眼射出无数参差不齐的金黄色的光芒。我送她登上了车，各道一声珍重——便这样地在苦雨凄风之夕别了！

三

我回到家里，妹妹在房里写东西，我过去要看，她翻过去遮着，说："明天早晨你就看见了。今天陈小姐怎样饯行来的？……"我笑着出来到母亲房里，小弟弟睡了，母亲在吸水烟。"你睡去吧！明天清早还要起身呢……"

我步到我的卧房，只觉一片凄惨。在灯下把那红笺启视，上面写着：

绿哥：

　　我早就知道，在我和你末次——绝不是末次，是你远行前的末次——话别的时候，彼此一定只觉悲哀抑郁而不能道出只字。所以我写下这封信，准备在临行的时候交给你。这信里的话是应该当面向你说的，但是，绿哥，请你恕我，我的微弱的心禁不起强烈的悲哀的压迫，我只好请纸笔代喉舌了。

　　绿哥！两月前我就在想象着今天的情景，不料这一天居然临到！同学们都在讥笑我，说我这几天消瘦了；我的母亲又说我是病了，天天强我吃药。你该知道我吃药是没用的。绿哥，你去了，我只有一件事要求你，就是你要常常的给我寄些信来，这是医我心灵的无上的圣药了。

看到这里，窗外滴滴答答地响个不住，萧萧的风又像是唏嘘着。我冥想了一刻，又澄心地看下去：

　　绿哥，我赏读古人句："……人当少年嫁，我当少年别……"总觉得凄酸不堪，原来正是为我自身写照！只要你时常地记念着我，我便也无异于随你远渡重洋了。

　　珂泉是美国的名胜，一定可以增进你的健康，同时更可启发你的诗思。绿哥，你千万不要"清福独享"，务必要时常寄我些新诗，好叫一些"不相识的湖山，频来入梦"。我决计在这里的美术院再学几年，等你的诗集付印的时候可以给你的诗集画一些图案。绿哥，你的诗集一定需要图案的，你不看现在行的一些集子吗？白纸黑字，平淡无味，真是罪过！诗和画原是该结合的呀！

　　你去到外国，不要忘了可爱的中华！我前天送你的手制的国旗愿长久地悬在室内，檀香炉也可在秋雨之夜焚着。你不要只是眷念着我，须要崇仰着可爱的中华，可爱的中华的文化！

　　绿哥！别了！我不能再写下去了，因为我的话是无穷止的，只好这样地勉强停住。秋风多厉，珍重玉体！

妹陈淑敬上
临别前一日

我反复地看了数遍，如醉如痴地靠在卧椅上，望着这浅红的信笺出神。我想今夜是不能睡的了，大概要亲尝"枕前泪共阶前雨，隔个窗儿滴到明"的滋味了。忽地听见母亲推开窗子，咳嗽了一声，大声地说："绿儿！你还没睡吗？该休息了，明天清早还要去赶火车呢。"

我高声答道："我就去睡了。"我捻灭了灯，空床反侧，彻夜无眠。一阵阵的风声、雨声，在昏夜里猖狂咆哮。

四

看看东方的天有些发白，便在床上坐起来，纱窗筛进一缕晨风，微有寒意。天上的薄云还平匀地铺着。窗外有几只蟋蟀唧唧地叫着。我静坐了片刻，等到天大亮了，起来推开屋门。忽然，出我意料之外，门上有一张短笺，用图钉钉着；我立刻取了下来，只见上面很整齐地写着：

绿哥：

请你在发现这张短笺的时候把惊奇的心情立刻平静下去；因为我怕受惊奇的刺激，所以特地来把这张短笺钉在你的门上。你明天不是要走了吗？我决定不去送你；并且决定在今夜不睡，以便等你明晨离家的时候，我还可以安然地睡着。请你不要叫醒我，绿哥，请你不要叫醒我。我怕看母亲红了的眼睛，我怕看你临行和家人握手的样子……绿哥，你走后，我将日夜地祷告，祝你旅途平安，只要你答应我一件事，明天早晨不要叫醒我！再会吧！

紫妹敬上
苦雨凄风之夜

我读了异常地感动，便要把这张信纸夹在案头的书里。偶然翻过纸的背面，原来还有两行小字：

　　你放心地去好了，你走后我必代表你天天去找陈淑同玩。想来她在你去后也必愿和我玩的。

我不禁笑了出来。时光还很早，母亲不曾起来；我便撕下一张日历，在背面写着：

紫妹：

　　我一定不把你从梦中唤醒，来和我作别。我也想大家都在梦中作别，免得许多烦恼，但这是办不到的。临别没有多少话说，只祝你快乐！你若能常陪陈淑玩，我也是很感谢你的。再谈吧。

　　　　　　　　　　　　　　　　　　　　　　绿哥

我写好了便用原来的图钉钉在紫妹卧房的门上，悄悄地退回房里。移时，母亲起来，连忙给我预备点心吃。她重复地嘱咐我的话，只是要我到了外国常常给家里寄信。

行李搬到车上了。母亲的泪珠滚滚地流了出来，我只转过头去伸出手来和她紧紧地一握着说声"母亲，我走了……"

"你的妹妹弟弟还在睡着，等我去叫醒他们和你一别吧！……"

我连忙止住她说："不用叫他们了，让他们安睡吧！"我便神志惘然地走出了家门。风吹着衣裳……

我走出巷口折行的时候，还看见母亲立在门口翘首地望我。

谜　语

紫石是一个极好静的青年，我同他共住一间寝室，一年来从没听见他大声谈笑过。但是在那个初秋的晚上，他的态度似乎是骤然改变，自此以后，他便愈变愈怪，怪得简直是另一个人了。现在呢，这间寝室只有我一人住了，因为——因为紫石已入了波士顿的疯人医院。

紫石这一月来，直至入疯人院为止，他的精神的变动乃是一出惊人的悲剧。这出戏的背景即是"人生"，紫石不幸做了悲剧的英雄罢了。让我从第一幕讲起。

初秋的那天晚上，我和他同在寝室夜读。屋里除了汽炉哐哐的冒汽的声音，再没有别的声响。

我睁着睡眼，望着书本出神。紫石忽然从摇椅上跳起来了，他的头发蓬蓬，目光四射，厉声向我说："无聊！无聊！"他在屋里乱转，似乎是热锅上的蚂蚁一般。我告诉他夜已深了，不要吵扰房东太太。我没说完，他早把屋角的钢琴打开，弹起中国国歌、法国国歌、美国国歌……我想制止他，但是他绝不听从。我等他止住弹琴，问他："你疯了吗？怎么在夜深弹琴？"

"什么？我精通三国国歌……"他望着我做狞笑，把他头上已经凌乱的头发故意地搔作一团。我觉得他的样子有点像鬼。

他弹完琴便在屋里跳舞，口里唱着，仿效"大腿戏"式的舞蹈。他愈跳愈急，口里只有喘声而无歌声了。我一声不响，只是看他扭腰摇腿的样子忍不住好笑。他舞蹈到极处，便忽然倒在床上不动了。我无言地踱到他的床边，看见他的脸上很白，额际汗珠累累。他轻轻和我说，要我给他倒杯凉水。他像是沙漠里将要渴毙的旅客一般，把凉水一气饮下。我说："你怎么了？……"

"啊，I want to make some noise（我要作一点声音）。你不觉得吗？"

"觉得什么？"

他握紧拳头，牙齿咬着嘴唇，摇一摇头说："你不觉得寂寥吗？我告诉你，这世界没有美，也没有丑，只有一片寂寥。寂寥就是空虚，空虚就是没有东西，就是死！"

我将手在他头上一试，觉得很热，腮上也渐渐红晕起来。"你睡吧，时候不早了。"

他长叹一声："My God！"过了几分钟他又接着叹说："If there is a God！"

过了几天，同学们都在议论他，说他举止反常。实际上自从他那天晚上连弹三国国歌以后，就如中了魔似的。他买了一条鲜红色的领带，很远地便令人注目，他很得意地对着镜子照了又照。他一天早晨和我说："喂！你看我的领带！好像是在我的喉咙刺了一个洞，一注鲜血洒在胸前一般。"

在吃饭的时候，他在菜里加了多量的胡椒，辣得他汗流满面，脸上一道一道的汗痕像是蜗牛爬过的粉墙一样。他一边吃，一边连称："有味！有味！"

他的胆量，似乎是越来越小，很平常的事时常激动他，使得他几天不安。一天午后，我从窗口看见他远远地提着书包走来。他进房门，就说：

"我今天践碎了几片枯叶……"

"这有什么稀奇？"

"我今天践碎了的枯叶与平常不同，我无心地践上去的时候，咯——吱的一声践为粉碎，又酥又脆，那个声音直像是践碎了的一颗骷髅……"

我笑说："你又在作诗吧？"

"不是作诗，这世界里没有诗可作。人的骷髅大概是和枯叶一般的酥脆。这世界是空虚的。"他时常就这样不连贯地高谈哲理，但他总是不肯对我深谈，谈不到几句便赌咒一声："My God！"

紫石是一向喜欢诗的，常常读诗便读到夜深。

如今他忽然把书架上的几十本诗一齐堆进箱子里去。他说，诗、酒、妇人三者之中，最不重要的便是诗。他在案头放了一本Aubrey Beardsley的图画。他整晚坐在摇椅上披阅那些黑白的画图，似是满有看不完的趣味。有一次他告诉我，他的确走入图画里去，里面有裸体蔽面的妇人，有锦绣辉煌的孔雀，有血池出生的罂粟，有五彩翩翩的蝴蝶……并且幸亏是我猛然向他说话，才把他唤醒。

紫石素来最厌恶纸烟。从前他听说一位在科罗拉多的朋友吸烟，便写了一封词严义正的信劝他戒绝。但是紫石近来每天至少要吸二十支纸烟了。晚上他坐在摇椅上，连吸四五支烟，便独自鼓掌大笑："广开兮天门，纷吾乘兮玄云！……"我只见他在烟雾弥漫中笑容可掬地摇摆。我有时候觉得屋里的烟气太浓了，辄把窗子推开——一阵秋夜的冷气顿时把屋里的烟云吹散，他好像是头上浇了凉水，神志似乎清醒一些，便对我说："这空气和白水一样，无味——索然无味。你不信，尝尝看！怎么样？咸水鱼投在淡水里，如何能活？……"

我说："你到外面散散步去吧。外面月朗风清，当胜似在屋里含云吐雾。"他只凭着窗口，半晌不语。回头向我说："傻孩子，你是幸福的人。"我觉得莫名其妙，不知他是赞我，还是嘲我。

紫石一吸纸烟以后，他的几个朋友都公认为他是堕落了。学神学的孟君一见他便向他宣道，劝他读些宗教的书，灵魂可以有所寄托，并且不时地给他介绍书。有一次，孟君说："我再给你介绍一本书吧，巴必尼的《耶稣传》……"紫石忍俊不禁，说："这本书你若有看不懂的地方，可以随时来问我。"孟君认为紫石是不可救药了，从此再也不向他宣道。

学化学的李君见了紫石的红领带便皱眉说："真要命，真要命，你简直没有——taste。"

总之，紫石是一个怪物，这是剑桥一带的中国同学所公认的事实了。紫石并不气愤，而他玩世的态度越来越明显了。他有一次和我说："对于一般人，这个世界已然是太好了。"

我说："我觉得这世界也还不错。"

"好，好，你是幸福的孩子。——Gosh！"

我很后悔，我领着紫石有一天到帝国饭店去吃饭，自从这次吃饭以后，他的疯狂才日益加甚。我现在把他这几天的日记抄在下面：

真是意想不到的事，我在帝国饭店发现了一个姑娘——玫瑰姑娘，她的美丽不是我所能形容的。我若把她比作玫瑰呢，她是没有刺的。啊，我的上帝，我心里蕴藏着一种不敢说出来的情绪。玫瑰姑娘是个侍者，我也想做一个侍者，但是……

玫瑰姑娘今天改了一点装束。改穿一双黑丝的袜子，显得腿更细了；换了一件黑纱的衣服，上有白色的孔雀羽纹。啊，我看见她胸前突……Gosh！

　　我今天吃饭的时候很凑巧，偌大的餐厅只有我一个顾客。我和她似乎是很熟了。我饭后她便送报纸给我看，我说："It's very nice of you"……她笑而不答。

　　她今天在给我送菜的时候，竟自握我的手了！绝不是无心的，她用力握我——至少我是这样觉得。假如那样……我真不敢想下去……我决计再不见她。

　　此外还有许多不明了的杂记，如Z姑娘、C姑娘，都不知系何所指。不过他后来确是不到帝国饭店去了。现在呢，玫瑰姑娘还在那里，却没有紫石的踪迹。

　　有一天紫石问我："玫瑰还在那里吗？"

　　我笑着告诉他："近来更好看了，添了两只耳环。只是你不常去，她似乎是失望了。"

　　我是随意说句笑话，紫石竟伏在案头呜呜地哭了起来。我心里很难过，知道他心里有不可言诉的悲伤，但是我也没有法子。人生就是这样。我这才渐渐明白，不幸的命运快要降临在紫石的头上。从前紫石时常背诵："I am the master of my fate; I am the captain of my soul."

　　究竟他还是不能逃出疯之一途！

　　我们寓所斜对门住着一个十一二岁的女孩子，满头披着金色的卷发，清晨提着书包在我们窗前走过，午后又走回来。有时她穿着轮鞋，在道旁来回游戏。她披着一件深蓝的外氅。紫石的注意有好几天完全集中在这个孩子身上。午后他很早地便回到寓所，坐在窗口等候。

　　在紫石的日记里，有这样的一段：

　　我从来没看见过这样可爱的孩子。我也不知道她的姓氏，没和她说过一句话。我若给她起个名字，便是——"青鸟"。在这不完全的世界里，有一个完全的孩子，像我的青鸟那样，是令人喜欢的事。我想把这一件事渐渐扩大，或者可以把别的讨厌的念头遮住。啊，我的脑袋里充满了许多鸱枭，在这凶禽群里只有一只青鸟……

有一天午后紫石照例凭着窗口等候"青鸟"归来，等到夕阳瞟了最后的一瞬，暮霭越聚越深，直至四邻灯火荧荧，还不见"青鸟"归来。紫石便独自披了大衣出门而去。临去我问他到哪里去，他颤声说："出去散散步……"我知道他是惦记着"青鸟"。

过了一点钟的样子，紫石垂头走了回来，眼角上有一汪清泪。

就在这天晚上，紫石便真疯了。

晚上八点钟的时候，紫石在摇椅上吸烟，他的眼睛很红，手似乎很颤动，口里似断似续地吟着*Minuet in G*的调子。我和他说："你大概是病了，明天到医生处看看吧？"他不回答我。"你若想出去玩，我可以陪你去……"他仍不回答。这时候屋里好像有一阵打旋的妖风把我卷在中央，我登时打了一个冷战，觉得很阴惨怕人。我于是也一声不响，坐在他的对面。屋里寂静得可怕！我似乎能听见烟灰坠地的声音。

这时候窗外忽然有极清脆的响声由远而近。我看见紫石微微惨笑，额上的青筋一根一根地突起，在响声近到墙下的时候，紫石如惊鸟一般跃起，跑到窗前，把窗帘拨开，向外一望，转过头来便像枭鸣似的大叫一声："My God！"他在屋里便狂舞起来——抱着一只椅子狂舞起来。

我不知所措，不晓得他是受了什么打击。我连忙赶到窗口向外看时，只见是一个女子的两只穿高跟鞋的脚在那里向前走动，细薄的丝袜在灯光下照得很清楚。

紫石抱着椅子在屋里乱跳，我不敢上前，只是叫他："紫石！紫石！"他没有听见。他跳完了，又打开钢琴弹起三国的国歌，哑声地高喝："Aux arme，Citoyon，Formez vons bata sillon！……"

我正在窘迫的时候，房东太太推门而入，我低声告诉她紫石神经乱了，她掉头便走，跑回她房里，把房门急急地加了锁。

我这一夜没有睡觉，战战兢兢地看守着紫石。他连唱三国国歌以后，便把自己的衣服也扯撕了。他的眼睛红得像要冒火，头发搔成一团。我强扶他卧在床上，给他喝了一点水。紫石休息了一会儿，便和我信口乱说。他所说的疯话，有许多我现在还记得清清楚楚。他说："她教我'乘风破浪'，风在哪里？浪在哪里？一片沙漠，平广无垠？……你说你是玫瑰一朵，你会用刺伤人的；你知道，有刺的不必就是玫瑰。什么东西！……天太干，落雨就好了，雨后当遍地都生

‘蘑菇’，好久好久不吃‘蘑菇’了……”紫石一面乱说，一面伸手乱抓，我听得毛发悚然。

过了很久，他大概是疲倦了，翻身入睡。但在半睡的时候，他口里还唧唧哝哝地说："唱个歌吧，唱个歌吧，我再给你斟一杯。"

我好容易忍到翌日清晨，承房东太太的介绍，请了一个医生来，随后就把他送进疯人医院里去。

临去时神志似是尚有几分清楚，他脸色苍白，眼珠要努出来似的，他闭口无言，走出了寓所。他手里拿着一大本Aubrey Beardley的图画，坚持着不肯放手。

紫石入医院后，我带着几位朋友探望过他一次。他的身体很瘠瘦，不过精神还好。在脑筋清晰的一刻，他就说："这个地方很好。隔壁住的一个人总喜欢哭，有时哭的声音很大，可省得我唱三国国歌了。窗外那棵枫树也好，一阵风来，就满地洒血。"

我临离开医院时，紫石告诉我：生活只是一场欺骗。他这一句话使我思索了几天，认为是一句谜语。

公　理

一

　　珂泉（Colorado Springs）是美国的避暑胜地。现在正是冬尽春来的时候：耸入云际的徘客士峰（Pikes Peak）还有终年不融的积雪堆在顶上，像是戴着一顶银冠一般；终年绿茸茸的细草又渐渐地生发起来；醉人的暖风吹到人的脸上，就像和情人偎着脸儿似的温柔。鲁和在这样的良辰美景中间，整日地坐在他的蜗壳似的寓所里伏案读书。他读得倦了，便缓步地移到窗前，用手拨开翠绿的纱幔，呆呆地望着那徘客士峰出神。当他每次望着徘客士峰临转过身去的时候，总要皱着眉轻叹一声："唉！这里风景虽好，终不是我祖国的河山！……"在叹息的时候，他是又在忆起他的故乡。

　　鲁和屋里的布置很简单，除了一床一桌一椅和他自祖国带来的一箱子书，没有什么多余的东西。墙上悬着一幅五色国旗，一幅他的情人赠他的绣画，还有一幅Hoffman画的基督的像。他无论在屋里屋外房门总是紧紧地锁着。因为有一天他在屋里，一个美国人进来和他谈话，瞥见墙上的五色国旗，便问他："那是什么东西？"鲁和的素来自重的心好像受了蜂螫一般地隐痛起来，觉得受了无名的委屈，当时反问那个美国人说："你知道'Stars and Stripes'是什么东西吗？"

　　他在夜里睡的时候，便反复寻思，为什么我们的国旗，像彩虹一般灿烂的国旗，在美国人眼中，竟是一件怪异的东西呢？想到难解难分的时候一泓清泪便滴到枕上。以后他就总把房门锁着，不再准美国人进到他屋里。其实美国人觉得他异常倔强，所以也就很少与他交际了。他的朋友只是几个中国同来的同学：一个是学美术的W君，一个是习商业的H君，还有一个是自费来的T君。除了遇到这三个人，鲁和差不多整天地不讲一句话。

　　学校放了春假，久在功课负担压迫之下的鲁和才得有几天畅快的休息。在一天午后，鲁和把窗子推开，徐徐的和风吹着纱幔，像是才染绿的柳枝迎风招展。鲁和把一张摇椅移在窗前，顺手拣出一册胡刻《文选》低声诵着；读到《李陵答苏武书》的"远托异国，昔人所悲，望风怀想，能不依依？"之句，便觉一缕乡愁，缠绕着他的心头。

忽地房门敲响了几声，鲁和止住了读声；听得门外有T君和H君谈话的声音，他才起来把门开开。

"好好，真用功！放了假还在读书吗？"H君说着，便坐在床上。

鲁和一声不响，笑着把纸烟拿出给他们。T君说："烟是不要抽的。你把你带来的龙井茶沏一壶给我尝尝吧。"鲁和就在屋角地上的火酒灯上烧起一小锅水来。

"我们来的意思是约你出去玩去……"H君说。

"到什么地方玩去？"鲁和问。

T君说："我请你们到丹佛（Denver）去吃中国饭。"

"丹佛？"

"是的，"T君说，"我的汽车才装满了油，我们若现在就走，在日落以前就可以到了，你不想吃Chop Suey吗？"

过了几分钟，锅里煮着的水突突地沸起来了！鲁和便把茶叶泡上。三个人轮流着用一个碗将茶喝过，便走下楼坐上汽车，由T君驾着，风驰雷掣地出了珂泉向北去了。

"好一条平坦的汽车路！"

"这算什么？我们中国也有！"

"不错，不错；是我忘了。北京新华门前不是也有这样的一里来长的一条路吗？……"

他们谈着笑着，在汽车里过了几个小时。H君躺在车里大声地唱着："我本是，一穷儒，太烈性……"好像已经回到中国的神气，他忽然住了歌声，手指着车窗外面，说："你们快看啊！快看远处的那一带起伏不断的洛基山！"

T君两手把着车的方向盘，伸着头向外面张望。

"喂！你可别向外看！你若向外看，汽车就快撞翻了！"

二

丹佛是美国西部内地的第一大城。夜间灯火辉煌，像是中国城市在元宵节时候那般热闹。几十层的高楼缀满了灿烂的电灯，远远望过去，恰似密丛的火树。蚂蚁一般的行人，摩肩接踵地络绎于途。无数的汽车仿佛穿梭似的在街心驰过。啊！繁华的世界！啊！城市的文明啊！

他们到了丹佛的时候，正是万家灯火，市声如沸的时候。鲁和只觉得头上昏昏然，如同堕入一个魔鬼的窟穴，心里战兢兢地不安，觉得到处都埋伏着杀机，偶一不慎就足以断送了他的性命——死在电车底下，死在汽车底下，死在叫嚣的街头，死在随便什么地方……

他们走进了一家南京楼，据着一个小方桌子坐下。侍者不慌不忙地问他们要什么菜。这个侍者是个广东人，他看他们不会说广东话，便改用了英语。他们胡乱要了几样菜，嘱咐侍者要做真正中国味的中国菜。

"Do you have wine？"鲁和低声地问着侍者。鲁和自从去国时在上海和友人痛饮一回以后，滴酒不曾尝过，口里只觉得馋得难过。

"Yes，Yes……but，we cannot serve it here……"

T君和H君都在望着他处。

他们拿着竹筷举起饭碗的时候，各个面上带着的笑容，隐约地似是有一种胜利的神气。他们觉得那一双一双的竹筷都异常的可爱，因为是从他们的乡土来的。鲁和看着饭碗上的花纹，有蝙蝠，有卍字，有淡淡几撇的兰花，有肥硕的几朵牡丹……他的心早跑回到家乡去了。

"你们吃这一碗——好久没有吃蘑菇了，"T君用筷子指点着说，"那碗也不差，那碗是竹笋……"

在杯盘狼藉的时候，H君微微地哼着："虽南面王不易也……"T君和鲁和都扑哧笑了出来。

他们从南京楼出来的时候，扑面吹来一阵冷风，天上似乎是布满了阴云了，看不见一颗星光，他们坐上汽车，向着一个旅馆驰去。

正在折过一个街角的时候，鲁和忽地觉得车身猛然震动了一下，接着听见玻璃的碎声。

他们的汽车正是和另一辆汽车撞上。

一个身材高大持木棒的警察从街心走了过来。

"不怕，不怕！我们有理！"

"我们鸣了喇叭，他们没听见吗？"

"不要紧，我们一齐到警察署去讲理！"

三

警察把T君、H君、鲁和和那方面的车主领进了警察署。警察长坐在屋里当中，他身体肥大，满脸的凶气，皱着眉不作一声。警察向他报告！"These boys are driving a 'Nash' down south the Fifth Ave., While Mr.Levan's driving westward. They clash at the cross road. I didn't see how they slashed. But these boys can't drive well; and the damage is on the rear of Mr. Levan's car……"（这三个人驾着汽车，在第五条大街上向南走，列凡先生向西驰。他们在十字路口冲突了。我没有看见他们是怎样撞的。但是这三个人不很会驾车；并且这次损失是在列凡先生的车的后部……）

警察长向着列凡先生说："Have a seat, Mr. Levan."（列凡先生请坐吧。）然后向着鲁和他们问道："Where do you come from？"（你们从什么地方来的？）

"We come from Colorado Springs."（我们自珂泉来。）

"Who is the driver？"（谁是驾车的？）

警察用手指着T君。

警察长猛然立起来，用力地拍了桌子一声，厉声地说："If you can't drive, why should you？"（你不会驾车，为什么要驾车？）

T君气得脸色苍白，只是用牙齿咬着嘴唇。鲁和走向前去说："He has been driving for more than three years, why do you say he can't drive？……And, the fault is……"（他曾驾过三年多的车，你怎说他不会驾车？并且这回错处是在……）

警察长不候他说完，像猛兽似的吼起来了："Shut up! I am not speaking to you！"（不许说话！我没有问你！）

鲁和觉得浑身的血管都热得要炸裂了，挺身说："He can't speak English very well, why can't I speak for him？"（他不能说英文，为什么不准我替他说话？）

H君也忍不住抖颤着声音说："You don't have to get hot, what we want is only justice."（你不用发急，我们所要的只是公理。）

　　警察长被激怒了，由耳根起一股红血涌上他的脸上，红得像一个红萝卜似的。他瞪着两只铃铛似的眼睛，大叫："What! I am the authority, mind you!"（什么！我是长官，你知道吧！）他随手指着旁边侍立的警察说："Put the driver in jail!"（把驾车的收监！）

　　警察拉着T君进了监狱。T君眼里充满了眼泪，望着H君和鲁和一声不响地进了监狱。屋里可怕的寂静。鲁和颈上青筋一根一根暴胀起来。

　　"On what ground do you put him in jail?"（你凭什么理由把他收监？）

　　警察长冷笑了几声："Reckless driving."（乱驰汽车。）

　　"But we haven't been given a chance to speak."（但是你没有给我们一个机会讲话。）

　　警察长又冷笑了几声："You will be given a chance in court tomorrow."（明天法庭里我给你们一个机会。）

　　鲁和还要说话，但是警察长竟厉声呵斥："Get out! None of your business here now!"（出去！现在没你什么事了！）他说完便很镇静地坐下。鲁和和H君悄悄地走了出来。

　　夜已深了，春寒彻骨，鲁和只觉得冷得站立不住。街心的电灯射着银灰色的光芒，街头还有几个浮荡的妇女来回徘徊，几个锐声呼喊卖晚报的童子缩着颈子正在逡巡。此外没有什么动静，全城和死睡着一般，就在警察署的门前：鲁和和H君面面相觑，苍白的脸被灯光照着越发显得惨淡。

　　"T君在狱里不定是怎样地着急呢！"

　　"没法子！我们在这里没有一个熟人！"

　　一阵凉风吹得H君的牙齿咯咯作响。

　　"丹佛大学有一个教授你不是在珂泉见过一次吗？我们何妨去找他来帮忙呢？"H君忽地想起。

　　鲁和把腰上带的鹰格索表拿出一看，说："哎呀！快两点钟了！即使有一两个熟人，现在也没法去找……"

　　"莫非我们就看着T君在狱里拘留一夜吗？"

　　"唉！不如此又该怎样呢？"

　　"我们还是进去和警察署说，请他立刻把T君放出来，要罚我们多少钱我们就给多少。"

"好——我们弱国人民出来到外国，应该受欺负的！我们就在钱上吃点亏吧，总比在狱里受罪的好！"

"So you wish to pay off all the damage and fine——？"（你们愿意承认赔偿损失并付罚款？）警察长得意扬扬地说。

"Yes！"（是的！）

"Mr. Levan has just told me the damage amounts to 120 dollars; and the fine for reckless driving is 50 dollars."（列凡先生才告诉我，损失计值一百二十美元——驶车过速的罚款是五十美元。）

鲁和一声不响，写了一张一百七十美元的支票掷到桌上。

T君从狱门走出的时候，脸色雪白，如同着一层霜的树叶一样，一汪眼泪不住地在眼里打旋，嘴唇颤动了好久，最后叹息说道："唉！唉！人为刀俎，我为鱼肉！我们回去吧……"

他们三个就在这夜深的时候，找了一个小旅馆住下。T君在梦里大声地惊叫："打！打！谁说我是弱国的国民！……前进啊！同胞！他们欺负你的兄弟！……你们还不起来？他们把你们的兄弟看作奴隶了！啊啊！前进……"旋又寂无声响。

鲁和被他惊醒，披起衣服过去看他，用手抚着T君的额上，觉得热得像火一般。

"唉唉！可怜的命运！我们回去吧……"

第二天清晨，他们三个回到珂泉。

四

回到珂泉，鲁和觉得心里闷得难过，便走到他的朋友W君的寓所。W君正在画一幅油画，穿着一件涂满油污的布袍，桌上一尊珐琅的宝鼎里面正焚着浓馥的檀香。鲁和把在丹佛的经过告诉了他，他听完了的时候将手里握着的长杆画笔用力地向桌上一敲，笔杆折了两截。"是可忍孰不可忍！……"

鲁和将断了的笔杆从地上拾了起来，说："我去了，你好好地画吧，只消我们不忘我们的使命……"W君目送着鲁和缓缓地出了房门一声也不响。

夕阳射进鲁和的房里，房里映满了血似的红光。但是阳光射不进鲁和的心里，他心里像是蕴着阴沉霾雾似的。他在摇椅上举着一张自家乡寄来的报纸，看来看去，看不见报上是什么东西。他猛然定睛细看只是一片字迹模糊中间仿佛露出一些不连贯的词句："报捷……购械……借款……种烟……查出……疏通……"

鲁和觉得一阵酸辛，把报纸放下，瞑坐了一晌。徐徐地睁开眼睛，正看见五色国旗在墙上悬着，鲁和深深地叹了一口气。

太阳渐渐由徘客士峰的山顶落了下去。鲁和依旧在凝视着他墙上悬着的五色国旗，想着祖国，想着美国人口中最喜欢说的："公理！"

编 者 说 明

中国现代的散文创作，梁实秋是不得不提的一位大家。他的散文集曾创造了中国现代散文出版的最高纪录，同时，他也是著名的学者、文学批评家、翻译家，国内第一个研究莎士比亚的权威。一直以来，梁实秋的文学成就都为学界所肯定，也受到了众多读者的追捧。

但众所周知，梁实秋有不少观点与当时的无产阶级革命文学的主张相左，他坚持人性论，主张"文学无阶级"，反对无产阶级革命文学，而且他也是首先向无产阶级革命文学进攻的"新月派"主要成员。为此，他和鲁迅等左翼作家笔战不断。所有这些都从不同的侧面向我们展现了真实的梁实秋及其文学思想。为保证作品完整性，我们基本尊重了原文，力求最大限度地保持作品的原貌，忠实地呈现作者的原意。特别声明，本书的观点仅代表作者本人，不代表编者的观点。

目前大陆出版的梁实秋文集收录了其不少优秀的作品。但由于以上历史原因，以及他的很多单篇文章以不同的笔名散见于各种报纸杂志，故仍有很多文章未能呈现给当今的读者。

在参考现已出版的各种相关文集的基础上，我们精心搜罗、补充梁实秋以笔名发表在各种报纸杂志上的文章，然后按题材和内容特色重新编排，并参阅相关文献，对所选作品原文及相关引文进行了修订和校正，最终汇成梁实秋文集雅舍系列丛书，含《雅舍小品》《雅舍随笔》《雅舍杂文》《雅舍谈吃》《雅舍忆旧》和《雅舍遗珠》六册，以飨读者。

限于学力和经验等，本套书在编校中难免有错讹疏漏之处，敬请广大方家、读者斧正。

2013年5月25日